Du même auteur, chez d'autres éditeurs

L'affrontement, roman, Montréal, Éditions du Jour, 1979.
Les meilleurs d'entre nous, roman, Montréal, Éditions du Jour, 1980.
Les contes de la forêt, contes, Montréal, Éditions Paulines, 1981.
Le fils du sorcier, roman, Montréal, Éditions Paulines, 1982.
L'intervention communautaire (en collaboration avec Robert Mayer et Jean Panet-Raymond), essai, Montréal, Éditions Saint-Martin, 1984, septième édition 1993.
Oser: quand des femmes passent à l'action (en collaboration avec le collectif d'écriture du Centre Femmes des Cantons), récit, Cowansville, Par et pour Elles éditrice, 1987.
L'intervention sociale collective: une éthique de la solidarité, essai, Sutton, Éditions du Pommier, 1991.

Œuvre traduite

Community Action (coll. Robert Mayer, Jean Panet-Raymond), essay, Montréal, Black Rose Books, 1989.

Le grand départ

La publication de cet ouvrage a été rendue possible grâce à l'aide financière du ministère des Communications du Canada, du Conseil des Arts du Canada et du ministère de la Culture du Québec.

XYZ éditeur
1781, rue Saint-Hubert
Montréal (Québec)
H2L 3Z1
Téléphone : 514.525.21.70
Télécopieur : 514.525.75.37

et

Henri Lamoureux

Dépôt légal : 4ᵉ trimestre 1993
Bibliothèque nationale du Canada
Bibliothèque nationale du Québec
ISBN 2-89261-094-X

Distribution en librairie :
Socadis
350, boulevard Lebeau
Ville Saint-Laurent (Québec)
H4N 1W6
Téléphone (jour) : 514.331.33.00
Téléphone (soir) : 514.331.31.97
Ligne extérieure : 1.800.361.28.47
Télécopieur : 514.745.32.82
Télex : 05-826568

Conception typographique et montage :
Édiscript enr.

Maquette de la couverture :
Zirval Dezign

Photographie de la couverture :
Martin Reid

Henri Lamoureux

Le Grand Départ

roman

XYZ
éditeur

Remerciements

Je remercie vivement Huguette Forand, Pierre Graveline, Nicole Côté et André Vanasse, qui ont fait une lecture critique du manuscrit de ce roman et ont pris la peine de me formuler des commentaires écrits fort pertinents.

Pour Nicole Côté,
avec qui tout arrive.

I

«Partir, c'est mourir un peu», disait je ne sais plus qui. Pour moi, partir, c'était revivre. Une bouffée d'air frais pour soulager l'asphyxie qui me guettait. La mise à distance d'une ombre noire qui ne me quittait plus d'une semelle.

Je filais allégrement vers la quarantaine et cela me déprimait au plus haut point. J'avais l'impression d'avoir gaspillé les vingt plus belles années de ma vie à ne rien faire d'autre que de courir après des chimères. J'avais voulu faire la révolution, devenir poète, être utile sans peine ni misère. Je croyais être devenu adulte un soir d'octobre mille neuf cent soixante-dix, dans une cellule mal éclairée du poste dix. Je m'étais trompé. J'étais devenu amer, un peu cynique je crois, et j'étais désorienté. Un peu plus lucide sans doute. Puis j'avais oublié. On oublie vite quand on a dix-huit ans. Et le goût du plaisir, le désir de vivre, la découverte de la relativité des choses avait gommé en partie le sentiment de m'être fait flouer.

On m'avait menti. Marcuse m'avait menti. Hô Chi Minh, Mao, John Lennon et ma prof de sociologie aussi. Sous les pavés, ce n'était pas la plage, mais un mirage qui s'estompait au moment où on croyait l'atteindre. Et ce mirage, et ce mensonge, je ne pouvais me résoudre à l'évacuer, parce qu'il me tenait lieu d'espoir dans ce monde de merde.

Cet espoir fou m'avait soutenu au cours des vingt années suivantes. Parfois, comme une aube radieuse après le mauvais temps, il semblait vouloir se matérialiser. Comme en ce jour d'octobre mille neuf cent soixante-seize où nous pleurions de joie à la pensée que nous étions « quelque chose comme un grand peuple ».

J'avais aussi connu la tension des grandes bagarres et le bonheur des petites victoires. Il arrivait que je trouve du plaisir même dans nos défaites, sachant qu'elles n'étaient qu'escarmouches sans véritables conséquences.

C'était oublier l'usure, ou plutôt ne pas savoir que le temps érode tout et que vient un jour l'heure où il faut faire ses comptes. Une angoisse sourde se glisse dans les interstices du quotidien pour nous rappeler que minuit sonnera bientôt et que, fatalement, le carrosse redeviendra citrouille.

Quelques cheveux gris, des adolescentes qui disent « monsieur » en te dévisageant d'un air canaille, une certaine nostalgie, un certain cafard, le sentiment de se réveiller en découvrant que tout reste à faire, et surtout, surtout, la certitude de basculer vers l'autre versant de la vie. La frontière des âges est un lieu semé d'embûches, et j'hésitais à la franchir, tant par prudence que par lâcheté.

L'Airbus prenait de l'altitude. Les lumières de Montréal et de sa banlieue ne furent rapidement plus qu'un souvenir. Personne n'était venu me conduire à l'aéroport. Ce départ était une fuite, je le savais bien. Un acte quelque peu masochiste qui aurait perdu de son sens si j'y avais associé quelqu'un d'autre.

Je fuyais vers la France comme des centaines d'autres paumés québécois le faisaient chaque année. Parfois, la distance a beaucoup d'importance. Elle en avait pour moi. Et la France, c'était facile, à la portée de n'importe quel *baby-boomer* bien né et le moindrement débrouillard.

Une Visa toute neuve en poche, mes billets d'avion crédités à American Express, je me sentais riche comme je ne l'avais jamais été. Je savourais voluptueusement cette sensation unique que procure la possession d'un carnet de chèques de voyage bien garni. Je voyageais léger: un sac à soufflet Cardin en cuir et un fourre-tout aux couleurs de Tourbec.

J'étais devenu membre à part entière de la secte des « clochards célestes », appellation utilisée par je ne sais plus quel ethnologue pour qualifier ceux dont l'essentiel de la vie se passe à parcourir notre petite planète, s'arrêtant ici et là, le temps d'apprendre les odeurs et les couleurs d'une ville, d'un village, d'un pays.

Je me sentais confortablement bourgeois. Que demander de plus? Un modèle à confirmer la publicité télévisée. Je pensai un moment qu'en déballant mes affaires je trouverais un ourson en peluche ou la photo de Julie. Je fis un effort pour chasser cette idée. Elle me rendait malade. Vraiment malade. J'en avais des nausées.

Un nouveau François. Voilà ce que le miroir de ma salle de bain m'avait révélé à mon réveil, en fin d'avant-midi. Un nouveau type que je n'avais pas reconnu tout de suite. De petites rides autour des yeux annonçant la presque quarantaine. Une tête un peu léonine pour satisfaire aux exigences de ma dernière blonde qui fantasmait sur Richard Séguin et quelques autres rockers. Je m'étais même offert une séance de massage chez une professionnelle tout à fait sérieuse. Elle m'avait tripoté à la suédoise et polarisé les échangeurs de neurones. Je m'étais payé le grand service chez un coiffeur hors de prix. Les cheveux fraîchement coiffés, rasé de près, manucuré; je sentais le patchouli.

La manucure avait passé une partie de la nuit avec moi. Nous avions soupé ensemble, chez Laloux, et bu plus que de raison dans un bar de la rue Mont-Royal. Elle taillait les pipes aussi habilement que les ongles. Heureusement ! J'étais trop saoul pour baiser convenablement. Elle s'était tirée avant même que je ne me lève. Je ne me souvenais même plus de quoi elle avait l'air. De quoi avions-nous parlé ? De moi, sans doute. De mes rêves inatteignables, de mes désirs inassouvis, du sentiment de vide qui m'habitait depuis plusieurs mois, un an peut-être.

Je me sentais à l'aise dans des vêtements neufs achetés la veille rue Saint-Denis. Pas tout à fait Séguin, mais passable, tout de même.

Qui donc était ce double un peu BCBG qui m'examinait ironiquement dans la glace de la salle de bain ? Me fixant d'un œil vicieux, l'étranger avait esquissé un léger sourire. Le même qu'hier. Le même que l'avant-veille. Une grimace. Je n'étais plus capable de me regarder en pleine face. Mon double me renvoyait à ma médiocrité petite-bourgeoise et me ratatinait l'ego sans pitié.

Une voix douce, chantante, aseptisée, automatique, informatisée me tira de cette fenêtre par laquelle je contemplais l'extérieur de l'aquarium et les dernières images d'un univers que je fuyais. Comme on fuit la douleur. Comme on fuit les blessures d'orgueil et d'amour. Comme on se fuit quand on a peur d'être rattrapé par l'autre qui sommeille en soi.

« Mesdames et messieurs, au nom du commandant Belhumeur et de l'équipage du *Château d'Uzée*, je vous souhaite… » La voix termina son laïus pour aussitôt reprendre dans l'autre langue « Ladies and gentlemen… » « Vas chier ! » répondis-je machinalement et à voix suffisamment haute pour être compris par la moitié des passagers. Dominant cette frustration bien bénigne, je cessai de maudire l'hôtesse et me concentrai sur mon environnement immédiat.

L'Airbus avait fait le plein de passagers. Mai, m'avait-on déjà dit, était le mois idéal pour un séjour en Europe, en particulier en France. La France, en juillet, je savais déjà.

J'avais appris avec une fille qui jouait maintenant triplement à la mère, Rive sud, juste derrière un centre commercial. À l'époque, elle était une groupie de Mao. Aujourd'hui, elle couvait sa marmaille en écoutant Beau Dommage et ses vieux disques de Cat Stevens. Elle devait m'aimer éternellement, je crois.

Nous avions parcouru la Provence et visité sa parenté dans le Languedoc. Trois petites semaines d'auberges de jeunesse et de camping sauvage. Nous nous étions vite fatigués l'un de l'autre. Elle se cherchait une normalité. Je désirais m'éclater. Elle s'était finalement mise en ménage avec un promoteur immobilier qui roulait en Mercedes, buvait des grands crus et préparait sa première faillite.

Je l'avais croisée dix ans plus tard. Elle avait trente ans mais était restée telle que dans mon souvenir. Nous avions bu quelques bières dans un café de la rue Rachel. Elle venait d'accoucher de son deuxième. Elle ressassait « nos folles années de jeunesse » et égrenait le nom de nos connaissances communes comme si elle récitait le *Who's who* de la première vague des *baby-boomers*, celle à laquelle nous appartenions. Untel était directeur général de CLSC, un autre était cadre chez Bombardier, Unetelle sousministrait aux Affaires sociales, une autre syndicalisait à la CSN. Elle connaissait quelques députés, une brochette de conseillers municipaux du RCM et quelques animateurs sociaux branchés sur l'entrepreneurship communautaire. Son mari officiait à la direction du Parti québécois de son comté et elle en tirait une grande fierté. Pas de pauvres, pas d'exclus, pas d'artistes, rien que de la réussite sociale. Madame mangeait gras, ce qui ne l'empêchait évidemment pas d'expédier ses restes à OXFAM.

« Je suis une vraie petite-bourgeoise, avait-elle conclu à un certain stade de notre ivresse. » Je ne pouvais contredire l'évidence, mais cet aveu m'empêchait de la mépriser. Moins à cause de mes propres origines que par un bonheur de lucidité en vertu duquel je pris conscience que les voies du bonheur humain étaient impénétrables.

J'avais bien sûr, au nom de notre vieille passion, essayé de la draguer un tout petit peu. Elle m'avait gentiment éconduit, me disant qu'elle avait tout ce qu'il lui fallait à la maison.

La France, en novembre, je savais aussi. Voyage organisé par l'Office franco-québécois pour la jeunesse. Lille et sa banlieue, Paris *by night* et sous la pluie. Le mauvais champagne en compagnie de conseillers municipaux communistes ou autrement socialistes des banlieues rouges. Des rencontres plates à en mourir avec de jeunes chrétiens engagés et des soixante-huitards en voie de réinsertion sociale. Un pèlerinage aux sanctuaires sartriens de la Rive gauche. Quelques instants de recueillement au cimetière du Père-Lachaise, où j'avais outrageusement dragué Pierrette. Une visite guidée du siège social de la CGT.

Je m'étais joint à dix membres d'associations de locataires et à quelques syndicalistes de choc. D'anciens marxistes-léninistes ayant subi la mutation péquiste, avant de redevenir libéral-conservateur après une courte parenthèse sociale-démocrate. Du monde *politically correct*. La base sociale de l'intelligentsia du pays qui menace de se faire.

Pierrette faisait fonction d'accompagnatrice. Elle s'était tapé la moitié des gars du groupe et peut-être aussi quelques filles. Elle enseigne aujourd'hui à l'Université du Québec. Elle est vaguement féministe et très généreuse. Je l'aime bien et la vois parfois, au fil des escales dans les bars de la rue Saint-Denis-en-Haut.

Un microcosme. Cet avion constituait un univers. Des femmes et des hommes en nombre à peu près égal. Des jeunes, des plus vieux, des vraiment vieux. Des commerçants, des fonctionnaires, des étudiants, des retraités. Des gens honnêtes et des bandits. Des hétéros, des homos, des indécis. Une majorité silencieuse et une minorité bruyante qui tentait déjà d'obtenir un scotch, une bière, n'importe quoi.

Un monde. Du matériel pour *stand-up comic*. Tout ce qu'il faut pour repartir à zéro en cas de catastrophe planétaire. Deux reliques à capine murmuraient un acte de contrition préventif. Un homme d'affaires obèse lorgnait les jambes de sa jeune voisine et imaginait son entrecuisse. Ces choses-là se sentent, surtout quand elles puent. Un couple de retraités se tenait par la main, savourant peut-être les premiers instants d'un voyage longtemps espéré et rendu possible par le départ, ou la fin des études du dernier vampire. Quelques intellectuels feuilletaient déjà *Le Monde*, histoire d'afficher leur statut. Des profs sabbatisés ? Des fonctionnaires en mission ? Des membres de l'amicale de Radio-Canada ? Avais-je entrevu Jacques Godbout ? Des lecteurs assidus de *Voir* ? Des gonocoques sinécurisés ? Je reconnus un des membres du groupe de Lille qui technocratisait maintenant au ministère de la Sécurité du revenu.

Je les haïssais et… les enviais aussi. Enfin, un peu. Et cette confusion émotionnelle, cette hésitation de la conscience, cette ignorance du renoncement justifiaient justement ma présence entre ciel et terre.

De l'autre côté de l'allée, un homme gras, à moitié chauve, ruisselait de sueur. Je le surnommai Bouddha. Facile. Trop. Devant Bouddha, une vieille dame très digne : Miss Marple. Devant moi, cheveux longs et sales, un grand escogriffe mal rasé, boutonneux, et sa compagne. Leur bébé vagissait de bonheur alors que montait une odeur de merde. « Pas possible ! » Les derniers enfants-fleurs des années glorieuses. « Hostie de bébé ! » grommela le *freak*. Puis, comme pour se consoler, il ajouta : « Dans six heures on sera dans les Europes. »

Je fermai les yeux. Une soudaine impression de légèreté m'envahit. Je défis ma ceinture et ma voisine en fit autant. Avec la sienne, cela va de soi. Robbe-Grillet atterrit sur mon pied gauche avec un bruit de pages froissées. Je me penchai pour le cueillir.

— Pardon, monsieur ! Ce que je peux être maladroite !

La dernière personne à laquelle je prêtai attention fut ma voisine. Pourtant…. Une femme d'environ trente-cinq ans. Cheveux bruns. Yeux pers. Mince. De la classe. L'habitude de fréquenter le beau linge. Et, surtout, une voix mélodieuse, chaude. Un dessert.

— Française ?

Elle me gratifia d'un sourire très relations publiques. Ses lèvres me parurent gourmandes.

— Ça se voit tellement ?

— Ça s'entend.

La réplique classique pour désarçonner les Français. Je souris à mon tour, baveusement.

— François Maheux, spécialiste en identification de nationalité. Ma carte.

Je fis mine de chercher dans chacune de mes poches.

— Merde ! mon majordome a oublié de les glisser dans ma poche. Ah, les domestiques ! On n'en trouve plus de vraiment fiables.

Elle rit. Un rire de gorge. Un rire de femme bien élevée.

— Je sais… Mireille de la Tour d'Ardois.

C'est pas vrai ! Ça s'peut pas des noms pareils. Elle me rend la monnaie de ma pièce, pensai-je en serrant la main tendue.

— Hein ? fis-je, fort impoliment.

Elle rit de nouveau, mais, cette fois, comme une gamine fière d'avoir réussi un bon coup.

— Mireille Latour.

Sa main était toujours dans la mienne. Je la lâchai à regret.

— Très heureux de vous connaître, m'ame. Avez-vous lu le dernier Exbrayat ?

16

De toute évidence, ma voisine était passablement vite sur ses patins. J'eus subitement très peur de sombrer dans le ridicule, mais n'en continuai pas moins de m'affirmer comme un parfait imbécile.

— Oui. Vous vous référez sans doute à *De la neige dans le Boeing* ?

Et voilà, mon bonheur était presque total. J'en avais assez de ce dialogue puéril. Je rendis les armes.

— Très bien, soyons sérieux. Vous êtes venue visiter des amis ?

— Voyage d'affaires.

— Je vois.

Elle continuait de me dévisager, se demandant sans doute ce que me révélaient mes talents de visionnaire.

— Je représente une maison d'édition.

Je ne pus m'empêcher de m'enfoncer un peu plus dans le ridicule.

— Vraiment ! Vous connaissez Rimbaud ?

— Je devrais ? Qui est-ce ?

Elle ne cessait de me servir son plus beau sourire. Un peu plus et elle m'offrait un miroir en échange de mes peaux de castors.

Je m'empêtrais dans une situation que j'avais imprudemment provoquée et que je ne pouvais délier. Il ne me restait qu'à souhaiter que cette Française-là soit un peu moins chiante que les autres et qu'elle m'accorde le répit que l'on doit à un adversaire écrasé. Je m'expliquai, le plus simplement du monde.

— Pouvez-vous faire comme si je n'avais rien dit ?

J'attendis. Son sourire se modifia légèrement, se normalisa. Cela me rassura. Je poursuivis. Un copain, Miguel « Rimbaud » Guetta. Un grand poète, vous savez. Le surnom lui a été donné il y a quelques années. Il était dans la résistance.

— Ah… bon… ! Êtes-vous toujours aussi… ?

— Fou ?

— Amusant.

— Ça dépend. Je n'ai pas souvent l'occasion d'accueillir Robbe-Grillet sur mon soulier, dans un Airbus. Faut croire que ça m'excite.

— Vous connaissez, fit-elle en brandissant *Glissements progressifs du plaisir*.

— J'ai lu *Les Gommes*.

— Et…

— J'ai trouvé ça verbeux comme seuls les Français savent l'être.

— Eh bien, vous, on ne peut pas dire que vous nuancez vos jugements !

— Vous trouvez ? Que voulez-vous, la plupart des auteurs français contemporains me font plutôt suer. Vous autres, les Français, avez l'art de remplir des pages et des pages avec peu de choses. Faut le faire ! C'est un art auquel s'entraînent aussi plusieurs auteurs de chez nous. Normal, quand nous ne singeons pas les Américains, ce sont les Français que nous copions. Une certaine intelligentsia ne semble heureuse que dans la négation de son identité. Savez quoi ? La littérature la plus intéressante, c'est l'américaine. Connaissez-vous William Kennedy, Russel Banks, Don De Lillo, Cormac McCarthy ? Les Latinos ne sont pas mauvais non plus. J'aime beaucoup Vargas Llosa, même si c'est un foutu type de droite.

Mon éditrice buvait du petit lait. J'étais sur son terrain. J'arrêtai quelques secondes, pour respirer. Elle semblait s'intéresser à mon ignorance.

— Vous écrivez ? fit-elle en m'adressant un sourire compréhensif et, me sembla-t-il, un tantinet maternel.

— Le p'tit Jésus m'en garde ! Je suis un produit des cégeps, moi, madame ! Je ne sais ni conjuguer les verbes, ni accorder les participes.

— Vous êtes un moderne.

Un point pour elle. Elle me les retournait toutes sans effort.

— J'ai produit un recueil de nouvelles qui fut édité il y a quelques années par un éditeur qui fit rapidement faillite. J'ai aussi écrit de la poésie qui a été remarquée par la critique. J'en ai vendu cinquante-trois exemplaires. J'ai même gagné un prix et obtenu cette indispensable bourse sans laquelle je ne pourrais me payer tout ce luxe. Des copains sur le jury et tout ça... Je suis encore jeune et j'ai de grandes ambitions.

— Vous semblez vous y connaître. Je suis d'accord avec vous pour les Latinos. Les Arabes et les Japonais sont aussi à la mode depuis quelques années. Quant aux Français... Eh bien, je... Je serais moins catégorique que vous. Vous êtes injuste à l'égard de Robbe-Grillet...

— Les cent huit écailles du corps de l'Ouraboros. Les hiéroglyphes d'Horopollon. Un pur délice.

— Les Québécois sont-ils tous aussi agressifs que vous ?

— Ne m'en veuillez pas pour ce comportement bizarre. C'est que je suis un peu tendu ces temps-ci. Je mue.

— Je ne vous en veux pas. Bien au contraire. Je vous trouve très intéressant. Après avoir rencontré la faune littéraire institutionnelle québécoise, vous êtes le premier original avec qui j'ai le plaisir de discuter. C'est mon premier voyage au Canada. N'est-ce pas Jacques Godbout qui est assis en première ?

— Le type qui occupe deux sièges ? Parce que vous avez aussi été au Canada !

— Tiens ! je croyais que vous aviez réglé votre problème d'identité une fois pour toutes.

— Je retarde un peu sur l'histoire.

— Et que faites-vous dans la vie, à part râler ?

— Je serais un peu sociologue, un peu journaliste à la pige, un peu n'importe quoi qui touche les communications. Je vous l'ai dit, je suis extrêmement ambitieux.

— Ah !

Je compris que, pour ma voisine, cela expliquait tout.

L'hôtesse nous informa que le repas serait bientôt servi. Des apéritifs furent offerts et acceptés. Ma voisine commanda un Dubonnet et moi un double scotch *on the rocks*. « Un Glenfiddich », insistai-je, à la manière de James Bond. L'hôtesse me gratifia de son plus beau sourire et me présenta nonchalamment deux petites bouteilles de Canadian Club. Je les acceptai.

Nous gardâmes le silence pendant quelques minutes.

Cette conversation m'obligeait à me rendre une fois de plus à l'évidence. J'étais devenu hargneux, intolérant, misanthrope. J'étais incapable de vivre ma vie sereinement. Je haïssais tout le monde et, même si je savais bien que je n'avais pas toujours raison, je me comportais comme si l'humanité n'était composée que d'une bande de minables cloportes. En un mot comme en cent, j'étais devenu carrément insupportable. Cette reconfirmation de mon état me déprimait au plus haut point. Je sombrais dans une espèce de névrose destructrice et j'ignorais vraiment comment m'en sortir.

Plus qu'une fuite, ce voyage était une thérapie. Trop de choses s'étaient passées dans ma vie au cours des dernières années pour qu'il en aille autrement. Ma dernière blonde m'avait quitté, comme d'autres l'avaient fait avant elle. Mon orgueil en avait pris un coup. Je l'aimais, je pense. Un peu. Je n'en suis pas vraiment sûr. Elle avait dû s'en rendre compte. De toute façon un homme souffre toujours quand c'est sa blonde qui le quitte.

Je souffrais de toutes mes défaites personnelles et de toutes nos défaites collectives. J'avais l'impression d'avoir été trahi par la plupart de celles et de ceux qui avaient traversé ma vie.

Une bonne partie de mes amis s'étaient casés dans des jobs de fonctionnaires. Certains s'étaient recyclés dans l'entrepreneurship et ne discutaient que du rendement de leur capital et de placements dans l'immobilier. D'autres s'essayaient dans les circuits politiques traditionnels, disant que dorénavant il fallait penser en terme de *realpolitik*.

Les syndicalistes que je fréquentais s'étaient transformés en agents d'assurances et misaient sur la publicité pour vendre leur salade. Il n'y avait plus de gauche, plus de droite, plus d'idées à faire valoir, plus de convictions ni de courage pour les défendre. La société québécoise, à l'image de son premier ministre, se provincialisait, se régionalisait, se laminait, s'indifférenciait, se ratatinait, s'effondrait, se courbait, devenait drabe comme un uniforme, terne comme une journée pluvieuse, triste comme une tourterelle esseulée.

L'université, où j'enseignais occasionnellement à titre de chargé de cours, n'était plus qu'une immense tablette corporatiste où croupissaient des fins de carrières, des idéaux oubliés et honteux, des gestionnaires de tous les prêts-à-porter intellectuels, des subventionnés de plus en plus sourds, muets et aveugles.

J'exagérais. J'en mettais trop. Je débordais de peine, et, dans ce temps-là, j'exagère toujours.

Rimbaud, mon ami Rimbaud, ne dessaoulait plus depuis je ne sais combien de mois. Il n'avait même plus le ressort de rire, de se moquer férocement de tout ce qui bouge. Il s'était mis dans la tête qu'il était « infâme », mais refusait de dire pourquoi. Cette longue agonie de Rimbaud m'affectait au plus haut point. Quant à ma famille, je n'étais absolument plus capable de la sentir. À part, bien sûr, Julie, ma sœur cadette à qui je n'avais pas eu le courage de dire au revoir avant de partir. Tant pis, je lui écrirais aussitôt arrivé.

Ma voisine me sortit de ma torpeur morbide.

— Sociologue… Vous enseignez ? Les seuls sociologues que je connaisse sont professeurs et, bien sûr, écrivains. Ils écrivent beaucoup, les sociologues français.

— Un peu. À l'UQAM. Je suis très polyvalent. J'ai été travailleur agricole, gardien de phare, moniteur en garderie, conseiller politique, animateur social, chauffeur de camion, gérant d'artiste. Je sais faire tellement de choses. J'ai offert mes services au Cirque du Soleil…

— L'UQAM… ?

— L'Université du Québec à Montréal. Et vous, qu'est-ce qui vous a attirée à Montréal?

— Je suis venue rencontrer des auteurs, des représentants de maisons d'édition et régler quelques petits problèmes de distribution.

— Intéressant comme travail?

— Je rencontre des tas de gens amusants, quelquefois bizarres, parfois très brillants, souvent détestables. Je voyage... Qu'écrivez-vous présentement?

Cette question était parfaitement inattendue et plutôt vicieuse. Elle ne pouvait pas le savoir.

— Mon Dieu... Je n'ai plus rien à dire.

— Vous savez, c'est incroyable le nombre de personnes qui n'ont strictement rien à dire et qui pourtant réussissent à noircir des rames de papier.

— Quelle époque!

Mireille Latour avala une gorgée de Dubonnet et se cala dans son fauteuil.

— Je vous dérange. Vous préférez peut-être vous reposer?

L'arrivée d'un steward apportant les repas m'évita de répondre. Ce qui d'ailleurs servait mes intérêts puisque ma voisine s'avérait être, à tout prendre, d'une compagnie plutôt agréable. Je terminai mon verre.

— Et... si nous cessions de nous vouvoyer? Ça me gêne terriblement.

Elle m'adressa son plus beau sourire et leva son verre à ma santé.

Nous continuâmes de jaser aimablement de tout et de rien. Elle me recommanda un hôtel deux étoiles dans le Quartier latin et quelques bonnes tables connues seulement des habitués. Après le repas, on projeta *La Couleur pourpre*, film que je revis avec plaisir.

Une douce chaleur m'envahit et je notai que Mireille Latour s'était endormie. J'en fis autant, la tête tournée à droite pour mieux respirer le parfum de ma voisine.

Nous nous réveillâmes à la verticale de la Bretagne, fripés comme on peut l'être après avoir dormi recroquevillé sur un siège d'avion.

II

Le XVIᵉ arrondissement m'apparut tel que je l'avais construit au fil de mes lectures, confirmant cette impression de déjà-vu qui m'habitait depuis mon arrivée à Paris.

Mon imagination n'avait su altérer le trop beau visage de ce Paris de riches où se concoctait, dans le secret des alcôves et l'animation des salons, l'histoire d'un pays au passé glorieux et à l'avenir incertain.

Les hôtels particuliers de l'avenue de Versailles, de la rue de la Source ou du boulevard Murat annonçaient la richesse et le pouvoir. De vieilles fortunes, des rancunes inassouvies, l'habitude du commandement logeaient entre ces murs. Ce confort bourgeois un peu suranné s'affirmait sereinement, sans trop d'arrogance ni de tapage, comme partie du patrimoine français. J'imaginais de vieilles douairières prenant le thé dans des jardinets, tandis que des neveux intéressés leur faisaient la conversation. Ici, tout n'était qu'ordre et bonnes manières.

En marchant dans un parc, j'avais vu des gouvernantes pousser des landaux où sommeillaient des gosses de riches. J'avais souri en voyant un larbin en livrée, bottes en cuir noir, casquette et gants gris, promener les toutous de madame : quatre horribles pékinois hystériques. Les clichés s'accumulaient sur ma route.

Je croisais des retraités qui déambulaient lentement, et des hommes affairés à la gueule de faux cul qui sortaient sans doute de chez leur maîtresse. Une dame un peu grassette à qui je m'étais enquis de la direction à prendre pour me rendre où j'allais avait failli mourir de peur avant de balbutier : « Vous n'êtes pas d'ici ? » Voyant que je ne semblais pas vraiment dangereux, elle m'avait examiné de haut en bas, comme si j'étais un cheval de course ou une pâtisserie géante. Elle se pourléchait les babines. Cannibale ? Je m'étais enfui avant qu'elle ne m'offre la visite commentée de sa chambre à coucher.

Même si j'étais déjà venu en France, j'étais certainement un des derniers Québécois de ma génération, de mon groupe social, à ne pas avoir vraiment parcouru les rues de Paris. J'aurais pu le faire dix fois. Mais il y avait un pacte entre Rimbaud et moi. Nous ferions ce pèlerinage ensemble. Nous nous promettions une virée folle. Nous bâtissions notre projet sur nos préjugés et aussi, comme tous les Québécois, sur une espèce de complexe à faire saliver Lacan que nous entretenions vis-à-vis de ces Français métropolitains dont nous vomissions l'impérialisme et haïssions la prétention.

Chaque fois qu'il m'avait été possible d'y venir, Rimbaud, lui, ne le pouvait, ou ne le voulait pas. Je m'étais refusé Paris par solidarité et, aussi, je le sais maintenant, par veulerie. Rimbaud est un despote. Il m'aurait dit : « Tiens, le petit-bourgeois n'en peut plus. Tous les autres l'ont fait, il doit le faire aussi… » Je suis certain que

Rimbaud souhaitait y aller mais qu'il s'y refusait par entêtement. « Je ne veux pas laisser ma mère toute seule et elle ne désire pas s'y rendre. » Notre pacte est écrit d'une encre qui ne séchera jamais.

L'édifice où je me rendais était brillamment éclairé. Une haute clôture en fer forgé l'isolait de la place Jean-Lorrain. Il fallait gravir un large escalier de marbre avant de pénétrer dans un hall somptueux où du personnel surnuméraire accueillait les invités. L'arrière de l'immeuble s'ouvrait sur une large terrasse d'où on accédait à un parc très bien entretenu et égayé de fontaines et de sculptures, tant modernes que classiques.

Le Tout-Paris devait s'y trouver. Des centaines de personnes y circulaient. Un va-et-vient constant à partir d'un grand salon d'où s'échappait une rumeur sourde sur fond musical.

Mireille m'avait dit : « Si tu veux voir le Paris de tes fantasmes et de tes préjugés, tu seras servi. » Une invitation lancée à la dernière minute, alors que nous quittions l'aéroport. « Une petite fête de l'intelligentsia parisienne », avait-elle précisé.

Je m'attendais à rencontrer quelques dizaines de personnes et je me voyais maintenant fondre dans une mixture humaine composée de centaines d'éléments. « Il y aura plusieurs autres Québécois. » Argument massue avancé comme ça, mine de rien, pour agacer un peu, pour intriguer l'indécis. De la drague, avais-je pensé. La collection de papillons ou d'estampes revue et corrigée, ayant atteint un stade de sophistication plus élevé. Étais-je si charmant ? Prétentieux plutôt. Je commençai à élaborer des scénarios plus ou moins lubriques. Nous nous étions quittés sans promesse. Nous nous étions chaleureusement souri. Je notai qu'elle possédait une fort jolie dentition : des petites dents de louves.

Elle ne m'avait cependant pas dit qu'il s'agissait d'un bal costumé et je faisais tache avec mes jeans et ma veste de cuir élimée.

Je jouai l'habitué, m'emparai d'une flûte de champagne qui passait à proximité et fit mine de chercher quelqu'un. Plusieurs des invités s'étaient déguisés. Dans certains cas, je n'aurais pu jurer qu'il ne s'agissait pas de leur accoutrement normal. Enfin, le tiers des autres avait revêtu, qui un smoking, qui une djellaba.

La plupart des grands couturiers affichaient leurs couleurs, du moins je le supposais. Des créatures de rêve et des êtres de cauchemar portaient d'étranges vêtements conçus plus pour la parade que pour l'habillement. Elles avaient les jambes longues et fines, la taille mince, le ventre plat, les yeux fixés sur des objectifs gourmands. Un congrès de Barbies. De vieux messieurs les reluquaient sans vergogne, de vieilles snobs s'enfuyaient sur leur passage et une meute de dandys conquérants partaient à l'assaut de ces forteresses enfarinées. Il en faut vraiment pour tous les goûts.

Le délégué général du Québec s'amena. Il était accompagné d'une personne que je ne connaissais pas et qui semblait très excitée. Sortie de nulle part, Mireille Latour vint l'accueillir très chaleureusement. Poignées de main et baisers protocolaires.

L'ambassadeur du Canada discutait un peu plus loin avec un groupe d'Africains. Il adressa un petit salut à son collègue québécois, s'excusa auprès de ses interlocuteurs et vint lui dire quelques mots. Un vieil homme se joignit à eux. Il devait occuper une fonction importante car l'ambassadeur et le délégué lui manifestèrent immédiatement le respect que l'on doit aux puissants, ou que l'on fait mine d'accorder à leurs commis. Je ne connaissais pas ce personnage, pas plus que je n'avais reconnu un seul individu parmi les gens qui m'entouraient.

Je laissai les diplomates à leurs banalités et me faufilai un peu plus profondément dans la place.

Je croisai un Merlin qui n'avait pas l'air plus enchanté qu'il ne le faut d'être là. Il semblait s'engueuler avec une grande fille sèche et outrageusement maquillée. Près d'un bar, Sartre et Malraux poursuivaient leur dialogue là où la mort l'avait stoppé. Hallucinant ! Un petit trapu bedonnant, l'air un peu baveux, lunettes et lèvres épaisses, habit savamment froissé, un vieil exemplaire de *La Cause du peuple* à la main. Un grand sec nerveux, longs doigts arthritiques, toupet placé n'importe comment, œil combatif. Mes yeux firent automatiquement le tour de la place : Simone ne devait pas être loin. Les deux déguisés étaient sans doute les seuls que je reconnaissais. J'aurais été bien incapable d'identifier l'un ou l'autre des autres travestis qui pouvaient se trouver là.

Je crus comprendre que le duo se donnait en spectacle, faisant mine de traiter d'un sujet d'actualité à la manière des défunts originaux. Chaque clan applaudissait la répartie de son poulain. On s'interpellait, on s'interrompait. Un jeu obscène. Je laissai ce triste spectacle, refis le plein de Dom Pérignon et ramassai quelques hors-d'œuvre.

Ainsi isolé dans cet univers artificiel, je songeais déjà à partir quand une main se posa sur mon avant-bras.

— Hello… !

Je me retournai vivement.

— On s'ennuie ?

— C'est quoi tout ce beau monde ? Une amicale ?

— Les écrivains les plus en vue de la francophonie, des sculpteurs, des peintres, des sociologues et des philosophes, des diplomates, des critiques, des putains et des gigolos, des représentants de la plupart des maisons d'édition sérieuses ayant pignon sur rue à Paris. Mon cher, cette petite sauterie constitue l'équivalent de la fête de *L'Humanité* pour le gratin intellectuel des deux rives. Tu es un privilégié. Le sais-tu, insista-t-elle, moqueuse ? À propos, tu es bien logé ? Tu as eu le temps de visiter un peu ?

Elle m'entraîna vers un petit groupe tout en commentant le paysage.

— Tu vois, là-bas… ?

— Pas loin des singes ?

C'est ainsi que j'avais résolu de nommer les deux copies.

Mireille m'interrogea du regard. Je lui indiquai du menton la direction à suivre.

— Sartre et Malraux ! Ils nous refont le même numéro depuis quatre ans.

— Ils sont obscènes.

— Tu es trop sensible. As-tu reconnu Sartre ? Je veux dire, sa copie ?

Je haussai les épaules.

— C'est un critique littéraire de chez vous.

Elle mentionna un nom. Rimbaud le détestait. Moi aussi. Les Québécois, quand ils se mettent à jouer les Français, sont les êtres les plus détestables que je connaisse. Cette attitude représente pour moi l'expression la plus achevée du colonialisme. Plus, peut-être, que l'anglicisation qui, au moins, peut s'expliquer par la pression des voisins et les besoins du commerce.

Je partageais des amitiés ponctuelles avec un certain nombre de ces travestis qui travaillaient, pour la plupart, à Radio-Canada, hantaient les couloirs de la Grande-Allée ou enseignaient les lettres à l'université. Chaque peuple possède les siens, aussi bien en prendre son parti.

Les nôtres s'étaient effondrés, s'étaient dissous, s'étaient focalisés sur leur petite personne au lendemain du référendum de 1980. Le peuple ne les méritait plus. Au temps du FLQ, ils s'encanaillaient en jouant les révolutionnaires de seconde ligne, ceux qui hantent les comités de soutien quand les autres sont en prison. Ah ! le doux frisson. La plupart suivaient la mouvance péquiste. D'autres butinaient dans le jardin libéral ou marivaudaient avec les gauches du moment.

On les retrouvait immanquablement dans les jurys et les comités de sélection. Ces charmantes personnes se renvoyaient allègrement l'ascenseur des bourses, subventions et médailles. Des téteux professionnels, des lèche-cul, des forcenés du savoir-paraître, de pauvres mecs toujours malheureux en amour, ce qui les rendait d'autant plus mauvais.

Ils avaient toutes et tous lu Kundera, dont *L'insoutenable légèreté de l'être* avait provoqué un des grands orgasmes intellectuels de l'époque. Ils connaissaient García Márquez, Daniel Pennac, Tahar Ben Jelloun, Frank Herbert, Mishima Yukio et, bien sûr, Robbe-Grillet. Ils avaient tous leur petite idée sur l'identité réelle de Réjean Ducharme et méprisaient plus ou moins Michel Tremblay. Ils avaient une peur blanche du sida et se moquaient allègrement des féministes qui dénonçaient leur pornographie quotidienne.

Ils avaient cru que les ordinateurs seraient les aphrodisiaques de la créativité. Joualisants en soixante, marxistes en soixante-dix, modernes en quatre-vingt, radoteux en quatre-vingt-dix; ils tondaient l'herbe où qu'elle pousse et quelle que soit sa couleur. Leurs dieux mineurs avaient été Althusser, Poulantzas et Sartre pour la philosophie, Proust pour la littérature, Reich et Miller pour le cul et Lacan pour le divan.

Ils étaient une partie de mon problème.

Mireille m'entraîna un peu plus loin.

— Tu ne m'avais pas dit que c'était un bal costumé.

— Mais non! Mais non! fit mon hôtesse en me tapotant maternellement la main et en réaffirmant son emprise sur mon bras. Mes amis sont… comment dire…?

— Un peu capotés?

— Excentriques. Un peu excentriques, voilà tout. Viens, je t'en présente quelques-uns. Tu les trouveras charmants. Et cesse donc de jouer les provinciaux!

Je me tournai vers Mireille Latour, me penchai légèrement pour que les autres n'entendent pas la grossièreté que j'allais lui servir. Elle crut sans doute que je voulais la mordre. Elle m'offrit son cou que j'effleurai de mes lèvres avant de roucouler:

— T'ai-je dit que tu étais superbe? Le rouge te va à ravir.

— Tu trouves ?

Et comment que je trouvais ! Elle était vêtue d'un sari écarlate absolument magnifique. De la soie pure et des fils d'or. Elle portait un assortiment de bracelets d'argent qui tintinnabulaient quand elle levait le bras. Pourquoi une aussi jolie femme m'avait-elle invité à cette soirée alors qu'elle ne me connaissait absolument pas ? Je n'étais pas une célébrité avec qui on aime se montrer. Je n'étais rien. Il faudrait que je le lui demande. Je l'avais légèrement embrassée dans le cou et cela ne l'avait pas offusquée. Sans doute étais-je son nouveau jouet.

— Fais-moi plaisir, Mireille, dis-moi que tu n'es pas Virgule-de-Guillemet ?

— Méchant garçon !

Elle m'entraîna au cœur de la cage dorée qui lui servait de terrain de jeu.

Tout excitait maintenant ma curiosité : les meubles d'époque, les croûtes incohérentes qui ornaient les murs, l'immense table sur laquelle s'alignaient des bouteilles ventrues, le quintette de musiciens sud-américains, la valse des garçons en livrée qui bourdonnaient autour des convives, et surtout, surtout, l'invraisemblable échantillonnage d'humanité qui s'était rendu à l'invitation de mon hôtesse.

— Monsieur Olson, de l'ambassade canadienne, et madame Frenette.

— Enchanté, fis-je hypocritement.

— Monsieur, répondit mécaniquement l'attaché culturel.

Je serrai la main de la dame et me laissai entraîner ailleurs.

— Pierre Cerisy.

Je reconnus le poète à qui Rimbaud avait déjà cassé la gueule lors d'une beuverie à *La Casa espagnole*. Il était maintenant sous-ministre associé au ministère de la Culture.

Que fabriquait mon ami en ce moment ? S'il me voyait...

Cerisy et moi avions sensiblement le même âge, à quelques années près. Il en paraissait pourtant vingt de plus. L'abus des drogues et des petits garçons, pensai-je vicieusement. Me reconnaissait-il ?

— Je vous connais... ? fit celui que Rimbaud nommait méchamment la cerise ou, plus férocement, « Pink Lady ».

— Nous nous sommes déjà rencontrés. Il y a dix ou douze ans, je crois. Je suis un bon copain de Rimbaud.

Le fonctionnaire s'anima.

— Rimbaud ! Le... ?

— L'autre.

Mon interlocuteur fit une curieuse grimace.

— Ah ! commenta-t-il dans un souffle.

— Eh oui... !

Je haussai les épaules, fit faire demi-tour à ma compagne et plantai là ce souvenir d'une époque animée.

— Françoise Sagan ! C'est la vraie ?

Mireille confirma.

— Viens, je vais te présenter. Elle adore l'exotisme.

Je me laissai guider.

— Françoise, ce monsieur tenait à vous être présenté. Un de vos admirateurs québécois. Il a lu tous vos livres et...

La garce ! Elle en remettait. L'autre m'examina d'un œil d'orfèvre.

— Le Québec. Vraiment. Je dois m'y rendre en septembre. Monsieur... ?

— Pierre Péladeau.

Je surveillais la réaction de Mireille. Rien. Elle ricanait.

Mine de rien, Malraux, qui avait terminé son spectacle, s'amena.

— Si j'ai bien compris, vous êtes québécois ?

— Vos oreilles fonctionnent à merveille.

— Ah, ah ! Tu nous en a amené un coriace, ma chère Mireille. Un dur de dur.

Il darda son œil noir sur moi, prit la pose.

— Une terreur, confirma Mireille.

— Le Québec ! Quel beau pays que le vôtre ! L'Espagne, la Chine, l'Amérique, le Québec… L'avenir ! conclut-il sentencieusement.

Malraux était visiblement complètement saoul. Il baisa la main de Mireille, éructa une excuse et se faufila vers le bar.

Notre porte-à-porte nous fit rencontrer des émirs, Serge Lama et Joséphine. Nous héritâmes d'un exemplaire de *La Cause du peuple*, que Sartre distribuait généreusement. Nous croisâmes des plumes et des pinceaux, Mickey Mouse et Minnie, Roch Voisine, Astérix, Plamondon et Dufresne, George Sand, et Finkelstein. Mauriac ne nous salua même pas et Robbe-Grillet nous offrit de la gomme, Godbout devisait aimablement avec un Citélibriste de la vieille cuvée dont le nom m'échappait.

— Chaque année, c'est pareil, commenta Mireille. J'espère toujours les voir changer de costumes, mais, que veux-tu… ?

Elle fit un large geste de la main pour indiquer son impuissance.

— On ne se débarrasse pas facilement de ses vieilles frusques.

Il m'arrive parfois d'être clairvoyant.

Après Mireille, la première personne qui s'intéressa vraiment à moi fut Big Daddy Papa, un énorme Éthiopien au crâne luisant qui vint me reluquer d'une manière plutôt gênante. Il portait une djellaba verte ornée de fils d'argent qui dessinaient des arabesques à hauteur du cou et des poignets. Il marchait pieds nus. Il portait une bague à chaque doigt. Il fendait l'assistance avec la grâce d'une felouque, tassant ici un consul, là une mondaine. Le type parfait de celui qui profite de la culpabilité des autres. Aurait-il été cri qu'il n'aurait pas connu plus de succès. Il se contentait d'être fort, et noir, et iconoclaste. Big Daddy Papa était visiblement du côté des faibles et des sans-grade. Il avala presque Mireille qui se laissa faire avec plaisir. Rimbaud l'aurait aimé.

Lorsqu'il se déplaçait, les clochettes d'argent qui pendaient à ses chevilles tintaient bizarrement. Des anneaux passés à ses orteils attirèrent mon regard et je regardai ses pieds avant d'examiner son visage. Sans doute était-ce là l'effet recherché.

— Ces bracelets à mes chevilles sont pour me rappeler l'esclavage de mes ancêtres. Pour le rappeler aux filles et aux fils de maîtres aussi. Nous sommes felliniens, ne trouvez-vous pas ?

— Plutôt, m'entendis-je dire.

Sa voix m'étonna autant que le reste. Il zézayait. On aurait dit Roussos. Cela ajoutait à l'étrangeté du personnage. Mireille s'était absentée, me laissant seul et un peu intimidé par Big Daddy. Ce dernier m'examinait avec gourmandise. Il sentit mon malaise et roula des yeux comme je n'avais jamais vu personne le faire.

Big Daddy éclata d'un rire communicatif et entoura mes épaules de son bras, affectueusement.

— Canadien ?

— Québécois.

— Vous n'êtes pas le seul. Nous sommes les Nations unies. Tenez, là, Bosniaques authentiques. À gauche, un Tatar. Près du buffet, à côté d'Édith Piaf, une princesse Quechua. Jolie femme ! Ici, vous rencontrerez des représentants de toutes les minorités, de toutes les dissidences. Vous êtes en territoire conquis par les opprimés de la Terre. Tiens, c'est Arrabal, nota-t-il pour lui-même, alors qu'un Zorro théâtral réussissait son entrée. L'autre, là-bas…

— Celle qui boit du champagne dans un soulier.

— E-xac-te-ment ! Elle prétend être la fille illégitime de Salvator Dali. C'est faux, naturellement. D'ailleurs, Salvator Dali n'existe pas. C'est lui qui l'affirme.

Cela fit s'esclaffer l'Éthiopien qui manqua s'étouffer.

— Et… ces deux-là ?

Je pointai très impoliment du doigt en direction d'un couple.

— Euh ! Je ne les connais pas. Sans intérêt.

Il me demanda de l'excuser.

Une fille splendide. Non qu'elle fût d'une beauté à tenter le diable, mais plutôt d'une discrétion à le décourager. La formule me plut tout de suite. La jeune femme semblait s'ennuyer mortellement et, de toute évidence, n'attendait que l'acquiescement de son escorte pour ficher le camp.

L'homme qui l'accompagnait devait être arabe. Peut-être palestinien. Il présentait le type sémite classique : nez plutôt aquilin, yeux noirs, regard brûlant, cheveux crépus, teint cuivré.

Un bel homme. Opinion que semblaient partager plusieurs femmes autour de lui. Il aurait pu être juif, mais quelque chose me disait que ce n'était pas le cas. Une intuition. Ses yeux, peut-être. L'homme examinait cette foule hétéroclite et un pli moqueur se dessinait aux commissures de ses lèvres. Ce couple n'appartenait pas à la faune qui se bousculait dans les salons de Mireille Latour.

Big Daddy Papa revint, accompagné cette fois d'un personnage sanglé dans des cuirs multicolores qui lui donnaient l'allure d'un Arlequin à la chevelure blonde. Mon Éthiopien le dévorait des yeux. Il avait l'air d'un saint-bernard nègre à qui l'on aurait offert un mets préparé par Bocuse.

— Tu me présentes ce beau jeune homme, susurra l'éphèbe ?

— François Maheux, fis-je en tendant la main.

Le nouvel arrivé la serra avec une force dont je ne l'aurais pas cru capable et me décocha un sourire invitant. Il me semblait l'avoir déjà vu quelque part.

— On vous laisse seul avec cette grosse brute et on ne vous offre même pas de champagne. Quelle tristesse ! Nous sommes vraiment décadents.

Big Daddy Papa opina du bonnet et, joignant le geste au signe, se déplaça vers le buffet, un peu à la manière d'un char d'assaut se frayant un chemin dans les rangs ennemis.

Je n'avais jamais bu autant de champagne. D'ailleurs, je n'en avais bu que très rarement et du pas aussi bon. On ne l'exporte pas vers les colonies. Un ou deux mariages, l'élection à l'Assemblée nationale d'une fille avec qui j'entretenais des rapports occasionnels, quelques lancements, un ou deux prix littéraires. Je commençais à me sentir légèrement givré.

Big Daddy Papa, lui, était carrément ivre et tanguait comme un galion dans la tempête. Il revint avec deux verres et une bouteille fraîche. Il remplit nos verres, fit un clin d'œil et siphonna l'équivalent de trois flûtes directement à la source. Cette performance fut saluée par des applaudissements. Je pris l'air de celui qui ne connaissait pas ces gens. Je m'écartai quelque peu de Big Daddy qui avait commencé à haranguer la foule dans un sabir absolument indigeste où dominait sans doute le swahili. Puis, comme un taureau blessé à mort, Big Daddy Papa s'écroula au pied de Malraux en affirmant qu'Allah est grand. Quatre larbins vinrent enlever la dépouille sans autre formalité.

J'avais néanmoins appris qu'Arlequin se nommait Robert, puis Igor, puis Arsène. « Le bel Arsène », avait insisté un faux blond frôlant la soixantaine. En fait, comme me l'apprendrait bientôt Mireille, il se nommait Freddy. Il était moitié peintre, moitié mondain, et vivait, selon la rumeur publique, des services offerts à de vieux homosexuels parisiens.

Quand à Big Daddy, il dirigeait une petite formation de jazz qui connaissait un certain succès depuis que l'Afrique était à la mode.

Malgré leurs vices, ces deux personnages s'étaient révélés d'un excellent commerce, tellement que j'en avais momentanément oublié Mireille.

Les événements des dernières minutes avaient sonné le signal du départ. La plupart des invités se dirigeaient vers la sortie en se saluant. Des petits groupes se formaient qui iraient finir la soirée dans un bar de Pigalle ou un night-club de Saint-Germain-des-Prés. Je m'apprêtais à tirer ma révérence quand Mireille réapparut magiquement. Freddy la suivait en se déhanchant. La démarche de mon hôtesse laissait filtrer une certaine fatigue. Quand à Freddy, il me dévisageait d'un œil moqueur.

— Mon cher François, je vois que tu as noué des relations.

— J'ai un peu mal à la tête.

— Ce n'est pas cet excellent champagne qui… ?

Je niai du bonnet.

— Le décalage horaire, suggéra gentiment Freddy, qui ignorait sans doute que j'étais à Paris depuis quelques jours.

Il dut lire dans ma face l'estime dans laquelle je le tenais pour m'avoir fourni un prétexte aussi à propos.

— C'est ça, le décalage horaire, fis-je en esquissant une grimace.

— Viens, je te prépare un café, suggéra Mireille du ton de celle qui n'accepterait pas de refus.

— Mais…

— Viens, insista-t-elle maternellement.

Elle prit congé de Freddy et m'entraîna vers la partie privée de l'immeuble.

Je la suivis et, chemin faisant, constatai que presque tous les invités étaient partis. Il ne restait plus que quelques poivrots agglutinés autour d'un buffet qui avait connu des jours meilleurs. L'œil éteint, Malraux ne nous vit même pas.

— Me voilà maintenant un habitué des salons parisiens.

— C'est un grand mot. Disons que mon père aime accueillir des artistes de temps en temps.

Elle ne m'expliqua pas pourquoi elle ne m'avait pas présenté à son paternel.

— Un refuge pour espèce menacée ?

— Si tu veux. Quoique bon nombre de représentants de l'espèce menaçante étaient aussi présents.

Une lueur amusée éclaira son visage.

— Et… vous en entretenez combien, de ces hurluberlus ? dis-je tandis qu'elle préparait les cafés.

— Une centaine, toujours les mêmes. Tu sais, sous des dehors plutôt bizarres, cette tribu de décadents me rend de fiers services. Malraux est critique pour le compte d'un grand journal. Sartre enseigne la littérature et est directeur de collection chez nous. Les prochains Goncourt, Fémina et Interallié seront sélectionnés par des gens qui étaient ici ce soir. Tu comprends ?

Elle m'adressa un clin d'œil complice. Mon père est un homme d'affaires.

Bien sûr que je comprenais. Je comprends tout quand on se donne la peine de m'expliquer.

— Et Big Daddy ? Et Freddy ?

— La cocaïne et le cul. Freddy est le garçon le plus gentil que je connaisse. Beaucoup ici lui doivent quelque chose. Il connaît, à lui seul, plus de secrets que la CIA et le KGB réunis. D'ailleurs, il est juif et certains le soupçonnent de rendre de menus services au Mossad.

— Le Mossad ?

— Oui, le Mossad. Il se fera assassiner un de ces jours.

Les visages du Palestinien et de sa compagne me revinrent en mémoire et je fis bifurquer la conversation sur eux.

— Ibrahim est effectivement palestinien. Il représente des intérêts tunisiens à Paris.

— La fille ?

— Une Italienne. Je ne la connais pas. Personne ne la connaît vraiment. Belle fille, hein ?

— Oui, répondis-je machinalement.

Le visage de Mireille s'assombrit.

— Je te veux, laissa-t-elle tomber. Combien de sucres ? Du lait ?

— Noir, merci.

Elle me tendit la tasse. J'avalai une gorgée de café brûlant et la déposai sur la table. J'acceptai les lèvres que mon hôtesse m'offrait. Mireille me poussa d'autorité vers le grand escalier qui menait au deuxième.

Pourquoi fallait-il que j'aie une pensée fugitive et un peu coupable pour Julie ?

III

Julie raccrocha après avoir laissé sonner pendant presque une minute. Toujours pas de réponse. Depuis trois jours, elle essayait sans succès de joindre son frère. « Comment se fait-il que son répondeur ne soit pas branché ? » Elle s'inquiétait sérieusement. « J'aurais dû m'inquiéter plus tôt », admit-elle à haute voix.

Julie avait habité chez François pendant deux ans. Elle occupait maintenant un appartement bien à elle, dans une coopérative, rue De Lorimier. Une ancienne école primaire plus que centenaire, rénovée au profit d'une clientèle essentiellement composée d'artistes.

L'immeuble en brique rouge comptait une vingtaine de lofts remarquablement agencés. La lumière y pénétrait à flots par de splendides fenêtres en ogives. Des locaux communautaires adaptés à la pratique de plusieurs arts avaient été aménagés dans une partie de l'immeuble. Une salle de répétition occupait l'angle ouest du rez-de-chaussée. Julie pouvait y faire ses exercices de réchauffement et répéter des chorégraphies avec d'autres danseuses et danseurs membres de la coopérative.

François avait travaillé trois ans à la réalisation de ce projet, fruit d'une initiative de plusieurs associations professionnelles d'artistes. Il en avait été le maître d'œuvre, et avait mené à terme ce qui n'avait d'abord été qu'un rêve farfelu, concocté un soir de septembre par des membres un peu givrés de la tribu dont Rimbaud était le sorcier.

Le frère de Julie occupait le centre affectif de la vie de la jeune femme. Malgré son cynisme, ses sautes d'humeur de plus en plus fréquentes et ce qu'elle appelait ses «comportements de vieux garçon», elle pensait qu'il était le meilleur type du monde. Il avait toujours été là quand elle avait eu besoin de lui. Il l'avait accueillie à dix-sept ans quand elle était tombée enceinte et ne savait plus trop ce qu'elle devait faire. Il l'avait accompagnée à la clinique d'avortement. Il l'avait prise dans ses bras, l'avait bercée doucement, lui avait dit qu'il l'aimait et que jamais il ne la laisserait tomber.

Quand elle était une jeune adolescente, fan du docteur Spock, il avait appris à parler klington pour lui faire plaisir.

Il l'avait encouragée à poursuivre son ambition de devenir danseuse et avait même payé les leçons.

Rimbaud leur avait fait connaître le monde fantastique de Frank Herbert et ils avaient lu *Dune*. Depuis, François lui disait qu'elle était une *Bene Gesserit*. Il lui donnait du «Ma Révérende Mère» ou la qualifiait «d'Honorée Matriarche» pour l'asticoter à propos de son féminisme militant.

Au fil des ans, ils avaient mis au point un ensemble de codes plus ou moins subtils qui leur permettaient de communiquer entre eux tout en tenant un discours général. Un langage gigogne, fondé sur des références littéraires et des métaphores dont le sens n'était connu que d'eux seuls. Évidemment, Rimbaud était parvenu à décoder ce qu'il qualifiait de « sabir incestueux » et l'avait enrichi d'une couche additionnelle d'hermétisme.

Pour comprendre le lien qui unissait François et Julie, il fallait connaître la dynamique familiale. Savoir qu'ils n'avaient jamais pu supporter la médiocrité satisfaite de leur père et de leurs deux frères. Ils avaient toléré celle de leur mère parce qu'ils avaient deviné que ses airs de parvenue malhabile dissimulaient une grande souffrance. De toute façon, disait Rimbaud, « on pardonne tout à sa mère, y compris de nous avoir conduit à l'obscurité du monde ».

François et Julie détestaient cordialement leur père. Ils le considéraient comme une parfaite fripouille qui n'accordait de valeur aux individus qu'en fonction de leur poids en dollars. Il achetait et vendait les êtres comme on vend des marchandises. Il n'était vraiment loyal qu'au Parti libéral, lequel représentait son Église et sa religion. Si cet homme avait vraiment aimé quelqu'un un jour, d'un amour total, inconditionnel, pitoyable, c'était Pierre Elliott Trudeau, à qui il vouait une admiration frôlant l'idolâtrie.

Leur père les aimait bien sûr à sa manière, mais c'est surtout lui qu'il aimait en eux. S'ils se marginalisaient, tentaient de suivre une route qui lui déplaisait, émettaient des idées qui l'horripilaient, il les rejettait sans remords à la périphérie de sa vie, comme il avait rejeté sa conjointe qu'il jugeait « conne » et méprisait parce qu'elle buvait sec et ne savait exprimer ses idées avec toute la cohérence souhaitée.

François haïssait aussi ce père qui, non content de magouiller avec les élus du peuple et de tripoter les livres de ses compagnies, pelotait toutes les femmes qui passaient à proximité.

Il le détestait aussi à cause de Julie. Sans le lui dire clairement, elle lui avait laissé entendre qu'elle en avait un peu peur. Il ne la frappait pas, mais il l'humiliait comme il le faisait avec toutes les femmes.

François et Julie n'entretenaient que des rapports très circonstanciels avec leurs frères, qu'ils qualifiaient de « téteux sans scrupules » et de « carriéristes sans imagination ». Cependant, ils leur étaient reconnaissants d'avoir conservé, malgré leur mépris, une certaine tendresse pour leur mère. De l'avoir protégée lorsqu'elle était menacée.

Trois jours sans nouvelles, voilà qui n'était pas normal. Julie donna quelques coups de fil. Personne n'avait vu François. Elle appela un taxi.

François habitait un cinq pièces rue Chapleau, face à un merveilleux petit parc. À l'extrémité est du Plateau Mont-Royal, le quartier est particulièrement calme. L'hiver, la neige amortit la rumeur ambiante et transforme ce coin de ville en une oasis de paix. Les jours de verglas, les vieux arbres se parent d'une armure de glace qui scintille sous la lumière glauque des lampadaires. Au printemps, les ouvriers horticoles du Jardin botanique repiquent des plants d'annuelles dans les plates-bandes. C'est la Hollande. On réinstalle les bancs verts, et les amoureux refont les gestes que Brassens a si gentiment décrits. Le parc est naturellement le terrain de jeux des gamins du quartier qui y jouent à la balle ou au football jusque tard dans l'automne, alors qu'il fait bon traîner les pieds dans les feuilles séchées par le vent.

Le parc était le lieu des premières amours de Julie. Elle venait se réfugier chez François. Elle y amenait ses flirts et faisait beaucoup de bruit en baisant pour déranger son frère. Il la traitait de « croqueuse de pénis » et de succube. « Tu préfères le silence éloquent de tes agnelles… ? » lui disait-elle alors, provocante.

François lui avait tout pardonné : les disques abîmés, la salle de bain en désordre, la vaisselle sale abandonnée sur le comptoir de la cuisine. Il lui avait pardonné ses provocations et ses crises de jalousie quand il arrivait avec une nouvelle fille.

Elle avait connu Rimbaud chez François.

L'appartement de son frère était au deuxième étage d'un immeuble qui en comptait trois. Il vivait en copropriété avec un couple de lesbiennes qui habitait au troisième et un cadre syndical de la Confédération des syndicats nationaux qui occupait le premier. Les lesbiennes œuvraient dans la mode. Le cadre syndical, dans le bâtiment. Il fournissait de l'herbe à François et le pistonnait pour des piges occasionnelles auprès de ses nombreuses relations.

Elle sonna. Rien. Elle hésitait à entrer. Elle craignait de le trouver mort, baignant dans son sang, étendu sur le plancher du salon. Elle craignait de le voir pendu. Une de ses amies avait découvert son frère mort sur le siège de sa voiture transformée en chambre à gaz. Cette sombre appréhension faisait battre le cœur de Julie à tout rompre.

Elle pensa demander aux filles du troisième d'entrer avec elle. « C'est complètement idiot », affirma-t-elle avec force avant de glisser la clef dans la serrure. De toute façon les filles n'étaient pas là à cette heure de la journée.

L'appartement de François était très bien tenu. Un logement de « tapette », disait Julie, adolescente. Sans être luxueux, les meubles avaient été choisis avec goût. Des fauteuils et une causeuse en rotin dans le salon, des coussins à motifs de magnolias sur fond pourpre. Au mur, une scène de manifestation tirée du *1900* de Bertolucci. Une aquarelle de Helen Gabriel. Une petite table en pin complétait l'ameublement. Les derniers numéros de *National Geographic* et de *Vie ouvrière* avaient été déposés sur la tablette en marbre d'un foyer décoratif.

Sa chambre était presque monacale. Un matelas *queen size* et son sommier posés par terre. Pas de bureau ni de commode. Des fleurs séchées dans un cadre ovale. Une photo de Julie à cheval prise à Cape Cod quelques années plus tôt. Un fusain de Rimbaud accompagné d'un poème. Un portemanteau en chêne. Une vaste garde-robe avec des paniers en plastique multicolores pour les bas, les chemises, les chandails et les sous-vêtements. Il n'y avait plus trace de Rosalie, la dernière blonde de François. Ni soutien-gorge, ni petite culotte, ni robe de chambre, rien. Sauf peut-être l'odeur persistante, un peu sucrée, de Poison.

Pas davantage de trace de Rosalie dans la salle de bain. Le rasoir de François, ainsi que sa brosse à dents, sa lotion après-rasage et son bâtonnet d'antisudorifique avaient disparu.

Un futon sur une base en bois blanc et une table d'ordinateur constituaient les seuls meubles de la chambre d'amis, laquelle servait aussi de bureau. L'ordinateur n'était plus sur la table de travail.

Visiblement, François était parti. Pour pas très longtemps à en juger par les vêtements bien rangés dans leurs paniers ou sur des cintres. Julie était soulagée de constater que son frère était vivant. Elle était déçue qu'il ne l'ait pas prévenue de son départ. Sans doute avait-il cherché à le faire sans arriver à la joindre. Sûrement que Rimbaud était au courant. Elle lui en voulait déjà un peu moins.

Effectivement, le répondeur téléphonique avait été réduit au silence. Sur la table de la cuisine, entre deux roses séchées, une blanche et une rouge, une lettre était posée bien en évidence. Elle lui était destinée. Julie s'en empara et l'ouvrit avec impatience tout en pensant que son frère était bien romantique.

La lettre était plutôt longue, dénonciatrice, hargneuse, prétentieuse. Quand François était malheureux, il tirait à répétition sur des cibles trop grosses : le monde en général, le « système », la bourgeoisie, les fédéralistes, l'impérialisme américain, les petits-bourgeois parvenus, les indépendantistes mous qu'il qualifiait de « circonstanciels ».

« Je suis écœuré par tout ce qui se passe dans ma vie et autour de moi. Rosalie est partie, emportant toutes ses affaires et un peu des miennes. Je ne peux plus souffrir le débat constitutionnel et l'étalage nauséeux de lâcheté politique qu'il draine dans son sillage. Se refuser à soi-même parce que cela pourrait demander un effort m'est devenu intolérable.

« Te souviens-tu du roman de Fernand Ouellette que nous avons lu il y a quelques années ? C'étais, je crois, *Lucie ou un midi en novembre*. Ouellette disait: "Je suis atterré, dégoûté par le résultat du référendum. Une chance que je m'en vais bientôt. Ce peuple n'a pas de maturité ou il a une prescience de son destin. Pas de nerfs. On l'a émasculé." Cette citation m'avait fait tiquer, un peu choqué. Je la trouvais défaitiste. Comme quoi on peut parfois se tromper. C'est vrai que nous sommes un peuple d'eunuques.

« Je ne peux plus souffrir la misère qui s'étale dans les rues de Montréal et que des ronds-de-cuir voudraient contenir derrière des palissades opaques. Je ne peux plus souffrir le corporatisme des groupes professionnels ni celui de larges pans du mouvement syndical. Je ne peux plus souffrir la pesanteur du climat et la légèreté des idées qui sont véhiculées chez nous ces temps-ci. Je ne peux plus souffrir ce retour en force de la charité alors que c'est de solidarité dont on a besoin. Je lis les journaux, je regarde la télévision, j'écoute la radio et j'ai mal au ventre.

« Je pars pour refaire le plein parce que si je ne pars pas je vais me tirer une balle dans la tête. »

Le style des grandes occasions. Un peu pompeux, incantatoire, moralisateur.

Rimbaud résumait ce genre d'envolée en disant tout simplement que c'était le style clérical ou, encore plus méchamment, le style clérico-staliniste. Cependant, les rares personnes qui connaissaient bien François savaient que cette grandiloquence, cette affectation dans la révolte, exprimaient non seulement un jugement sur autrui, mais aussi un aveu de dégoût de lui-même, de son impuissance. Faute d'être vraiment violent, il s'exprimait avec violence. De toute façon, il avait raison sur le fond.

Julie se souvint que François aimait citer Maurice Blanchot, à qui il vouait de l'admiration. Il avait récemment fait référence au *Refus*, texte publié par le romancier-philosophe à la fin des années cinquante. L'auteur y disait que les intellectuels devaient renouer sans tarder « avec ce respect de ce qu'ils sont, qui ne peut leur permettre ni le consentement ni même l'indifférence ». Indifférent, François ne l'était pas. Il accordait à la cohérence éthique une place majeure dans sa vie. Cependant, il flirtait outrageusement avec un cynisme qu'il qualifiait lui-même de dangereux car, ajoutait-il, il n'avait pas le talent de Rimbaud pour jouer sur ce registre avec naturel et efficacité.

Avait-il peur que son regard sur l'environnement humain ne le conduise à cette indifférence qu'il reprochait tant aux autres ? Se sentait-il devenir misanthrope, lui qui avait accordé tant d'importance à l'engagement ? Quant au consentement, les seules choses auxquelles François avait consenti, c'étaient sa rupture avec son milieu d'origine et la précarité d'un emploi qui allait de pair avec sa soif d'autonomie personnelle et ses choix idéologiques.

« C'est vrai qu'il file un mauvais coton depuis quelques mois », pensa Julie en s'installant dans un des fauteuils du salon pour terminer sa lecture.

Il lui demandait de régler sa part des dépenses de la maison jusqu'à son retour et de venir jeter un coup d'œil à l'appartement de temps en temps. Quant à sa chatte Mélopée, il l'avait confiée aux « filles », terme générique désignant les lesbiennes du troisième.

« Tu comprends, disait-il, je te l'aurais bien laissée mais Mélopée est habituée à l'immeuble et le parc est son terrain de chasse. J'ai pensé qu'il valait mieux ne pas "l'exiler". D'ailleurs, elle s'entend bien avec "les filles" et leur chat Goujat. »

Il prenait enfin la peine de préciser que le réfrigérateur était vide et que tous les appareils électriques avaient été débranchés. Un chèque de deux mille dollars fait à l'ordre de Julie était joint à la lettre.

En post-scriptum, il indiquait clairement son désir que nul ne soit mis au courant de son départ. Si on l'interrogeait, elle n'avait qu'à dire qu'elle ignorait où il était passé. Plus bas, comme pour réparer un oubli :

« … Je communiquerai avec toi aussitôt que possible. Je t'aime. Dis à Rimbaud que je l'aime aussi et que je ne voulais pas l'emmerder avec mes problèmes et ma colère. Dit à Mamie que… De toute façon, elle comprendra. Elle comprend toujours tout. »

Julie ne savait pas si elle devait rire ou pleurer. Elle avait envie de rire parce qu'elle reconnaissait bien là son frère. Il vivait une crise existentielle importante. Il décidait de tout plaquer et, pourtant, il n'improvisait pas. Il s'assurait que tout était en ordre. Un tempérament de « vieux garçon ». Le contraire de Rimbaud. Elle sourit car ce comportement la sécurisait. Comment avait-elle pu imaginer que son frère s'était coupé les veines ou flambé la cervelle. S'il devait se suicider, il le ferait proprement.

Mais tout au fond d'elle-même, c'est la tristesse qui l'emportait. Bien sûr qu'il avait connu des crises existentielles. Il avait aussi rompu, à sa connaissance, avec une demi-douzaine de filles. Il est vrai que, à l'exception de Rosalie, c'est lui qui était parti. Il n'avait donc pas eu à subir la blessure du rejet, la plus douloureuse sans doute car elle questionne l'ensemble de votre être. Elle vous force à vous interroger sur votre aptitude à être aimé.

Elle était triste aussi parce qu'elle sentait confusément que, cette fois, c'était très sérieux. Un tas d'allusions lui remontaient à la mémoire. François faisait plus souvent référence aux occasions ratées, aux rendez-vous manqués, à ses déceptions. Il avait tendance à accuser tout le monde, inconsidérément, d'être lâche. Peu de personnes disposant de quelque autorité trouvaient grâce à ses yeux, et ses critiques les plus justes perdaient souvent de leur mordant et de leur vérité, noyées qu'elles étaient sous un déluge de procès d'intention ou d'affirmations parfois grossières.

Même Rimbaud lui en avait fait la remarque à quelques reprises au cours des derniers mois, mais François avait balayé tout cela du revers de la main.

Il travaillait à la hache depuis près d'un an. Résultat, on hésitait avant de lui confier certains travaux. Si on avait besoin d'un mousquetaire maniant le fleuret de la circonlocution et la dague de l'euphémisme, on ne pouvait prendre le risque d'engager un Ostrogoth qui faisait tournoyer sa massue dans toutes les directions.

Elle pleurait. François était l'homme qu'elle aimait le plus au monde. Le seul sur lequel elle pouvait vraiment compter. Et voilà qu'il craquait.

Rimbaud, c'était pas pareil, même s'il comprenait facilement et vite la nature de ses besoins et si, comme François, il savait l'accompagner dans les moments difficiles et les périodes d'incertitude. Cependant, il y avait des replis de son univers qu'il ne pouvait saisir, qu'il ne pourrait jamais fréquenter. Seul François le pouvait. Elle et son frère partageaient des secrets que même les amants ne s'avouent pas.

Elle relut lentement la lettre, la replia et la glissa dans son enveloppe.

Elle refit une dernière fois le tour de l'appartement, s'assura que la porte arrière était bien fermée. Elle revint vers la chambre de son frère, lui emprunta, pour se venger, deux chandails et une chemise en soie. Elle se dirigea vers la cuisine, dénicha une feuille de papier blanc et un crayon. Elle traça un cœur et écrivit « Je t'aime » en grosses lettres maladroites, enfantines. Elle déposa cet aveu dans la chambre, sur l'oreiller. Comme elle le faisait quand elle était petite et qu'elle voulait lui faire plaisir.

IV

Mireille Latour dormait d'un sommeil repu. Un soleil avare tentait de se frayer un chemin à travers la mousseline des rideaux. Dehors, dans le parc qui entourait la propriété cossue de Latour père, les grives chantaient comme des Callas. Pourquoi des grives? Et si la diva était une hirondelle? Comment se portait Mélopée? Si Rimbaud me voyait!

Les Callas m'avaient réveillé et leurs trilles entraient dans ma tête comme des sons émis par un baladeur ivre. Il me fallut quelques instants pour identifier le lieu où je venais soudainement de me matérialiser.

Une chambre immense, un paquebot. Nu dans un lit d'époque ayant dû servir aux orgies de Louis le quatorzième, je ressentais encore un peu les effets du roulis. Des draps de soie, naturellement: bleu foudre. Le corps de Mireille Latour était nimbé d'une mince couche d'or. Je pensai à la fille dans *Goldfinger*. Maudit champagne ! De toute évidence, je n'étais pas James Bond.

Je me souviens de tout, constatai-je triomphalement. Mireille avait essayé de monter l'escalier seule, s'accrochant à une rampe qui fuyait lâchement. Elle s'était agrippée à moi comme une avare à son or. Je l'avais virilement portée jusqu'à une chambre, côté jardin. Je me fichais éperdument que ce soit la bonne. Elle avait trouvé assez de force pour se déshabiller dans la salle de bain et avait supporté stoïquement une douche glacée.

« Tu ne penses pas que je vais rater une occasion pareille. Un Québécois tout entier à me mettre sous la dent », m'avait-elle susurré à l'oreille. Un murmure rauque de circonstance. Un peu de cinéma. Elle m'avait accroché par la ceinture et conduit au lit aussi sûrement qu'un cowboy conduit un cheval à l'abreuvoir. Une furie. Un peu plus et elle me marquait d'un *L* possessif sur la fesse.

Nous avions galopé une partie de la nuit, jusqu'à ce qu'une aube blafarde se lève sur la plaine parisienne. Mireille Latour avait un corps superbe. Un corps qu'elle devait sans doute gérer avec un soin tout technocratique. Un corps que l'on entretient parce qu'on souhaite qu'il tienne la route longtemps. Le sien était nerveux, musclé, fuselé, rond, avec plein de fruits comestibles à déguster. Elle sentait l'ambre à en devenir ivre.

Elle faisait l'amour sérieusement. Un savant mélange de science et de créativité. Qui donc disait que la méthode, c'était ce sur quoi on théorisait après l'expérimentation ? Je songeais déjà à une monographie. Elle faisait l'amour avec gourmandise. Une coureuse de fond, pas une sprinteuse. Elle butinait, mordillait, lapait à petits coups de langue, comme une jeune chatte. Elle forçait au dépassement.

Je ne sais pas si c'était à cause de moi, de mon exotisme de Québécois, de mon odeur d'épinette sauvage ou d'extrait de couilles de castor, de l'originalité de ma personnalité, mais elle m'obligeait à des efforts imprévus.

J'étais pourtant venu en France pour me refaire une santé. Mireille Latour s'en fichait éperdument. Elle vaquait à son affaire avec art et appétit. Les Françaises sont impérialistes et Henry Miller est un menteur.

Elle s'étira voluptueusement et ouvrit un œil vaguement inquiet.

— Tiens, t'es là, toi ? Ce que je peux avoir mal à la tête.

Ma toute nouvelle érection tomba d'un coup. Ma hargne revint dans une proportion égale.

— Je me suis fait violer.

Elle se leva légèrement, s'appuya sur un coude, les deux yeux maintenant ouverts. Elle m'examina en silence et, me semble-t-il, avec une certaine morgue. Comme Proust l'avait déjà noté, « il n'y avait aucune sympathie dans ce regard-là ».

— Vas chier !

Une humoriste de l'école québécoise. Je venais de comprendre comment les chats attrapent les oiseaux. Comme si je n'existais pas, elle enfila une robe de chambre et s'enferma dans la salle de bain.

Je songeai un instant à aller la rejoindre. Toutes mes lectures concordaient sur ce point : les nouveaux amants prennent leur douche ensemble, histoire de ne pas perdre un temps précieux. Mon instinct me disait cependant que madame Latour n'apprécierait peut-être pas et me le ferait vertement savoir. Dans le doute, soyons lâches. Je me sentais référendaire.

Je restai un moment abasourdi par la tournure des événements. Dans la vraie vie, la fille se réveille, se love contre le corps de son amant, ronronne doucement, fait ce qu'il faut pour réveiller l'animal endormi et vérifie par la méthode de recherche-action qu'elle n'a pas rêvé. La Latour ne jouait pas selon ces règles. Une malhonnête ! Je ne savais pas quel comportement adopter. Devais-je commander le petit déjeuner de madame ? Devais-je aller le préparer moi-même ? Quelles étaient les mœurs du seizième ? Je choisis la fuite.

Dans la salle de bain, la Latour chantait *Chariot* et hurlait que la Terre n'avait pas de frontières.

Mais où donc avais-je mis ces souliers ? Mes sous-vêtements de soie étaient perchés sur la colonne du lit. Mes Levi's traînaient sur un fauteuil d'époque, ma veste de cuir devait être dans la cuisine. Je tâtai mes jeans. Mon porte-monnaie s'y trouvait toujours. On ne sait jamais à qui on a affaire. Mes souliers et mes bas étaient méticuleusement rangés au pied du lit.

— À la prochaine, mon lapin ! suggéra ma tortionnaire d'une voix radoucie alors que je prenais congé d'elle. La porte de la salle de bain était entrouverte et je voyais son beau corps plongé dans une mousse que je souhaitai corrosive l'espace de quelques secondes.

— J'ai laissé cinquante francs sur ton oreiller, répondis-je, plus mufle que je n'avais souhaité l'être.

Je quittai mon hôtesse sur un hurlement inarticulé et descendis l'escalier monumental en courant, de peur que les malédictions qu'elle me lançait ne me rattrapent. Un larbin obséquieux me tendit ma veste de cuir et m'ouvrit obligeamment la porte en m'adressant un clin d'œil vicieux.

La journée s'annonçait splendide. Il fallait que je regagne mon hôtel, que je m'offre une douche, que je me change, que je prenne le temps de m'apercevoir que j'étais à Paris.

C'est le matin, quand les pavés sont mouillés, quand l'aube adolescente caresse les toits, quand les marchands ouvrent leurs étals et les boutiquiers leurs rideaux, que Paris est la plus séduisante.

Je marchais dans Paris. Je sentais le soleil tiède sur ma nuque. Un cocktail d'effluves envahissait mes narines. Paris renaissait. Paris s'éveillait dans l'opalescence d'un matin tiède.

Cette ville aux émotions complexes distille une magie unique. Elle s'offre, généreuse comme une anarchiste un jour de fortune. Belle et sereine au petit matin, elle devient détestable au fur et à mesure qu'une espèce de frénésie s'empare de ses habitants. Paris est peuplée d'éphémères. Ils renaissent chaque jour et subissent toujours, depuis l'époque du Big Bang, la même métamorphose. Ils se lèvent Français et deviennent progressivement Parisiens.

Le Français du matin peut être d'un commerce agréable. Il est plutôt calme et gentil avec les humains. Le Français du matin salue sa voisine et les « passants qui passent ». Le Parisien qui promène son chien le matin est un Français moyen et un humain serein. La métamorphose opère. Le Français du midi est un Parisien. C'est tout dire. Lorsque, sa journée terminée, le Parisien retourne à son cocon, il redevient progressivement humain. En soirée, il peut être aimable et fripon.

Mireille Latour était l'exception à la règle.

Ma bonne humeur retrouvée, je déambulai dans Paris comme il est universellement recommandé de le faire.

Quai Voltaire, à quelques pas du musée d'Orsay, le *Café de la Seine* était ouvert. Un tout petit troquet fréquenté jadis par Victor Hugo, Renoir, Cézanne, Jaurès et le couple Signoret-Montand dont on voyait des photos ici et là. Je commandai des œufs au bacon avec des rôties et un café au lait. Le garçon m'observa comme si j'étais une rareté médiévale échappée d'un train spatio-temporel. Il hésitait visiblement entre l'ironie et le sarcasme. Il était délicieusement parisien et opta pour l'habitude.

— Monsieur n'est pas d'ici ?
— Vous trouvez ?
— Ça s'entend.
Il disait cela sur le ton de l'évidence.
— Ah !
— Québécois ?

Le ton était maintenant sournois et un tantinet hautain.

— Auvergnat, répondis-je innocemment.

Les hostilités étaient ouvertes.

— Nous ne servons pas encore le déjeuner et n'avons du rôti qu'au dîner. Café, croissants ?

— Crisse ! Plus baveux que ça tu meurs ! m'exclamai-je, bougon.

J'avais faim. Je fis oui de la tête

— … et du miel, ajoutai-je d'une petite voix soumise, pour avoir le dernier mot.

Le service fut rapide et l'addition salée.

Je logeais à une demi-heure de là, rue des Beaux-Arts, à un jet de pierre du fleuve. J'errai dans les petites rues du Quartier latin, histoire de faire passer les croissants. Un marché public était installé autour d'un parc, au centre duquel l'eau d'une fontaine jaillissait d'une magnifique Vénus en marbre, entourée d'un essaim de nymphes joufflues.

L'activité commerçante tirait visiblement à sa fin. Des détritus végétaux, auxquels se mêlaient des cartons, des papiers d'emballage, des cageots brisés et des résidus suspects, s'amoncelaient en tas sous les étals aux trois quarts vides. Ce marché et l'odeur qui s'en dégageait me rappelaient *Le parfum*.

Patrick Süskind avait fait naître Jean-Baptiste Grenouille dans un marché, sous l'étal d'une poissonnière. Décrivant les circonstances de la naissance du maître parfumeur, il avait écrit quelques-unes des pages les plus odorantes de la littérature. Des pages à faire lever le cœur.

Ce livre avait produit chez moi une impression telle que l'acuité de ma perception olfactive et l'importance que je lui accordais s'en étaient trouvées modifiées. De ce jour, les parfums étaient devenus pour moi des repères importants, et mes jugements s'exprimaient souvent en référence à des odeurs. Surtout lorsqu'il s'agissait des gens, en particulier des filles qui, d'une manière ou d'une autre, partageaient occasionnellement ma vie.

La mère Latour sentait bon. Elle sentait l'ambre et aussi, avais-je découvert, le soufre. Mais cela était très subjectif.

J'avais suivi avec plaisir l'évolution olfactive de Julie. Quand, adolescente, elle arrivait en catastrophe chez moi, elle fleurait bon la lavande et le talc. Elle sentait aussi, parfois, le lait caillé. Je lui disais alors que sa métamorphose n'était pas terminée et que ses glandes de petite fille fonctionnaient encore.

Je lui avais fait lire *Le parfum* et elle s'était prise au jeu. Nous passions des minutes à nous sentir et pouvions ainsi suivre l'évolution de nos vies. Devenue femme, elle sentait le foin. En colère, elle sentait un peu la réglisse. Rimbaud trouvait que, dans l'amour, elle sécrétait des odeurs marquées de rognons de veau sauce madère.

L'odeur de l'argent est absolument détestable. Dire qu'il n'a pas d'odeur relève de l'atrophie. Il faut sentir un banquier une fois dans sa vie. L'argent sent la saleté, le sang, la spéculation, l'odeur de voûte, la trahison, le cigare, la violence, la mauvaise lotion, la poudre à canon, la peur, la haine. À la limite, ça sent la pisse de chat. Rimbaud était plus catégorique. Pour lui, ça sentait « la marde ». Mais Rimbaud exagère toujours.

L'odeur de Rimbaud était d'une palette très particulière. Parfois il sentait la tourbe, d'autres fois la terre au printemps, ou encore le cuir, la verveine, le tilleul ou les herbes magiques; souvent la bière. Julie prétendait que, dans l'amour, il dégageait une forte odeur de vieux loup. C'est ainsi que Julie m'avait fait part de l'un de ses fantasmes. Je n'aurais pas dû la taquiner à ce sujet. Je lui ai fait mal.

Cette question des odeurs était presque devenue une idée fixe. Je possédais une bibliothèque importante sur le sujet. J'avais même dragué l'animatrice d'une émission culturelle de Radio-Canada en lui offrant de venir consulter cette bibliothèque privée. Elle sentait la mûre. Nous étions restés amis et parfois, quand l'envie lui prenait de faire l'amour, elle me demandait l'autorisation de consulter ma bibliothèque ou m'invitait à venir sentir les échantillons que lui expédiaient occasionnellement des parfumeurs connus. Elle s'appelle Nicole et je crois bien qu'un jour je la demanderai en mariage.

J'avais aussi noté qu'un des effets secondaires de cette philie tenait dans une curieuse précision apportée à certains de mes actes les plus intimes. Ainsi, je grignotais une fille qui sentait la cerise ou d'autres petits fruits, croquais dans la pomme, lapais celle qui me suggérait le lait chaud, butinais les mielleuses. J'avais rompu très rapidement avec un piment farci et une pizza aux anchois. Je ne pouvais m'approcher à plus de dix mètres des aillées et des tabacs froids.

Une professeure de collège avec qui j'avais couché une fois et qui s'était suicidée peu de temps après sentait le salon mortuaire. Une odeur indéfinissable, légèrement sucrée. Des fleurs qui pourrissent. Un poison. Cette mort m'avait profondément affecté. La fille était généreuse et lucide. Trop sans doute. On ne peut pas vivre facilement ni longtemps quand trop de lucidité vous grignote l'âme.

Je parle ici des filles parce que je m'entends mieux avec elles et que je préfère généralement leur commerce à celui des représentants de mon sexe. Je suis le fils manqué d'un père manquant. Néanmoins, il est certain que j'aime l'odeur de certains types et ne peux en sentir d'autres, même de loin.

Étaient-ce les odeurs qui m'avaient fait fuir le Québec à bride abattue ? Était-ce l'odeur de décomposition sociale qui planait sur Montréal ? Le parfum nauséeux des abandons personnels et collectifs ? L'exhalaison d'un peuple qui se refuse à lui-même ? Quels étaient ces miasmes qui m'empoisonnaient l'âme et m'étouffaient le cœur ?

J'avais choisi mon hôtel avec soin. Je le voulais petit, bourgeoisement confortable, délicieusement romantique.

Les trop étoilés ne m'ont jamais intéressé. Ils sont impersonnels, froids et chers.

L'*Hôtel des Arts* était un petit établissement classé deux étoiles, superbe et pas trop cher. Au début du siècle, l'établissement accueillait les amours adultères de quelques-uns des plus illustres représentants de la bourgeoisie parisienne. Un immeuble de trois étages, en pierres taillées, avec des chambres spacieuses et ensoleillées. Elles étaient meublées à l'ancienne, leurs murs couverts de papier peint à motifs floraux. Côté cour, elles donnaient sur un magnifique jardin où on pouvait prendre le petit déjeuner. La fenêtre de la mienne s'ouvrait côté rue, sur une petite place charmante où s'ébattaient une colonie de pigeons et où venaient s'asseoir les vieilles personnes qui les nourrissaient.

Madame Faîvre, ma logeuse, était une vieille mythomane absolument délicieuse. Elle citait des noms. Son hôtel avait abrité les amours de Léon Blum et d'une Mata-Hari bolchévique dont on avait un jour trouvé le corps dans la Seine. Vers le milieu des années trente, Hemingway y logeait fréquemment, de même qu'un panthéon d'artistes dont les photos autographiées décoraient les murs de la salle des petits déjeuners. Mitterrand réservait la sept pendant la guerre. Il y recevait Marguerite Duras à l'occasion. J'occupais la douze, la préférée de Colette. Léo Ferré habitait la onze lorsqu'il venait à Paris.

Madame Faîvre aimait les Québécois. Je me rendis vite compte qu'elle les bichonnait. Elle me donnait du « mon chéri » comme une Janou Saint-Denis recyclée dans l'hôtellerie. D'ailleurs elle connaissait Janou. Elle l'avait connue lorsque celle-ci habitait Paris. Elle en pensait beaucoup de bien et fut heureuse d'apprendre que la poète était devenue la principale animatrice de l'activité poétique au Québec et que je l'aimais beaucoup.

J'arrivai à mon hôtel vers onze heures. Madame Faîvre me jeta un regard interrogateur et maternel. « J'ai passé la nuit chez des amis », m'entendis-je lui avouer piteusement. Elle eut un mouvement de tête approbateur, comme si mon aveu était la chose la plus normale du monde. J'étais un bon fils. Un peu plus et elle me prenait dans ses bras pour bien me montrer que son pardon m'était accordé. Merveilleuse madame Faîvre. Elle me tendit ma clef.

— Avez-vous déjeuné ? Je peux vous servir un bon café au lait avec du pain et de la confiture maison.

Je la remerciai tant pour la confiture que pour sa mansuétude et me dirigeai vers ma chambre.

•

Freddy exposait sous le nom d'Igor dans une galerie de Saint-Germain-des-Prés, rue Lille. Je l'appris vers quatre heures en échangeant des propos anodins avec un client de l'hôtel qui s'apprêtait à s'y rendre pour le vernissage.

Un Américain. De toute évidence francophile et homosexuel. Il connaissait Freddy depuis plusieurs années. Il l'avait rencontré en Californie au cours d'une manifestation gaie, lors d'un colloque international sur le sida. Ils s'étaient liés d'amitié, et l'Américain était venu à Paris expressément pour voir cette exposition. « Ce garçon est juif, le saviez-vous ? » Je le savais. « Il n'est pas particulièrement beau mais très attachant. Et il baise comme un dieu. » Ça, je l'ignorais.

L'Américain était aussi sympathique que ses semblables peuvent l'être. Un Américain gai standard. Plein d'assurance et de dollars, mais avec au fond des yeux une lueur d'angoisse : « Et si nous n'étions pas les meilleurs ? Et si le monde entier nous détestait ? » Après cinq minutes de conversation, j'étais devenu un de ses meilleurs amis. Il se nommait Don Alfonso Hernandez. Il était l'héritier d'un anarchiste espagnol qui avait participé à la guerre civile et connu Norman Bethune.

Hernandez père avait fait fortune aux États-Unis dans le commerce des articles religieux: médailles, statues, vêtements sacerdotaux en prêt-à-porter ou sur mesure. Il possédait une boulangerie spécialisée dans la fabrication d'hosties et de pains à vocation liturgique. Il en fabriquait de toutes les couleurs, de toutes les formes et pour tous les goûts.

L'anarchiste avait été assassiné par un évêque pédophile à qui il avait refilé des hosties traitées à l'acide. Seul héritier, Alfonso s'était débarrassé de l'entreprise familiale en la vendant à une compagnie asiatique contrôlée par une secte tantrique. Il avait acheté un vignoble et une *Winery* avec le produit de cette vente.

Alfonso tenait sans doute de son père. Il me parla amoureusement de sa cuvée Steinbeck ainsi nommée en hommage à l'auteur des *Raisins de la colère*. Il en avait apporté douze bouteilles pour Igor-Freddy.

Il insista pour que je l'accompagne. Ce que je fis avec plaisir puisque je n'avais rien d'autre à faire et que mon nouvel ami me plaisait beaucoup, comme je semblais lui plaire aussi, mais pour des motifs dont l'évidence se passait d'aveux.

— Je ne suis pas pédé, m'entendis-je dire avec stupéfaction.

— *Of course, dear!* acquiesca Alfonso en me donnant une claque dans le dos.

Freddy ne se contenait plus de joie. Alfonso ne l'avait pas prévenu de son arrivée et il ne s'attendait certainement pas à la mienne. Il me regarda d'un drôle d'air mais ne fit pas de commentaires. Il s'empara d'Alfonso et le conduisit au deuxième dans une effusion d'embrassades et de guili-guilis.

La galerie se divisait en trois salles, une grande et deux plus petites. Celle du fond s'ouvrait sur une terrasse ombragée où poussaient des bronzes et des marbres. Un pénis en verre éjaculait un mousseux très acceptable. Une volée de tantes très colorées pépiaient gaiement. Un critique montréalais connu, qui possédait la remarquable aptitude de rendre ses commentaires sur la peinture et les peintres absolument intéressants, était parmi elles. Je le saluai en passant. Il me sourit. Je me sentais un peu moins seul dans cette volière plutôt spécialisée.

Les toiles d'Igor-Freddy étaient d'une beauté remarquable. Je ne m'y connaissais pas tellement en peinture, mais ce que je voyais ici me plaisait énormément. Un peu surréaliste, Igor-Freddy peignait des corps nus de sidéens, des paysages torturés et de curieuses cathédrales à l'envers, qui tenaient sur leurs clochers effilés et du ventre desquelles s'échappaient des démons obscènes.

Les tableaux, une quarantaine, étaient disposés, selon leur genre, dans des salles distinctes. Dix cathédrales inversées occupaient les murs de la salle du fond. Plusieurs d'entre elles étaient déjà vendues. Deux douzaines de paysages peints à la spatule avaient été accrochés dans la salle médiane. Ils me rappelaient vaguement une lithographie signée Manolis Sivridakis que m'avait offerte Nicole pour mon trente-cinquième anniversaire de naissance. Quant aux huit nus, ils exprimaient un désespoir total, une solitude absolue. Ils étaient admirablement provocants, accusateurs, subversifs.

J'entendais des commentaires très élogieux et, curieusement, même si je ne connaissais pas vraiment Igor-Freddy, j'en fus heureux. Je crois que Rimbaud aurait aussi beaucoup aimé. « Il faut que je lui écrive ce soir », pensai-je.

— Tiens, le Québécois !

Big Daddy Papa faisait une entrée remarquée. Il portait une djellaba immaculée et un florentin noir. Bagues aux pieds, comme la veille, il s'imposait avec force. Il était ici chez lui. C'était son monde et il occupait visiblement une place importante dans la hiérarchie de cette faune cosmopolite. Il fleurait le grand fauve. Il m'entraîna un peu à l'écart.

— Mireille est dans tous ses états.

— Ah bon !

Il roula des yeux devant tant d'indifférence.

— Je l'ai rencontrée au *Cochon qui fume*. Elle y déjeune souvent. Elle faisait une de ces têtes. Elle m'a un peu parlé de votre différend. Elle m'a dit que tu baisais comme un orignal en rut et que tu puais comme une mouffette qui aurait mauvaise haleine. C'est dire qu'elle en pince sérieusement pour toi.

— Le coup de foudre, quoi !

— Je dirais plutôt une certaine sympathie. Mireille n'aimera jamais personne d'un amour fou. Elle a trop vécu. Mireille aime l'intelligence. Elle est généreuse. Elle appuie toutes les causes qui en valent la peine à ses yeux. Elle recueille toutes les bêtes abandonnées. Je crois qu'elle te veut du bien.

— Je ne voudrais pas être son ennemi.

Le ton un peu perfide n'échappa pas à mon interlocuteur.

— T'as intérêt. Mireille est ma sœur.

Big Daddy Papa était sérieux comme un marabout. Il m'embrassa sur le front et s'esquiva avec la grâce d'un dragueur de mine pour aller accueillir Igor et l'Américain qui descendaient l'escalier en spirale, l'un derrière l'autre.

Je n'étais à Paris que depuis quelques jours et déjà je me sentais moins seul. Des gens s'intéressaient à moi qui ne me connaissaient ni d'Ève ni d'Adam. Curieux tout de même ce que peut faire le hasard. J'étais parti de Montréal complètement déprimé, haïssant à peu près tous les êtres humains, en rupture avec tous les projets sociaux ou culturels qui avaient pu me mobiliser depuis que j'avais rencontré Rimbaud vingt ans plus tôt.

J'avais quitté sans les prévenir les quelques rares personnes qui comptent dans ma vie : Julie, Rimbaud et Mamie, bien sûr, mais aussi Nicole qui travaille à Radio-Canada, Michelle qui enseigne le droit à l'Université de

Montréal, Pierre le trompettiste, Colette l'activiste féministe, Louis le dernier felquiste encore actif, le gros Jacques
de la CSN, Greta-Louise la waitress topless du Pont-Neuf.
Une douzaine de personnes pour qui je ressens vraiment de
l'affection. Je n'avais même pas prévenu le gros Jacques, à
qui on avait confié la gestion de l'immeuble où j'habitais.

Généreuses, comme toujours, les filles du troisième
m'avaient souhaité bon voyage, sans même m'interroger
sur la date de mon retour ou sur ma destination. Elles
avaient préparé un panier garni de vieux pulls pour
Mélopée qui s'y était voluptueusement réfugiée sans même
un regard pour Goujat.

Je ne méritais pas l'affection de tous ces gens. Un parfait dégueulasse, voilà ce que j'étais. Je me faisais horreur.

Des pingouins roses offraient maintenant des coupes
de cuvée Steinbeck et des roulements de hanches à la
centaine d'invités d'Igor-Freddy. Les douze bouteilles ne
dureraient pas longtemps. Je m'emparai de deux verres et
me blottis dans un coin pour faire un peu d'observation
participante. Le vin était absolument superbe.

Les gais et les lesbiennes caquetaient et piaillaient
dans tous les coins. Ils appartenaient à toutes les races et
parlaient toutes les langues. Une Babel colorée et bruyante.
Les homos s'occupaient de leurs petites affaires de cul et
secondairement de l'œuvre d'Igor-Freddy. Les hétéros
circulaient d'une toile à l'autre et échangeaient des propos
savants. Les homos collaient et colleraient sans doute jusqu'à épuisement des stocks. La clientèle hétéro changeait
sans cesse. Les homos étaient plus drôles que les hétéros.

Un Japonais un peu ivre me demanda si je connaissais
le Maître. Il voulait acheter la collection complète des
cathédrales. Avant de l'orienter vers la vedette du jour, qui
gesticulait dans un coin, je lui suggérai de négocier ferme,
qu'il pourrait obtenir la collection pour deux cent mille
francs. Il me remercia avec effusion et me promit une bouteille de Chivas Regal si le *deal* marchait. Freddy aurait

accepté moitié moins. Le Japonais fut pris en charge par une Barbie au sexe indéterminé qui prétendait être l'agente du peintre.

Big Daddy Papa faisait visiblement de grands efforts pour ne pas voler la vedette à son copain. Il se tenait en retrait comme si Igor-Freddy était la reine des Anglais. Il s'ennuyait mortellement. Il m'aperçut et manœuvra pour me rejoindre.

— T'es ici pour longtemps, mec ?

— Aucune idée.

— Mireille sera au *Vaudou* demain soir. Elle arrive vers dix heures.

Il laissa le message faire son chemin dans les méandres de mon cerveau.

— Mon groupe partage le spectacle avec la Compagnie créole. Ça serait bien de te racommoder avec ma sœur. T'as tué quelqu'un à Montréal ? Tu diras que tu es mon invité. Freddy viendra, s'il réussit à larguer son hommelette espagnole.

Tiens ! Tiens ! jaloux, le Big Daddy.

— J'y serai, Papa!

Big Daddy grogna quelque chose en swahili, me gratifia d'un baiser sur le front et s'esquiva vers le fond de la galerie, probablement pour y débusquer un peu de chair fraîche à rapporter dans sa tanière. Je n'avais plus rien à faire là.

Il était dix-huit heures. J'étais très fatigué. Je voulais souper tôt et me coucher avec le soleil. Il fallait que je récupère. Le *deus ex machina* pouvait me lâcher et retourner chez les Grecs.

La vie est un phénomène fort curieux et Dieu, c'est bien connu, est un foutu *gambler*.

V

J'hésitais. Devais-je dire à Rimbaud que je lui écrivais de la terrasse de *La Closerie des lilas* ? Je l'imaginais se tordant de rire, ricanant comme un démon, ironisant à n'en plus finir sur ma médiocrité petite-bourgeoise. Je l'imaginais et j'en avais les larmes aux yeux.

Rimbaud est mon frère. Nous sommes liés par une espèce de solidarité un peu gémellaire. « Nous faisons partie de la fraternité des paumés joyeux », dit-il quand il est un peu ivre. Rimbaud boit parfois un peu trop, surtout quand sa sensibilité exacerbée le pousse à l'excès. Il possède un caractère ombrageux et se montre occasionnellement misanthrope et querelleur. Il dégaine rapidement et tire parfois sur les mauvaises cibles.

Il fait partie de ces individus qui ne laissent personne indifférent. Ses défauts, chez d'autres, seraient absolument insupportables. Chez lui, ils sont tout au plus désagréables et largement compensés par sa générosité, son humour décapant, sa loyauté, son empathie. C'est un être farouchement romantique, iconoclaste, courageux, qui souffre de sa liberté comme d'autres de leur solitude. Rimbaud fait preuve d'une lucidité absolument déconcertante et d'une capacité diabolique pour traquer la bêtise, quels que soient les subterfuges qu'elle utilise.

Il sait être absolument impitoyable. Il n'accepte pas la médiocrité, celle qu'on entretient par ignorance des gens et des choses, que l'on cultive par des efforts de mémorisation, qui se travestit en culture, en vertu, en baise-moi-le-cul. Il n'accepte pas l'insignifiance des parvenus, celle des m'as-tu-vu, des trop pleins, des agrégés qui radotent, des petits boss, des perroquets du Vatican, des politiciens et des colonels. Il n'accepte pas non plus celle qui se développe dans les bouillons de bonnes intentions, dans le brouet des lâchetés stratégiques, dans les tambouilles du pouvoir. Il ne tolère, parce qu'elle n'est pas de même nature, que la roublardise des exclus, la misère culturelle de celles et de ceux qui, issus des concentrés de pauvretés, n'ont comme seul horizon que les promesses du hasard.

Il manie l'ironie comme pas un. Il peut mentir effrontément pour un motif qu'il juge légitime. Son amitié est exigeante mais il ne demande jamais rien. « Demandez et vous vous aliénez », prétend-il doctement.

Il est ce que je ne saurais être. La chimie des gènes et le hasard des naissances ont fait de Rimbaud ce qu'il est, et de moi son Sancho. Non pas que je me sente en état de dépendance ou d'infériorité chronique par rapport à lui. Absolument pas. D'ailleurs serait-ce le cas qu'il me mépriserait. Cependant, je pense qu'il est plus cohérent que moi, plus imperméable à certaines sirènes, plus en accord avec la vie.

Rimbaud exerce un ascendant sur moi comme sur toutes les personnes qui le côtoient. Il connaît ce pouvoir de séduction, cette fascination, ce charme indéfinissable qu'il dégage. Il le connaît et l'entretient machiavéliquement.

Il est l'Indien que Jacques Cartier ramena en France pour le plaisir et l'édification du bon roi Louis. Il est le « démuni » à propos duquel fantasment toutes les bonnes âmes. Il est l'artiste qui se loue pour un repas, qui se prête pour une bonne cause. Il poétise dans la douleur et encaisse les cachets de Radio-Canada dans la joie. Il s'arrange comme « la chienne à Jacques » et parle fort en public pour se faire remarquer.

Pour ceux qu'il identifie à « sa famille », Rimbaud est celui par lequel la cohérence arrive. Il force notre intelligence en la soumettant à des tensions parfois insoutenables. Il active notre sensibilité en affirmant qu'elle existe. Il pratique l'art d'extraire le meilleur des membres de cette *famiglia* éclatée sur laquelle il règne en parrain incontesté et parfois despotique.

Rimbaud. Aurait-il été octroyé à un autre que ce surnom aurait été jugé d'une facture un peu adolescente, plutôt facile. Pourquoi donc fut-ce accepté pour lui ? Sans doute parce qu'il ressemble physiquement à l'amant de Verlaine, même s'il est un peu plus costaud que lui : mêmes traits fins, même lippe un peu boudeuse, même regard inquisiteur. Sans doute aussi parce que ce Rimbaud-là, comme l'autre, veut changer le monde et dénonce avec la même virulence tout ce qui lui paraît étranger à l'exercice de la liberté, au respect de l'intégrité des personnes.

Pour trouver grâce à ses yeux, il faut surtout être en accord avec soi-même, jusque dans l'erreur. Il ne déteste rien autant que les opportunistes de tous poils qui récitent leurs références livresques avec plus d'autorité que celles et ceux qui en sont les auteurs. Suivre le courant est, pour Rimbaud, d'une lâcheté impardonnable, la meilleure façon de se noyer.

Rimbaud avait un jour demandé à une journaliste que nous fréquentions occasionnellement et qui se réclamait d'un anarchisme plutôt confortable, pourquoi elle « putassait » si allégrement dans son « foutu canard libéral ». « Il faut bien vivre ! » avait répondu la pauvre fille. « Des fois, mieux vaut mourir en être humain que de vivre en cloporte dans l'humidité et la noirceur des chiottes du pouvoir », avait rétorqué très abusivement mon ami.

Rimbaud ne connaît pas la mesure. Il aime passionnément et déteste tout aussi intensément. Il est loyal avec les gens qu'il fréquente et prend un malin plaisir à arnaquer les petits-bourgeois qui aiment naviguer dans son sillage.

Quand il n'écrit pas, Rimbaud travaille modérément. Il est l'aîné des livreurs de courrier à vélo et membre d'une coopérative d'écrivains publics. Il se définit lui-même comme un « homme de lettres à pédales ».

Il se nomme Miguel Guetta. Il tient son surnom de ses liens avec les militants du Front de libération du Québec, à qui il avait rendu quelques services à la fin des années soixante. C'est un nom de guerre qui a complètement occulté l'autre. Il s'y est rallié avec d'autant plus de facilité que l'usurpation de patronyme garantissait mieux cet effacement social auquel il aspire. Et il voue une admiration totale au poète prométhéen, avec lequel il partage d'ailleurs maints autres traits physiques et caractériels.

On ne peut parler de Rimbaud sans référer à l'obscurité de ses origines. Il aime entretenir le mystère à ce sujet. Quand il veut draguer une fille, il prétend qu'il est gitan, comme son nom pourrait le suggérer. Il dit qu'il est né aux Saintes-Maries-de-la-Mer et que son père était lanceur de couteaux dans un cirque ambulant. Il serait disparu, un jour, comme ça, et on n'en aurait plus jamais entendu parler.

Sa mère et lui sont arrivés au Québec au début des années soixante. Madame Guetta travaillait pour un cirque français en tournée. Elle avait décidé de rester et, depuis, gagnait sa vie en lisant dans les cartes et en faisant des ménages dans quelques familles bourgeoises, dont la mienne.

Si on ne lui connaît pas de père, il en va tout autrement de sa mère, sans laquelle je n'aurais jamais rencontré Rimbaud. Madame Guetta — « Mamie » pour son fils —, Julie et moi, est la femme la plus extraordinaire que je connaisse. Silencieuse comme un crépuscule à la campagne, Mamie est mince et souple comme une liane. Elle s'habille de noir comme la Gréco, avec laquelle elle partage d'ailleurs le même timbre de voix grave, un peu rauque.

Je crois bien que j'ai toujours été amoureux de la mère de Rimbaud. Je suis tombé en amour avec cette belle femme mystérieuse à souhait aussitôt que je l'ai vue. J'allais avoir dix-huit ans. Elle en avait sûrement deux fois plus. Elle remplaçait Marilyn, notre femme de ménage qui avait pris une retraite plus que méritée et à laquelle elle aurait dû se résigner beaucoup plus tôt.

Elle faisait son travail aussi anonymement que possible. On la voyait passer furtivement d'une pièce à l'autre. Parfois, elle m'adressait un sourire. Alors, mon cœur se gonflait d'une joie indescriptible, comme si une madone noire m'avait effleuré de sa grâce.

Un jour, je m'en souviens comme si c'était hier, Mamie était venue faire le ménage à la maison le lendemain d'un cocktail en l'honneur d'un politicien fraîchement réélu. Mon père était alors un homme d'affaires en pleine ascension et le conseiller politique d'un très important ministre du cabinet libéral.

Le party avait été particulièrement arrosé et, de ma chambre du deuxième, j'avais entendu les rires avinés, les blagues salaces, les plaisanteries d'un goût douteux, les vociférations partisanes de courtisans ivres. Une mauvaise grippe m'avait forcé à garder un lit que j'aurais préféré d'hôpital tant ce genre de manifestation m'écœurait.

Mamie était donc venue le lendemain, comme elle le faisait toujours à la suite des bacchanales paternelles. La maison était sens dessus dessous et une odeur de vomi s'échappait de la salle de toilette du sous-sol. Je me sentais moins grippé et m'étais levé pour aérer ma chambre et permettre à madame Guetta d'y mettre un peu d'ordre.

Je fus attiré par des bruits insolites provenant du bureau de mon père. Ce dernier avait coincé Mamie contre un classeur et la tripotait sans vergogne, tandis qu'elle se débattait silencieusement pour se défaire de l'emprise patronale. Le porc ! Quel être pestilentiel ! Une rage sourde s'était emparée de moi. Une colère comme je n'en avais jamais connue. Je poussai la porte plutôt violemment.

« Toé mon hostie, t'es mieux de la laisser tranquille ! » C'était sorti tout seul. Il n'y avait plus de père. Il était l'ennemi et il dut le comprendre car il abandonna sa proie promptement. Il me fixa quelques secondes, l'œil un peu fou, le regard fiévreux. Je crois bien qu'il esquissa comme une grimace et fit un signe de la main qui pouvait signifier « Je me rends ». Il sortit sans un mot, sans cesser de me dévisager et sans effacer de son ignoble visage ce rictus obscène qui devait être le sourire du mal.

J'ai compris plus tard que mon père avait dû ressentir non seulement la haine que je lui portais en cet instant, mais aussi l'affection que je portais à Mamie. Nous étions deux mâles qui affirmaient leur désir, l'un à la manière brutale d'un porc en rut, l'autre comme un adolescent qui découvre pour la première fois la violence des élans du cœur.

À la suite de cette pénible scène, mon père s'éclipsa et je ne le revis plus pour quelques semaines.

Je reportai les yeux sur Mamie. Elle soutint mon regard en silence. De toute mon existence, je ne m'étais jamais senti aussi nu. En l'espace de quelques secondes, elle sut tout de moi: mon passé et mon avenir.

J'avais la certitude qu'elle me connaissait mieux que ma mère, qu'elle était en quelque sorte devenue ma mère et que, quoi qu'il arrive, cette femme occuperait toujours une place particulière dans ma vie. Chose extraordinaire, le désir sexuel que je ressentais à son égard fit place à un sentiment plus doux, plus dense, infiniment plus subtil. Je venais de découvrir l'amour.

— *Como esta su senora ?*

L'espagnol m'était venu spontanément aux lèvres. Un espagnol de base qu'on nous enseignait à la polyvalente en cours optionnel.

— *Muy bien, gracias.* Mais je parle français, ajouta-t-elle de cette voix chaude qui me chavirait. On ne parle pas comme cela à son père.

Elle me grondait comme si j'étais un enfant effronté. Elle passa devant moi la tête haute, comme si rien ne s'était passé. Elle s'arrêta à ma hauteur. Son corps touchait presque le mien. «Merci», laissa-t-elle tomber. J'aspirai l'odeur de son haleine comme si c'eût été le dernier soupir d'une sainte.

La salle de bain était d'une saleté repoussante et un autre porc avait vomi sur le sol de marbre. Je ne pouvais laisser madame Guetta nettoyer cette soue, tremper ses mains dans ces immondices, respirer l'odeur fétide de ces miasmes putrides. Je ne voulais pas qu'elle m'identifie à cet univers abject. Il fallait qu'elle sache que je ne me reconnaissais pas dans ce troupeau, que je ne faisais pas partie de leur monde, que ma présence ici était purement accidentelle.

Rimbaud me confirma plus tard qu'elle m'avait vu récurer le plancher de la salle de bain et qu'elle en avait ressenti une certaine honte. Selon elle, il n'appartenait pas au «jeune monsieur» de faire des tâches domestiques. Merde ! je n'étais pas un «voleur de job». Je voulais juste exprimer mon respect. «Elle m'a aussi dit qu'elle m'avait trouvé un frère.»

Ma rencontre avec Rimbaud fut la suite logique de ces événements.

Nous nous sommes rencontrés un mois plus tard, lors de la manifestation d'appui aux grévistes de *La Presse*, en mille neuf cent soixante-douze. Je sympathisais alors avec un groupe socialiste radical, plus particulièrement avec une des membres de ce groupe dont j'appréciais les rondeurs idéologiques.

Rimbaud fréquentait un groupuscule anarchiste qui publiait *La Fin du monde*, une revue politico-culturelle absolument délirante.

Ce groupe s'était rendu célèbre en mettant sur la page de couverture d'un numéro de leur revue une photo d'un prince d'Angleterre pissant contre une statue de la reine Victoria, face à l'édifice de la Cour suprême. « Tous égaux devant la loi », disait la légende. Ils avaient aussi rendu publique la déclaration d'impôt du ministre des Finances, et établi, pour faire la preuve qu'il s'agissait d'une entreprise familiale, l'arbre généalogique de Radio-Canada.

— C'est toi, François… ?

Il était vêtu d'une veste d'aviateur qui avait dû connaître toutes les guerres du siècle et portait un bandeau noir sur l'œil droit. Il me dépassait d'une tête.

— Pourquoi ?

Je me méfiais. Depuis octobre soixante-dix, nous vivions dans la crainte du flic, de l'infiltré, de la trahison.

— J'voulais juste voir de quoi t'avais l'air.

— Ah oui ! C'est pour un film ?

— On pourrait se voir après la manif ? *Chez Pedro*. Tu connais ?

Et si c'était effectivement un flic qui racolait d'éventuels informateurs ? Le type dégageait une force particulière. Je décidai d'aller voir. Rimbaud se perdit dans la foule.

Je connaissais. Un petit restaurant basque fréquenté par les anarchistes, les contre-culturels, quelques coopérants hispanophiles et des secrétaires qui venaient draguer tout en pratiquant un espagnol appris au cours du soir du YWCA.

La manifestation s'était soldée par une énorme échauffourée. Les policiers avaient poursuivi et matraqué les gens jusque dans le métro. Une fille d'origine polonaise que j'aimais beaucoup avait été malmenée par des brutes armées. Une photo prise par un anarchiste de *La Fin du monde* avait fait le tour de la planète. On voyait les braves flics tirer les cheveux de la fille en brandissant leur longue matraque noire au-dessus de sa tête. De bien braves gens ! Je vouai à toutes les polices du monde une haine éternelle. Cette image ne me quitterait plus.

Chez Pedro, c'était la cohue. Rimbaud arriva un peu tard. Je m'apprêtais à partir, le soupçonnant d'être vraiment un agent provocateur.

Il réussit, je ne sais trop comment, à nous dégoter une table au fond de la salle à manger. Il était chez lui. La plupart des gens le saluaient. Plusieurs l'invitaient à s'asseoir à leur table. Il avait le visage tuméfié et les jointures de la main droite enflées. Il répondit à ma question avant que je ne la pose. «Je me suis un peu battu avec la police.» Comme si c'était la chose la plus normale du monde.

Il commanda de la sangria et des merguez-frites pour deux.

— As-tu un peu d'argent ?

J'avais.

— Je ne pense pas qu'on se soit déjà rencontré.

— Non, mais quelqu'un m'a parlé de toi.

— En bien ?

— Évidemment ! Ses yeux me rappelaient effectivement quelqu'un. Son charme un peu sauvage, cette espèce de souplesse physique, cette légère arrogance dans le regard ne m'étaient pas inconnus. Il me tendit une main ferme. Miguel Guetta. Mes amis m'appellent « Rimbaud ».

J'avais entendu prononcer ce nom pour la première fois en mille neuf cent soixante-neuf, lors de l'occupation de ma polyvalente. Il s'agissait alors d'un leader étudiant dans la vingtaine qui occupait une place de choix au panthéon des dirigeants de notre révolte. Un Cohn-Bendit local qui portait veste d'aviateur, sans doute la même qu'aujourd'hui, et keffieh. Un sorte de gloire locale qui provoquait des soupirs chez les adolescentes et des crises d'urticaire chez les pédagogues et les missionnaires de la norme. On le disait vaguement poète. Il avait même gagné un prix et participé à la Nuit de la poésie. Un héros romantique.

— Miguel Guetta ? T'es parent avec... ?

— Ma mère.

Je n'avais pas pensé que cette femme pût avoir un enfant. Je ne savais strictement rien d'elle si ce n'est que depuis deux mois elle venait faire le ménage chez moi une fois la semaine. Cette révélation m'estomaquait. Elle avait un fils. Je me souviens d'avoir pensé qu'elle était trop jeune pour ça. Je ne savais pas quoi dire. Rimbaud avait sans doute constaté mon trouble.

— Elle est belle, hein ?

J'opinai du bonnet.

— Elle m'a parlé de ses difficultés avec ton « vieux ». Nous ne nous cachons rien, ma mère et moi. J'ai essayé de la persuader de ne plus remettre les pieds dans cette écurie. Elle dit que ce ne serait pas bien. Qu'elle se sent en sécurité maintenant. Elle aime bien ta mère. Elle m'a raconté ce que tu avais fait. Je t'en remercie.

Il ne me quittait pas des yeux.

— Elle voulait que je te rencontre.

— Je...

Les mots se bloquaient dans ma gorge. Je n'arrivais plus à déglutir. Je vidai mon verre de sangria.

— Amoureux de ma mère ?

Vraiment, ce type possédait l'art de mettre les gens à l'aise. Oui, il possédait cet art.

— Je crois bien que oui, finis-je par articuler. C'est une femme fabuleuse.

— Elle fait le même effet à tout le monde. C'est un de ses dons. À mon avis, les dieux lui ont fait un cadeau de Grec.

— Ce n'est pas ce que tu penses !

— Je ne pense rien de particulier.

— Ce n'est pas sexuel. Enfin…. C'est autre chose.

— T'as quoi, dix-huit ans ?

— Vingt.

— C'est pas bien de mentir à ses amis.

— J'en ai eu dix-huit le mois dernier, le lendemain de la naissance de ma sœur.

— Ma mère m'a dit ça aussi. Écoute, François, ma mère aimerait qu'on soit amis. Elle dit que c'est mon destin et que c'est le tien aussi.

— Elle dit ça ?

— Elle ne se trompe jamais. Elle descend d'une très vieille famille gitane.

C'est ainsi que Rimbaud et moi sommes devenus frères. Depuis ce jour, nous ne nous sommes plus quittés et laissons courir la rumeur que nous sommes effectivement liés par le sang. Lui avec ses cheveux noirs, ses yeux d'ambre et son teint légèrement cuivré. Moi, blond comme les blés et la peau délicate comme celle d'un nourrisson. Mon initiation à la dérision et notre première complicité.

À partir de ce jour, nous avons tout vécu ensemble : les années d'effervescence, celles de la sinécurisation, celles des replis frileux et du confort de l'indifférence. Nous avons tout vécu ensemble, sauf les détails. Nos chemins se croisent toujours à quelque intersection. Nous nous y rencontrons comme des voyageurs arabes dans un souk, pour partager des expériences diverses, des voyages à partir d'itinéraires particuliers.

Il était tantrique, j'étais zen. J'étais léniniste, il demeurait fidèle à Bakounine. Je sortais avec une blonde, il couchait avec une brune. Je faisais du syndicalisme, il s'activait dans les associations de personnes assistées sociales. Je mangeais macrobiotique, il dévorait des pizzas. J'étudiais la littérature, il écrivait de la poésie. Rimbaud disait que « nous étions unis par des liens dialectiques » et il éclatait de rire.

Ma sœur n'avait que quelques mois quand je la lui ai présentée. Elle dormait d'un sommeil de farfadet dans sa poussette. C'était à l'occasion d'une manifestation organisée par une coalition de groupes de personnes assistées sociales, où s'activait Rimbaud à titre de responsable des communications. Il en était tombé amoureux. Sur-le-champ. Vraiment amoureux.

Il avait tout fait pour ne pas devenir «son amant chinois», comme le qualifiait Julie, lorsque, un peu mythomane, elle se prenait pour Duras. Il aurait fallu qu'il se réfugie dans une lamasserie ou un monastère isolé des Météores. Et encore! Elle l'aurait retrouvé. Ma sœur l'avait presque rendu fou à force de provocations. Elle s'offrit finalement Rimbaud pour son dix-huitième anniversaire. Je savais combien il avait été héroïque de ne pas lui céder avant.

À l'occasion, nous allions chez sa mère que j'appelais maintenant Mamie. Il n'habitait pas vraiment avec elle. Il y gardait une chambre qu'il utilisait à l'occasion. Il couchait ici et là, au gré des rencontres. Il se retrouvait souvent chez Julie, surtout depuis qu'elle avait son nouvel appartement. Mamie nous préparait des pâtes fraîches, de la gaspacho, des sardines grillées, de la salade de poulpe, des paellas, des rizottos, des coupes de fruits frais. Nous buvions de la bière importée et des vins italiens. Elle fabriquait des onguents pour soigner nos plaies et bosses. Elle concoctait des sirops pour le rhume et des tisanes pour toutes les occasions. Elle tenait à jour notre carte du ciel et nous gardait du mauvais œil.

Nous en étions venus à former une famille. Ce n'était pas la *famiglia*, c'était «notre petite famille», notre cocon, ce qui resterait autour de nous quand la Terre aurait éclaté.

Nous avons vécu ainsi jusqu'à ce jour, bouclant les boucles de la vie les unes après les autres. Jusqu'à ce que je ressente ce malaise existentiel très personnel, que je ne pouvais ni ne voulais partager avec qui que ce soit, fût-il

Miguel Guetta, dit « Rimbaud ». Fussent-elles Julie ou Mamie.

Pour la première fois de ma vie, je me sentais seul et même « notre petite famille », même l'affection de Mamie ne pouvaient atténuer ma douleur. Il fallait que je fasse crever cet abcès, ce douloureux sentiment d'échec. Il fallait que je me retrouve seul, loin de mes rêves, loin d'un réel trop étroit, loin d'un quotidien dont je ne goûtais plus que la médiocrité.

Je devais écrire à Rimbaud et à Julie. Je craignais que la note laissée à l'intention de ma sœur ne l'inquiète trop. Je devais leur dire mon désarroi, leur expliquer ma fuite. Ils étaient finalement les seuls à qui je pouvais me confier même si, forcément, je me répétais continuellement. Ils comprendraient. De cela, j'étais parfaitement sûr. Mamie comprendrait aussi. Elle comprenait toujours. Elle avait d'ailleurs dû lire ce dénouement dans les cartes.

Je ne pus résister à l'idée de faire rigoler Rimbaud. Je lui dis donc que je lui écrivais de la terrasse de *La Closerie des lilas*. Et je lui racontai tout.

VI

J'ai écrit deux lettres : l'une à Julie, l'autre à Rimbaud. Je n'ai pu me résoudre à les poster tout de suite, tant était vif ce désir de prendre congé de mon ancien monde. Ma fidélité l'a finalement emporté et sans doute aussi le sentiment que la peine faite aux autres ne soulage jamais celle que l'on ressent.

Je ne voulais pas que mes lettres soient tristes et laissent l'impression que j'avais perdu de mon mordant. Je fis donc bien attention de ne pas trop m'épancher sur mes humeurs et les rassurai, admettant même que je vivais sans doute les premiers symptômes d'une crise de post-adolescence dont la résolution revêtait un caractère initiatique certain. J'eus recours à l'humour pour leur expliquer que, finalement, ce besoin de partir était bien naturel et que le choix de ma destination n'était pas le fruit du hasard.

J'aurais pu m'isoler dans un pueblo et ne pas revenir avant d'avoir compris tout Castaneda. J'aurais pu me réfugier dans une yourte et méditer les sûtras, pour découvrir que toute vie n'est que douleur. J'aurais pu devenir *new born christian* ou *Jesus freak*. J'aurais pu devenir *golden boy* sur Wall Street, vendeur de condo en République dominicaine, gigolo au Club Med, attaché politique d'un enchaîné à son vice. J'aurais même pu donner ma fortune à quelque hurluberlu en robe safran, en échange de la vie éternelle et de la certitude de ne jamais chier mou. Mais, leur dis-je, tout cela les aurait fait rigoler. Je répétai sensiblement les mêmes idioties à l'un et à l'autre, ajoutant que je ne voulais pas qu'ils s'en fassent. J'ajoutai un mot à l'intention de Mamie, sachant qu'il n'était pas utile d'en dire plus.

Enfin, je leur fis part de mon désir qu'ils m'écrivent, poste restante, à Florence, où je souhaitais me rendre au cours des prochaines semaines.

•

Le Vaudou est une boîte très à la mode, si l'on en juge par la foule qui se presse souvent à l'entrée. Situé pas tellement loin du *Moulin rouge*, le cabaret se présente comme un établissement luxueux, tout en chrome et néons. Il n'offre pas cette apparence médiocre, un peu louche qui caractérise un tas de boîtes à touristes qui ont pignon sur rue à Pigalle. Ici, les toilettes ne doivent pas être parfumées à la pisse de cheval. Les graffitis sur les murs s'inspirent sans doute plus d'Aragon, de Vian et de Prévert que de J. C. Lauzon ou de Coluche. Comment douter de la qualité de la coke qu'on y vend ? L'humoriste Clémence Desrochers dirait que *Le Vaudou* est fréquenté par une « bien belle classe de monde ».

Le portier du *Vaudou* ressemble à un monolithe de muscles noirs, vêtu d'une chemise écarlate largement échancrée et d'un haut-de-forme un peu cabossé. Il filtre méthodiquement la clientèle, saluant occasionnellement des habitués de la boîte. «Il se nomme Barabbas et nous sommes vaguement cousins, m'avait dit Big Daddy. Ne le taquine pas trop. Il est très susceptible.» Recommandation superflue.

Barabbas me dévisagea comme une lingère zieutant une tache de moutarde sur une nappe blanche. Vêtu d'un jean, d'un col roulé noir et d'une veste en chevreau, je tranchais avec la clientèle en smoking qui se bousculait pour entrer. Mes Nikes blancs faisaient baroques parmi tous ces Gucci et autres italienneries. Les clients me lorgnaient d'un œil critique et semblaient tout prêts à demander à Barabbas de me crucifier comme un métèque qui aurait violé un sanctuaire.

La montagne s'approcha de moi et je me retins pour ne pas rire au son de sa voix flûtée.

— Z'êtes égaré ?

— Je suis invité par Big Daddy, fis-je confidentiellement.

Mon interlocuteur m'examina avec attention. J'avais l'impression d'être un gigot subissant l'examen d'une ménagère. Un peu plus et il salivait. D'ailleurs je crois bien qu'il salivait. «Il va finir par me tripoter la viande», pensai-je craintivement.

— Big Daddy ? dit-il comme si la chose avait été incongrue. Il insista.

— V'aiment, il vous a invité ?

Et si je lui répondais qu'il m'a gagné aux cartes ? Je me retins. Un doute m'effleura quant au sens de l'humour du cerbère. Je déclinai mon identité. Son visage s'éclaira d'un sourire chaleureux

— Ah, le Québécois ! L'ami de mam'zelle Mi'eille. Fallait le di'e mon pote. Pouvais pas savoi' moi. Pas devin.

Il m'adressa un clin d'œil amusé, se tourna vers l'intérieur, claqua des doigts et fit apparaître un nain vêtu exactement comme lui. «C'est pou' mam'zelle Mi'eille.»

Il aurait tout aussi bien pu annoncer la livraison d'une pizza. Le nain me fit signe de le suivre. Une pizza n'aurait pas suivi un nain noir et rouge. Au grand déplaisir des autres clients, j'entrai dans le temple du reggae en souhaitant que mes oreilles survivent au traitement sonore qui leur était imposé.

Elle était là. Freddy aussi. Je ne vis pas Big Daddy Papa sur la scène. Je me sentais vaguement inquiet. Cette fille-là, c'est la pègre. Mireille portait un petit rien qui avait dû coûter très cher. Vêtu comme un maître d'hôtel, Freddy exhibait une chemise bleu poudre tout en dentelle. Coiffé à la manière d'un dandy recherchant le temps perdu, il se tripotait le jabot comme un poulet ayant trop bouffé. Ils buvaient du champagne et fumaient des cigarillos.

Quels sont les mœurs de la tribu ? Faut-il payer sa tournée à tour de rôle ? Procède-t-on par tirage au sort ? Je frémis à la pensée du nombre de billets qu'il me faudrait allonger pour avoir l'air minimalement civilisé parmi ces barbares.

Freddy me reconnut et me fit signe. Le nain s'effaça aussitôt après s'être emparé du billet de vingt francs qui était apparu dans ma main. Il l'avait subtilisé avec ce naturel que procure la répétition infinie du même geste. Avec tous les billets qu'il cueillait, ce nain-là devait habiter au *Ritz*. À moins, bien sûr, qu'il ne soit un Schtroumpf père de famille nombreuse.

Ils s'étaient installés à une petite table, au premier rang d'une large corbeille dessinant un hémicycle jusqu'à la scène. Sans doute une des meilleures. Freddy semblait visiblement heureux de me revoir. Le visage de Mireille Latour n'exprimait rien d'autre que cette suffisance cultivée qui s'épanouit dans la certitude d'appartenir à une race supérieure, ou dans celle de posséder un compte en banque épais comme l'ignorance humaine. Elle fit mine de ne pas me voir tandis que je gravissais les trois marches qui permettaient d'atteindre leur hauteur. Je pensai un instant qu'il ne me suffirait pas de grimper l'Everest pour atteindre celle de la Latour. «La soirée va être gaie», regrettai-je intérieurement. Paris est si belle la nuit, pourquoi venir me fourrer dans ce guet-apens dont ne pouvait profiter que la fille gâtée d'un magnat de l'édition?

Je serrai la main de Freddy et m'assis en face de Mireille Latour qui ne me tendit même pas la sienne. L'amant de Big Daddy Papa rigolait ferme.

— J'attends, dit la Latour en me jetant un regard noir.

Qu'attendait-elle? Que je lui présente mes plus plates excuses pour l'avoir sautée? Christ! elle m'avait presque violé. Que ferait Rimbaud dans une situation pareille? D'abord, il est évident qu'il ne serait pas venu à ce rendez-vous. À bien y penser, je n'en suis pas si sûr. Je me tournai vers Freddy qui se pencha immédiatement vers moi pour me glisser une idée à l'oreille. Les négociations allaient commencer.

Il m'écouta attentivement et se tourna vers Mireille. Il fit cet aller-retour plusieurs fois. Le premier jeu de société de la soirée. Freddy s'amusait comme un petit fou à jouer les médiateurs. Mon ennemie et moi nous affrontions du regard, cherchant à percer l'armure de l'autre, à deviner sa stratégie. Un sourire un peu sardonique éclairait le visage de mon amante d'un soir. Elle faisait plein de trucs pour me séduire et me déstabiliser. Le genre de simagrées qui font généralement fondre les résistances de n'importe quel mâle normalement constitué. Un peu plus et Freddy deviendrait hétéro. Nous avions l'air de monologuistes israélo-palestiniens discutant de la paix au Moyen-Orient, sauf que je suis raisonnablement certain qu'Itzhak n'a pas couché avec Yasser. Cette pensée un peu folichonne était prémonitoire.

Nous avons conclu quelques secondes avant que Big Daddy et son saxophone n'apparaissent sur la scène. Sa djellaba flottait comme la grande voile d'une felouque. Son crâne luisait comme une boule de billard. Son instrument de musique avait l'air d'un jouet d'enfant qui ne résisterait pas bien longtemps à ses larges mains. Hilare, détendu, maître des lieux, goguenard, il allait d'un musicien à l'autre, faisant rire le pianiste, gesticuler le batteur. Il esquissa quelques pas de danse et la foule applaudit à tout rompre.

— Je suis heureuse que tu aies accepté l'invitation de Big Daddy.

Habile en diable, la Latour. Mais j'avais obtenu qu'elle parle la première. Victoire enfantine que je savourais quand même.

— Je mourais d'envie de te revoir, susurrai-je, l'air de quelqu'un qui a goûté au fruit défendu et qui brûle d'envie d'en bouffer encore.

Elle évalua le degré d'ironie contenu dans cette déclaration et creusa un peu la question.

— Vraiment ?

— Il me semble que l'on s'est quitté sur un malentendu... Je laissai l'idée du malentendu faire son chemin. Il ouvrait la porte à un compromis acceptable. Sun Tzu aurait été fier de moi.

Freddy suivait notre échange comme un arbitre au tennis. Jusque-là, personne n'avait crié « faute » et le public dans les gradins retenait son souffle.

— ... Un malentendu regrettable, fit la Latour, conciliante.

Je sentis ses griffes rentrer dans leurs coussinets.

Je pouvais maintenant l'embrasser sans déchoir. Elle répondit à mon baiser par un petit dardage lingual taquin et invitant. On avait toute la soirée pour y penser.

— Ah ! soupira Freddy, si toutes les guerres pouvaient se terminer ainsi.

Il servit du champagne. Je rapprochai mon fauteuil de Mireille et nous écoutâmes jouer Big Daddy.

Le saxophone est sans doute l'instrument de musique le plus sensuel qui soit. Il favorise l'expression des sentiments les plus chauds. C'est le véhicule de la passion.

Exprimées par le saxophone, les peines les plus graves atteignent des profondeurs abyssales. C'est l'instrument de Rimbaud et, en entendant Big Daddy en jouer avec tant d'intelligence et de sensibilité, je ne pus faire autrement que de penser à lui.

La base de notre rapport repose sur un troc. Il a accepté de partager sa mère et je lui ai cédé ma sœur. Nous aimons Mamie tous les deux, d'un amour différent, total et nécessaire. Et il aime Julie tout autant que moi, avec en plus le bonheur de ne pas être soumis au tabou de l'inceste. Ces deux femmes sont le point d'équilibre de notre univers. Elles règnent sur nos vies comme des déesses complémentaires. Nous les protégeons comme Janus gardant les portes du temple : lui, celle de devant, moi, celle de derrière.

Il n'a pas initié ma sœur aux jeux de l'amour. Elle s'était occupée de cela à treize ans avec un adolescent un peu plus âgé. C'est lui par contre qui lui a fait découvrir, à un moment particulièrement important de sa vie, le trésor de ressources dont elle est pourvue. Il l'a encouragée dans la poursuite de ses rêves, mieux, peut-être, que je n'aurais pu le faire. Nous nous sommes faits complices du bonheur de Julie en n'hésitant pas, parfois, à lui faire connaître de petites peines.

Julie est vraiment entrée dans ma vie à la mort de ma mère. Elle n'était qu'une petite chatte égarée, apeurée, qui sortait ses griffes pour tout et pour rien. Témoin impuissant de l'agonie de ma mère, elle l'avait découverte un matin, morte d'avoir absorbé trop de somnifères. Mon père l'aurait sans doute bouffée si elle était restée à la maison. Une des rares occasions où mes frères montèrent au front avec moi. Cela suffit à mes yeux pour leur assurer ma gratitude. Cela empêche Rimbaud de les vomir tout à fait, même s'il les traite sans distinction de « merdes bourgeoises ».

Je ne sais presque rien de Rimbaud. Cette ignorance m'a toujours semblé normale. Comme s'il eût été indécent de chercher à connaître son histoire. Je n'en sais pas tellement plus que ce que j'en ai déjà dit. Parfois, Rimbaud me déroute. Comme Duras, il peut se faire juif un jour, palestinien quelques mois plus tard. Et il est l'amant de ma sœur. Il a été chilien au lendemain de l'assassinat d'Allende. Même s'il se dit montagnais depuis quelques mois, et même si ce qu'il nomme notre côté «ceinture fléchée» l'agace énormément, il s'identifie profondément au désir des Québécois qui aspirent à la maîtrise de leur destin collectif.

Il dit que nous sommes la plus jeune nation du monde et que, comme un adolescent, nous pouvons être presque en même temps infiniment émouvants et profondément chiants.

Il regrette aussi que nous ignorions trop souvent l'existence de nos visionnaires, de nos héros du quotidien, des êtres lumineux qui éclairent occasionnellement les routes de l'espoir. Pourquoi faut-il que ce soit si rarement eux qui soient au pouvoir ?

La main de Mireille s'était posée sur ma cuisse. Big Daddy Papa fécondait des sons inouïs. Des sons torrides. Il tirait de son saxophone des plaintes rauques, presque insoutenables, et des soupirs à faire bander un impuissant. Il appelait les éléphants et on les entendait barrir. Les autres musiciens du *band* semblaient possédés par tous les démons de l'Afrique. Leur sang nègre charriait des rythmes envoûtants, nés dans les profondeurs des forêts équatoriales. On n'avait qu'à fermer les yeux pour voir danser le continent noir.

Cette musique faisait monter à mes lèvres quelques vers d'un poème épique que j'ai écrit il y a dix ans sur le thème de l'esclavage.

Et les femmes aux seins lourds
Regardaient partir l'esclave courbé
Le fauve dompté
Elles regardaient partir l'Afrique vers les terres inconnues

Où le tam-tam de la brousse rejoint le tambour de la plaine
Ils étaient cinq cent
Cinq cent à mourir comme meurent les saisons
Sous le soleil d'Afrique à goût d'Amérique
Ils mouraient le coton le tabac et la terre
Et leurs fils naissaient
Là-bas au pays

Je crois bien que des larmes coulaient sur mes joues. Après tout, j'ai peut-être été un peu poète. Freddy s'en aperçut et détourna la tête pour ne pas me gêner.

Le public en redemanda, et Big Daddy Papa en redonna généreusement. Puis ce fut la fin. Puis ce fut le début. Elle était là. Elle était là, dans la lumière d'un *follow spot*. Son Palestinien l'accompagnait. Mireille et Freddy les avaient vus aussi.

— La fille là-bas, fis-je hypocritement en désignant une direction du menton, n'est-ce pas celle qui était chez toi avant-hier ?

Mireille Latour l'identifia sans peine.

— L'Italienne ? Elle est toujours avec Ibrahim ? Il n'est pas mal non plus, ajouta ma voisine.

Je fis celui qui n'a pas compris.

— Sa femme ?

— Sa maîtresse, répondit Freddy.

Je ressentis une bizarre hostilité dans sa voix. Fini le dandy relax. Il était soudain tendu. Il se leva. « Je reviens dans quelques instants. » Il se perdit quelque part en direction de la sortie.

Mireille Latour semblait aussi étonnée que moi de ce départ précipité.

— Il est malade ?

— Je ne crois pas. Il est sans doute parti s'assurer que Big Daddy viendrait nous rejoindre.

— Tu la connais ?

Elle savait évidemment à qui je faisais allusion.

— Pas vraiment. On la voit occasionnellement avec Ibrahim. On dit qu'elle est la fille d'un sénateur communiste italien. Je connais mieux Ibrahim.

— Ibrahim ?

Mireille m'avait déjà dit qu'il représentait des intérêts tunisiens.

— Il organise des manifestations culturelles et préside un comité d'amitié franco-arabe. Il est aussi journaliste et fréquente le comité de rédaction de la revue *Les Temps modernes*. Il signe de très intéressants papiers dans la *Revue d'études palestiniennes* et dans le mensuel *Arabie*. Je pense qu'il occupe un poste à l'Institut du monde arabe. Je ne le connais pas beaucoup. C'est un homme plutôt renfermé, secret. La rumeur veut qu'il soit très proche de Yasser Arafat. Il porte bien sa jeune cinquantaine et, ajouta-t-elle perfidement, il pourrait être le père de sa Lolita italienne.

— Heureusement que tu ne la connais pas !

Elle ignora l'ironie

— Freddy possède sans doute plus d'informations sur eux que moi.

Freddy revint avec Big Daddy Papa quelques minutes avant que ne débute le spectacle de la Compagnie créole. À les voir, je ne pouvais m'imaginer ces deux-là faisant l'amour. Big Daddy était visiblement heureux. Ses yeux brillaient comme des phares. Il semblait en pleine forme. Un soupçon de cocaïne enfarinait la base de sa narine droite. Il me prit dans ses bras et m'étouffa un peu en m'appelant « frère ». Il salua Mireille de la même manière mais avec beaucoup plus de délicatesse.

VII

Je n'oublierai jamais cette fameuse soirée. Non parce qu'elle fut particulièrement fabuleuse, mais plutôt parce qu'elle fut à la base d'une série d'événements dont le souvenir ne saurait s'effacer.

Si j'avais pensé reprendre avec Mireille la conversation déjà entamée sur l'oreiller, j'en fus quitte pour mes souhaits. Elle se rendait au Brésil le lendemain et avait plein de choses à régler avant de se coucher. Elle refusa d'aller prendre un dernier verre chez Freddy, mais accepta que nous la reconduisions chez elle.

Mes plans tombaient à l'eau. Mireille Latour ne confondait pas plaisir et affaires, et restait maîtresse de l'utilisation de son temps et de ses amants. Féministe ! Elle était féministe. Moi qui pensais que les Françaises avait rompu avec cette idée selon laquelle « ce qu'un homme peut faire, une femme le peut aussi ». J'étais tellement frustré que je ne répondis qu'avec peu de chaleur à un baiser qu'elle voulait rempli de promesses pour un avenir pas trop lointain.

Freddy habitait une péniche amarrée quai de Grenelle. Le navire avait été somptueusement aménagé par un décorateur génial. L'appartement flottant comptait six pièces. Un immense salon meublé fin dix-neuvième, avec piano à queue et chaîne stéréo, en était la pièce centrale.

Freddy y habitait depuis à peine un mois. Il gardait les lieux pour un ami, m'expliqua-t-il spontanément. Un ami juif, à n'en pas douter, car un drapeau frappé de l'étoile de David était accroché au mur. On pouvait aussi y voir une série de photos où apparaissait toujours le même homme, à des époques et dans des lieux différents. On le voyait souvent en compagnie d'une personne qui ressemblait beaucoup à David Ben Gourion. Qui d'autre aurait pu avoir cette gueule de vieux philosophe à crinière blanche et ce regard mi-pastoral, mi-guerrier ?

Le propriétaire de la péniche était photographié en tenue d'aviateur devant un avion de combat. Il portait une mitraillette et se trouvait devant le mur des Lamentations. Un cliché le montrait dans une ferme, parmi les canards, en compagnie d'une toute petite vieille femme fragile. La photo dégageait une indicible sensation d'intensité. Comme si le photographe avait vraiment réussi à capter sur la pellicule l'âme de cette vieille Juive et la densité de l'histoire dont elle était porteuse. On le voyait enfin avec une jeune femme tenant un enfant dans les bras.

Freddy me fit faire le tour du propriétaire. La chambre principale, meublée dans la tradition japonaise, était occupée par mon hôte. De très beaux fusains inspirés du Kâma sûtra décoraient des murs tendus de soie turquoise : des personnages essentiellement masculins. Freddy me jeta un coup d'œil égrillard. L'autre chambre, un peu plus petite, faisait plutôt moderne avec son lit d'eau circulaire, ses cadres en inox et son mobilier laqué noir. Une vaste salle à manger et une cuisine-laboratoire prolongeaient en enfilade la vaste salle de séjour.

Freddy m'expliqua que la péniche était très fonctionnelle et que la salle des machines disposait de puissants moteurs. Il y avait même un garage dans la cale. On y gardait une petite auto et une motocyclette.

Ces péniches m'avaient toujours fasciné et nous rêvions parfois, Julie, Rimbaud et moi, de découvrir l'Europe en naviguant à un rythme d'escargot sur le circuit des fleuves : la Seine, le Rhône, la Loire, le Rhin, le Danube...

De retour dans la salle de séjour, Freddy fit jouer un panneau du plafond qui découvrit un large puits de lumière en vitre teintée incassable. J'acceptai un Chivas sur glace avec de l'eau.

Nous échangeâmes pendant quelques minutes des propos anodins sur tout et sur rien, entrecoupant ces passages du coq à l'âne de silences un peu gênés.

— Elle habite Florence. Elle se nomme Elena.

L'attaque avait été brusque, comme si Freddy avait voulu me surprendre. Mon étonnement était trop visiblement feint et mon silence trop révélateur de l'intérêt que je portais à la dame. Il poursuivit.

— Son père adoptif est un sénateur italien communiste.

— Adoptif ?

— Elle serait d'origine chilienne. Elle fut adoptée par le sénateur Luciano alors qu'elle n'était encore qu'une enfant. Ses parents auraient été assassinés par des membres d'un escadron de la mort, à la suite du coup d'État. Son père et sa mère étaient très proches d'Allende. Pourquoi t'intéresses-tu à elle ?

— Je ne sais pas. Pourquoi est-on fasciné par une fille que l'on ne connaît pas et que l'on croise dans la rue, au restaurant, dans le métro ? Ou par un type, ajoutai-je à l'intention de Freddy. Pour rien. Un coup de sonde du destin.

— Oui, c'est vrai que le hasard fait parfois bien curieusement les choses…, fit Freddy pensivement.

Cette conversation prenait un tour qui ne me plaisait pas. J'ouvris un nouveau fichier.

— J'aime beaucoup ta manière de peindre.

— Merci. Ça commence à marcher pour moi. Ce n'est pas facile de percer à Paris. Une jungle. Il faut d'abord se faire un nom autrement… Grimpe tout nu au sommet de l'Arc de triomphe et les gens viendront à ton exposition. Dans la mesure évidemment où la presse en aura fait tout un plat. Que t'aies du talent ou pas n'a qu'une importance très relative. Ce qui compte, c'est de laisser croire aux parvenus qu'ils retarderont sur l'histoire en ne participant pas à tel ou tel événement. Les gens commencent à acheter mes toiles parce qu'ils me rencontrent d'abord sur un terrain qui est le leur. J'ai du talent à leurs yeux parce que je fréquente des salons comme celui de Mireille.

Mireille m'avait dit que Freddy était plus connu pour ses activités mondaines que comme peintre. J'avais du mal à croire qu'un type doté d'un tel talent et d'une personnalité aussi forte se sente obligé d'aller faire des ronds de jambe dans les salons fréquentés par l'ennui.

— C'est partout pareil. Ce n'est pas différent à Montréal.

— Sauf que c'est une grosse ville de province.

— Pouvez pas vous empêcher d'être chiants, vous autres, les Français !

C'était sorti tout seul. « Touche pas à ma ville ! » dut-il lire dans mes yeux.

— Je ne suis pas français.

— T'es chiant pareil !

— C'est que je suis israélien. On est tous comme ça. Pire que les Parisiens.

Il sombrait dans l'humour juif. Il savait que je ne pouvais le suivre sur ce terrain sans m'exposer à être accusé de racisme.

Il avait raison pour les Israéliens. Ceux que je connaissais étaient des monstres d'arrogance. Un d'entre eux m'avait un jour dit que les Israéliens méprisaient à peu près tout le monde. Ils ne s'inclinaient que devant la force : surtout celle du caractère. Sadate les avait carrément déstabilisés en jouant sur l'un de leurs registres favoris : celui du fait accompli.

Freddy me dit qu'il avait quitté Israël parce que ce pays perdait son âme, se noyait dans une perversion éthique contraire au progressisme de ses fondatrices et fondateurs. Le projet israélien s'était dissous en cours de route. Les guerres avaient endurci le cœur des filles et des fils de ces pionniers animés par le rêve d'un État démocratique, socialiste et laïc.

Les dirigeants d'Israël sombraient dans la paranoïa. Plusieurs officiers de la Palmach et du Mossad étaient devenus des mercenaires qui se vendaient au plus offrant : dictateurs ou trafiquants de drogue. D'autres vendaient des armes à n'importe qui, amis comme ennemis, sans se soucier des conséquences. Les services secrets étaient financés par la drogue, tout comme la CIA. Le sort que l'on réservait aux Palestiniens ressemblait parfois à celui qu'on avait réservé aux Juifs cinquante ans plus tôt. Beaucoup d'Israéliens étaient racistes, ethnocentriques, xénophobes. La sévérité de Freddy m'étonnait. Il semblait visiblement désabusé. Compte tenu de mon propre état d'esprit, je pouvais le comprendre.

— Elle travaille avec Ibrahim ?

C'était plus fort que moi, je voulais en savoir un peu plus plus. Freddy m'adressa un sourire plutôt narquois, comme s'il savait que je reviendrais fatalement sur le sujet

— Je ne pense pas. Elle est danseuse dans une troupe de ballet moderne. Elle a étudié avec Béjart en Belgique et chez Martha Graham aux États-Unis. On dit qu'elle est la maîtresse d'Ibrahim. C'est possible... T'en veux ? C'est de l'herbe.

Ça se devinait à l'odeur. J'acceptai de partager avec lui ce joint qu'il avait fait apparaître sans que je ne m'en aperçoive.

— Tu ne sembles pas beaucoup aimer cet Ibrahim ?

— C'est une longue histoire.

Il ne tenait visiblement pas à me la raconter. Je n'insistai pas.

— Tu comptes rester à Paris longtemps ?

— Je ne sais pas. Dans quelques jours, je louerai une voiture et j'irai en Italie en passant par la Côte d'Azur. J'ai dit à Julie que je serais à Florence dans deux semaines.

— Julie ?

— Ma sœur.

Une légère ivresse me gagnait. L'effet dévastateur du Chivas. Mon corps devenait trop léger. Je ressentais le besoin de m'ancrer solidement au cocon du confortable fauteuil capitaine dans lequel je me vautrais : l'effet du cannabis sur mon cerveau ramolli. Je me sentais aussi soudainement un peu seul, un peu bête. La marie-jeanne me rend léger et volubile. Elle peut provoquer le rire ou les larmes, tout dépend du contexte. Elle me fait perdre le sens de l'orientation et toute pudeur. Elle produit parfois chez moi un effet aphrodisiaque.

Freddy allait me confier plus tard que les vannes s'étaient ouvertes, que j'avais parlé comme sous l'effet du penthotal. Mais, me dit-il avec dans le regard un je ne sais quoi de complicité, je n'avais rien révélé d'autre que de la souffrance humaine standard, une sorte de désarroi, de tristesse prêt-à-porter achetée au grand magasin de la vie.

J'avais pleuré sur les malheurs de ma mère et insisté sur ceux du Québec, en l'assurant que j'émigrerais en Nouvelle-Zélande si mon pays se refusait à lui-même. J'avais voué mon père à l'enfer, évoqué la mémoire d'une certaine Mamie et assuré Julie de mon amour, en m'excusant d'être un mauvais frère. J'avais descendu en flammes à peu près les trois quarts de l'humanité et demandé à un certain

Rimbaud pourquoi ma médiocrité me rendait malheureux alors que lui pouvait vivre avec.

J'avais sollicité son avis quant à ce que pouvait faire un type de trente-huit ans qui a l'impression de ne jamais avoir rien accompli de valable. « J'ai voulu changer le monde à moi tout seul en rêvant d'une aube radieuse. Je me retrouve au mitan de ma vie avec le goût amer d'avoir été floué. L'humanité n'est qu'une idée ! » avais-je conclu le plus sérieusement du monde.

Par quelle perversion de l'esprit avais-je entendu Rimbaud rigoler. Il était vêtu d'une soutane rouge et du curieux chapeau en cuir bouilli qu'il porte parfois et qui le fait ressembler à un torero. Il enfumait copieusement mon cercueil d'un encens qui sentait indéniablement le hasch, en psalmodiant une prière des morts qui me faisait rigoler comme une hyène. Julie l'accompagnait. Elle dansait autour de ma tombe sur une musique de Stravinsky. Elle virevoltait, tournoyait, s'envolait. Elle devenait l'Italienne. Elle possédait deux visages. Elle était fille de Janus.

Je ne me rappelais que très vaguement tout cela, mais je me souvenais plus clairement qu'à un certain stade de mon délire je m'étais retrouvé dans le lit de Freddy à contempler les estampes japonaises. Je me souvenais aussi de mon fou rire alors que Freddy me mettait à poil.

Je me souvenais de l'habileté de ses caresses, de sa tendresse, de sa bouche, d'une délicieuse explosion de plaisir. J'avais hurlé comme une pute qui fait semblant et m'étais endormi d'un sommeil total.

Je quittai la péniche à la barre du jour. Freddy dormait comme une marmotte. Big Daddy Papa était couché tout habillé dans l'autre chambre et ronflait comme un hippopotame souffrant de végétations. Je dénichai trois aspirines dans la salle de bain. Mon crâne menaçait d'exploser. Je me sentais vaseux. L'air du matin me fit du bien.

Je marchai dans ce merveilleux Paris matinal jusqu'à mon hôtel. Ma logeuse me jeta un regard en biais et marmonna un bonjour incertain. Elle ne m'offrit ni café, ni croissants, ni confiture maison. Je devais vraiment ressembler à un pochard. Je pris une douche et me recouchai.

Freddy réussit à me joindre à mon hôtel vers onze heures. Je ne me souvenais pourtant pas de lui avoir dit où j'habitais. Il me demanda comment j'allais. Pas d'allusions aux événements de la nuit. Nous avons dîné ensemble au *Chien qui fume*, pas tellement loin de Beaubourg. Comme s'il voulait se faire pardonner, il m'en dit un peu plus sur lui.

Dans un sens, il ressemblait à Rimbaud. Il aurait pu être membre de l'Internationale des *Vagabonds du rêve*, pour pasticher le merveilleux titre d'un ouvrage du sociologue québécois Marc Lesage. Freddy était plutôt bel homme. L'acné avait laissé des traces sur son visage et il paraissait un peu plus âgé que les trente-trois ans qu'il avouait. Ses yeux étaient très noirs et plutôt tristes, ce qu'accentuait un léger maquillage. On le sentait fataliste, comme le sont ceux qui ont fini par admettre que ce qui doit arriver arrivera. L'influence d'un environnement musulman? L'héritage d'un peuple trop longtemps marqué par la fatalité? Son regard laissait passer une certaine cruauté.

Il m'avoua que la péniche appartenait au frère de sa mère, celui que l'on voyait sur les photos. Il ne l'utilisait que rarement. Né à Degania, un kibboutz un peu mythique des rives du lac Tibériade et lieu de naissance de Moshe Dayan, son oncle était contemporain de Ben Gourion et de Golda Meir, avec qui il avait milité dans la Hagannah.

Freddy était né à Ramat Yohanan, un autre kibboutz de Galilée fondé par des pionniers venus de Degania. Sa grand-mère, polonaise d'origine, était une rescapée de Treblinka, où elle avait perdu deux enfants. C'était sa photo que l'on voyait sur le mur de la péniche.

Âgé de quinze ans, fuyant la Gestapo, récupéré par la résistance communiste, le père de Freddy s'était enrôlé dans un groupe sioniste qui tentait de faire passer le maximum de Juifs possible en Israël. Un travail extrêmement dangereux. Il avait été tué lors de la guerre des Six Jours alors qu'il commandait une escadrille de Mirages.

Il me parla de la vie au kibboutz. Le sien avait été fondé par des socialistes qui désiraient faire d'Israël un État démocratique modèle. On y cultivait des agrumes, des avocats et des bananes. Une petite usine de plastique constituait la seule activité industrielle. On engraissait des poulets et on élevait un petit troupeau de vaches Holstein importées du Québec. «Beaucoup de jeunes partent, me dit Freddy. Ils ne sont pas intéressés par cette vie pastorale fondée sur des valeurs égalitaires. Ils veulent consommer. Les guerres ont tué le rêve des pionniers et empoisonné l'âme israélienne.» Il m'avait dit la même chose la veille. Cela devait donc avoir beaucoup d'importance à ses yeux.

Tous les souvenirs d'enfance de Freddy se rapportaient à la vie communautaire de son kibboutz : la maison des enfants, celle des jeunes, la cueillette des agrumes, la salle à manger communautaire, les fêtes, la tendresse des vieux pionniers dont l'idéal égalitaire n'avait su franchir le procès de réalité d'un monde qui s'y refusait. Il s'identifiait à cet univers simple qui produisait des géants et aspirait à y retourner. Sa mère et sa sœur y résidaient encore et ne quitteraient cet endroit pour rien au monde.

Il avait fait son service militaire chez les parachutistes et participé à deux guerres. Il me dit qu'il préférait vivre en France parce qu'il n'approuvait pas ce qui se passait en Israël. Sans même que je ne le lui demande, il ajouta qu'il comprenait les Palestiniens et qu'il entretenait avec certains d'entre eux des rapports d'amitié. J'étais tombé sur un pacifiste. Pourquoi était-il si tendu en présence d'Ibrahim ? Je ne l'interrogeai pas sur ce sujet.

— Quand as-tu l'intention de quitter Paris ? me demanda-t-il à brûle-pourpoint

— Dans deux ou trois jours.

— Accepterais-tu que je t'accompagne jusqu'à Nice ?

— C'est que…

— Je comprends.

— Mais non, ce n'est pas ce que tu crois. J'ai l'intention de prendre mon temps, d'arrêter ici et là, de visiter…

Je n'en voulais pas vraiment à Freddy, mais je lui dis de ne plus se réessayer. Quelle différence y avait-il entre son comportement et le mien quand se présente l'occasion d'entraîner une fille dans mon lit ? On avait bu, fumé de l'herbe. J'étais majeur. Je n'avais pas dit non, ni même élevé une protestation. Ma première expérience homosexuelle depuis l'adolescence. Le plaisir avait été pour moi et je n'en ressentais aucune honte.

Il accepta mes conditions, et moi sa compagnie.

•

Je passai les trois jours suivants à déambuler dans Paris. Je fus tenté de téléphoner à Julie, ou à Rimbaud. Je résistai un peu puérilement à cette tentation. Une attitude très adolescente. J'avais l'impression de fuguer. Je me sentais comme un oiseau hors de sa cage. Mon plaisir était d'autant plus grand que le soleil brillait et que je disposais d'un trésor de guerre suffisamment important pour me permettre la dolce vita.

Avais-je été si peu choyé par la vie pour ressentir aussi intensément le désir de m'envoyer en l'air ? L'honnêteté la plus élémentaire ne m'obligeait-elle pas plutôt à reconnaître que j'étais tout simplement un enfant de cette Amérique de l'après-guerre qui ne savait plus désirer à force d'avoir tout obtenu sans combattre ?

Je me levais relativement tôt le matin. Je humais l'air de Paris et me rassasiais des odeurs et des bruits matinaux. Je prenais mon petit déjeuner dans un très sympathique petit café près de la Seine, fréquenté par des fonctionnaires du Quai des Orfèvres et tenu par une ex-mondaine envers qui les bureaucrates se montraient particulièrement polis. J'achetais *Libération* et prenais tout mon temps pour avaler mes deux cafés crème et mes croissants.

Je marchais sans itinéraires précis, me perdant dans les rues des vieux quartiers. Le midi, je dînais dans un bistrot tout en lisant *Le Monde*. J'aimais l'effervescence de ce moment de la journée et observais sans me lasser la course contre la montre des Parisiennes et Parisiens.

Je revenais continuellement vers une petite épicerie de la rue Sousselot tenue par un jeune couple, lui d'origine américaine, elle une Vietnamienne sans âge dont tout un côté du visage avait été abominablement brûlé par le napalm. Une petite femme, toute menue. Quel âge avait-elle quand un meurtrier anonyme avait copieusement arrosé son village de cette poix d'enfer ? Elle devait avoir l'âge de Julie et de la fille du président des États-Unis. L'âge de l'innocence. Beaucoup trop jeune pour apprendre la haine.

Quel âge avait ce grand type musclé et blond comme un fantasme nazi ? Gravé sur son avant-bras droit, un drapeau américain et la légende « *God Bless America* » : le stigmate de Caïn. Impossible de décrire l'éclatante tendresse qu'exprimait ce fils de Sam à l'égard de sa compagne. Il la couvait du regard, lui parlait comme on parle à son chat ou à quelqu'un qu'on aime, sans autre exigence que l'impérieuse nécessité de sa présence. Il la protégeait avec cette puissance tranquille qui fait les bombes et les bébés. Elle le défendait de son pardon.

Deux enfants étaient issus de ce couple improbable. Un petit garçon très asiate, aux yeux remplis d'étoiles, qui discutait avec le client comme s'il avait été le fils de Confucius ; une petite fille blonde, mince, arachnéenne, avec des yeux tout ronds et tout gris. Une petite fille persane. Une petite nymphe dont la vue réjouissait l'œil et rafraîchissait l'âme. Ces deux enfants sentaient l'irréel, l'impossible, comme s'ils avaient été la conclusion d'un défi lancé à la bêtise humaine.

On ne parlait pas beaucoup à l'épicerie *Les Fruits de Gaïa*. Les propriétaires n'étaient pas jaseux. Ils se contentaient de sourire et de laisser le flâneur en paix. Chez eux, on humait.

L'intérieur de l'échoppe recelait des trésors d'odeurs contenus dans des pots en verre et des jarres. Je venais m'y enivrer des essences de rose, de narcisse, de jonquille, de violette, de lilas, de muguet, de cèdre, de pin, d'eucalyptus, de lavande, d'asclépiade, d'œillet.

Tous les produits étaient prétexte à plaisir. Le thym, le serpolet, la sarriette, le romarin, le basilic, l'anis me donnaient un avant-goût de la Provence. L'Asie, le Moyen-Orient, l'Afrique s'offraient dans les odeurs de coriandre, de cumin, de poivre, de curcuma, de cari, de gingembre, de cannelle, de clou de girofle. Les mélanges savants portaient des noms poétiques. Comment, par tous les dieux, pouvait-on croire que tout cela existait à Paris ? Comment, par la cuisse de Zeus, pouvait-on croire que ces êtres-là étaient bel et bien réels, qu'ils avaient pu échapper au temps et à l'horreur ? Cette orgie d'effluves et de parfums parvenait-elle à masquer l'odeur de la mort américanisée, celle des corps flottant sur le Mékong et des cadavres pourrissant dans les rizières. *Les Fruits de Gaïa* parvenaient-ils à masquer l'odeur de la bêtise ?

Je faisais la sieste dans l'après-midi. Une heure ou deux de lecture et de détente dans l'un ou l'autre des parcs de la Ville lumière. Je regardais déambuler les retraités au parc Montsouris, s'amuser les jeunes en rupture de cours au Luxembourg et circuler les mères avec leurs jeunes enfants sur les Champs-Élysées. J'essayai d'en draguer une ou deux. Elles m'envoyèrent promener en me traitant de paysan.

Je commençais à me sentir bien, à ne plus me prendre au sérieux, à admettre la nécessité toute banale de cette parenthèse dans ma vie. Rimbaud et Julie me manquaient. Mamie me manquait aussi.

J'étais certain qu'ils comprenaient et respectaient cette nécessité de me retrouver seul avec moi-même pour faire le point. J'étais convaincu qu'ils respectaient ce besoin de vérifier si le désir de mordre dans la vie existait encore, malgré ce sentiment diffus d'échec personnel qui m'habitait, qui me parasitait comme un vilain microbe, gras de cette folle prétention à mon « indispensabilité ».

C'est Rimbaud qui, le premier, avait noté jusqu'à quel point je cultivais une très haute opinion de moi-même. « Tu vas crever du virus de l'indispensabilité », m'avait-il déclaré. Pour faire bonne mesure, il avait ajouté : « Et la plupart des indispensables crèvent anonymement. »

Le salaud, il crachait sur mon cercueil. Il me le disait parce qu'il m'aimait, que je comptais pour lui et qu'il voulait que je cesse de l'emmerder. Il visait juste. D'autres étaient arrivés sensiblement au même diagnostic. Mais elles et eux ne m'aimaient pas vraiment. Et je ne les aimais pas non plus. Pas vraiment.

Je passais à mon hôtel en fin d'après-midi, prenais une douche, placotais un peu avec mon adorable logeuse et allais au cinéma, dans des musées ou dans des galeries. Je me gavais de culture et de jolies choses.

Je regrettais de ne pouvoir communiquer à d'autres les émotions générées par ce que je voyais. J'aime ces discussions qui portent sur l'art. J'aime ces après-spectacles au restaurant, en compagnie de personnes sensibles à la beauté des œuvres humaines.

En fin de compte, quand la politique et les affaires ont tout pourri, tout perverti, tout corrompu, quand le soldat, gorgé de sang comme une bête malfaisante, vient s'offrir le repos du guerrier, c'est l'art qui révèle le mieux l'insondable grandeur de l'humanité. Mais l'art a un prix puisque le général Schwarzkopft peut aussi s'émouvoir devant un tableau de Cézanne, un air de saxo et un sourire d'enfant. Sais-tu, Rimbaud, qu'il y a des poètes guerriers ? Le sais-tu ? Mais bien sûr que tu le sais.

Je bouquinais beaucoup et m'étais attiré la sympathie d'un libraire bossu qui tenait boutique rue de l'Éperon, avec le même indéfectible amour des livres et de leurs auteurs que son collègue montréalais Henri Tranquille. Véritable capharnaüm, cette librairie ne payait pas de mine et n'offrait que de la littérature fantastique. On y pénétrait par une porte basse qui s'ouvrait sur une caverne garnie d'étagères poussiéreuses. Tout au fond de cet antre plein de mystères et de rêves fous, Quasimodo observait d'un œil neutre celles et ceux qui tentaient de se frayer un chemin entre des rayons croulant sous le poids de cette littérature particulière. Il y régnait une atmosphère très spéciale, comme si cette librairie était sortie tout droit de l'esprit tordu de Stephen King ou d'Allan Poe.

Une lumière jaune éclairait timidement cet endroit plein de coins sombres, d'où pouvait surgir à tout moment un bras décharné ou un tentacule visqueux. J'imaginais des araignées larges comme des soucoupes, avec des pattes velues et des yeux rouges, des cloportes géants, le grouille-ment obscène des scolopendres et des asticots. Des fan-tômes et des pendus devaient hanter ces lieux et y mener un sabbat d'enfer quand minuit sonnait au clocher de Notre-Dame.

Le propriétaire connaissait le Québec pour y être allé à quelques reprises. Il était alsacien et parlait d'une voix un peu métallique, ce qui donnait une couleur très forte à son accent.

Je revins plusieurs fois chez Quasimodo et appris à connaître un peu mieux cet être hors du commun, qui était docteur en théologie. Il avait été membre de l'ordre des Jésuites et secrétaire d'un cardinal au temps du concile Vatican II.

Il avait rompu avec l'Église à cause d'un désaccord profond sur des questions de doctrines et pour se mettre en ménage avec une ex-religieuse qui était devenue travail-leuse sociale auprès de prostituées. Il connaissait bien

Leonardo Boff et d'autres théologiens de la libération avec lesquels il entretenait une correspondance suivie.

Il me montra des photos de sa famille. Sa femme était toute menue et très jolie. Elle ressemblait à une comédienne française dont j'avais oublié le nom et qui jouait souvent dans des films de Lelouch. Le troisième membre de la famille était un petit garçon qui semblait pétant de santé. « Nous l'avons adopté », avait-il précisé, comme pour s'excuser d'être le père d'un si jeune enfant alors que lui même semblait si vieux. J'appris aussi que Quasimodo souffrait d'une forme très pernicieuse d'arthrite, ce qui expliquait sa bosse et ses membres tordus.

Ces rencontres, caprices du destin, me fournissaient l'occasion de réfléchir sur l'incroyable capacité d'adaptation de l'être humain. Je me disais que, parfois, la vie faisait bien les choses.

Je soupais à vingt heures. Je me rendais *Aux Charpentiers*, rue Maubillon, restaurant logé dans l'immeuble qui avait abrité l'ancienne Cayenne des Compagnons charpentiers du devoir de la liberté, ceux du courant de Maître Jacques, surnommés les Indiens. Cette table offrait une délicieuse cuisine traditionnelle et j'y avais dégusté de merveilleux pigeons aux olives et un superbe ailloli.

Je fréquentais aussi *L'Alexandrin*, rue Pierre-Leroux, petit restaurant tout simple qui préparait un veau aux morilles absolument délicieux et un filet de saint-pierre à l'estragon à s'en pourlécher les babines.

Je mangeais seul, ce qui était beaucoup moins agréable.

VIII

La Rose des sables n'était plus qu'un amas de ruines fumantes amarrées à une bitte rouillée. On n'en voyait que la coque d'acier. Tout le reste avait disparu, soufflé par une explosion dont on ne connaissait pas l'origine.

Après avoir remonté la Seine jusqu'à quelques kilomètres de Nogent, la péniche était venue mourir sur la rive gauche du fleuve. La photo accompagnant l'article du *Figaro* montrait son cadavre noirci, celui d'une énorme bête échouée là, à la merci des charognards.

Mon cœur arrêta de battre. Et Freddy ? Et Big Daddy ? Que leur était-il arrivé ?

La mort d'une péniche n'est pas en soi matière à nouvelles. La une du *Figaro* insistait surtout sur le fait que trois personnes y avaient trouvé la mort.

Même si on ne les a pas encore formellement iden- tifiés, il pourrait s'agir des corps de trois Israéliens, parmi lesquels le propriétaire de la péniche, le général Chlomo Ben Yoseff, un des as de l'aviation israélienne et conseiller du premier ministre d'Israël.

« Trois Israéliens meurent dans l'explosion d'une péniche : Accident ou attentat ? » Tel était le titre qui coiffait l'article de *Libération* à propos du même événement. On en parlait aussi dans *Le Monde*, et dans plusieurs autres quotidiens de la presse internationale.

Mon cœur battait la chamade. Il était huit heures. En principe, Freddy devait venir me rejoindre dans une heure, ce qu'il avait confirmé par téléphone la veille. Le vendeur de journaux m'observait avec inquiétude. Je devais avoir une gueule de noyé. Je m'emparai du *Figaro*, du *Monde*, de *Libération*, du *Washington Post* et du *Morning Star* et allai me réfugier dans le bistrot le plus proche.

L'événement n'était pour l'instant qu'une nouvelle parmi d'autres dans les journaux étrangers. Puisqu'il s'était produit chez eux, les Français lui accordaient naturellement beaucoup plus d'importance. La personnalité du propriétaire de la péniche y était évidemment pour quelque chose.

Selon des témoins, l'explosion s'était produite en fin d'après-midi. Un cultivateur avait confié au journaliste du *Figaro* que le bateau avait été touché par quelque chose qu'il n'avait pu identifier. Comme si une mouette s'était abattue sur le pont.

Freddy ne pouvait être un de ces cadavres carbonisés auxquels on faisait allusion. Big Daddy Papa ? Peut-être. Freddy m'avait téléphoné la veille vers cinq heures. Je m'en souvenais très bien car je sortais de la douche. J'étais revenu de mon exploration quotidienne vers quatre heures et avais jeté quelques phrases sur un bloc-notes. Quelques idées que je ne voulais pas oublier. Des impressions que je transcrirais plus tard dans un cahier que j'avais acheté deux jours plus tôt à la Fnac.

Freddy ne pouvait se trouver sur cette péniche en fin d'après-midi. Je me sentis quelque peu soulagé à cette pensée. «Mais si cela s'était produit plus tôt? Et Big Daddy Papa? Ça ne règle pas la question pour lui.»

Je connaissais à peine ces gens et pourtant je m'inquiétais de leur sort. Le destin fait bien curieusement les choses. Rimbaud a toujours prétendu que j'ai une mentalité de saint-bernard et qu'il suffit que je rencontre quelqu'un une fois pour m'en sentir responsable indéfiniment. Qui pourrait me reprocher cette espèce d'empathie que je considère comme l'une de mes principales qualités?

Je terminai mon petit déjeuner plus rapidement que d'habitude et revins vers mon hôtel. Je ne pouvais partir pour la Côte d'Azur avant de savoir ce qui se passait. Peut-être pouvais-je joindre un des amis de Big Daddy Papa au *Vaudou*? Et si je téléphonais à la galerie où Freddy exposait?

Ils m'attendaient tous les deux dans le petit salon de l'hôtel. L'Éthiopien avait je ne sais trop comment réussi à séduire ma logeuse et dévorait à belles dents un morceau de pain généreusement nappé de confiture de groseille. Freddy semblait un peu plus pâle que d'habitude. Il portait une veste de cuir noir, un jean et des Adidas blancs.

— Salut mec! fit Big Daddy

— T'es au courant? interrogea Freddy en apercevant ma pile de quotidiens. On peut monter dans ta chambre?

Je fis oui de la tête et les précédai jusqu'à l'étage où je logeais.

Mes affaires étaient presque toutes rangées dans mon sac. Il ne me restait qu'à y ajouter ma trousse de voyage, un pull, le *Let's Go* pour l'Europe, *Le Guide du routard* pour l'Italie et un guide des auberges et hôtels de charme en Toscane.

Freddy jeta un coup d'œil par la fenêtre. Big Daddy Papa se carra dans le seul fauteuil de la chambre.

— Je pensais que…

— Nous étions parmi les passagers de *La Rose des sables*, déclara Freddy.

— C'est atroce. Comment se fait-il…? Ton oncle…

— C'est une erreur, assura Freddy. Les journaux se sont trompés. Mon oncle est en Israël et toujours bien vivant.

— Mais alors… ?

— Des inconnus. Des personnes à qui mon oncle avait loué la péniche pour une semaine. Il savait que je partais pour la Côte d'Azur aujourd'hui et a tout simplement offert l'hospitalité à trois Américains.

— Mais, les journaux…?

— Il se trompent. Tu verras, on ne parlera plus de cette triste affaire demain, sinon pour déplorer la mort de deux personnes.

— On parle de trois dans les journaux.

— Les journalistes font vraiment très mal leur travail. Il n'y avait que deux personnes à bord. Les journaux corrigeront sans doute les faits demain. Tout cela est extrêmement déplorable mais, que veux-tu? *Inch' Allah!*

Je ne pouvais m'empêcher de croire que Freddy trichait. Une curieuse impression. L'intuition que cette relative désinvolture cachait quelque chose. Je laissai néanmoins tomber. Ils étaient là et cela seul comptait pour le moment.

— Tu m'accompagnes quand même ?

— Ça ne change rien à mes projets. Mon oncle a confié la gestion de cette péniche à un avoué. C'est lui qui s'occupera des formalités.

— Et tes affaires ?

— Je ne possède presque rien, fit-il en désignant du menton le sac en cuir qu'il avait déposé sur le lit, et une partie de mon trésor est chez Big Daddy. Je n'ai vraiment pas perdu grand-chose. Un jean, quelques chemises, des sous-vêtements, des bas. Presque rien, vraiment.

— Alors, si rien ne te retient plus on pourrait peut-être y aller ?

Big Daddy se leva et descendit le premier.

Il proposa d'aller chercher l'auto au parking pendant que je réglais ma note d'hôtel. Je lui lançai les clés sans même m'interroger sur le fait qu'il semblait savoir où la Citroën de location était stationnée. Il nous attendait dehors quand nous sommes sortis. « Tout est O.K. » Il fit un clin d'œil à Freddy et me gratifia d'une accolade à me briser les os.

— Ne te laisse pas pomper les sacs par cette vieille tante, me prévint Big Daddy.

Il m'ouvrit la porte côté chauffeur et s'esquiva en nous saluant une dernière fois de la main.

J'aurais dû confier le volant à Freddy. Conduire dans Paris fut pour moi un véritable calvaire. Je ne sais pas comment j'ai réussi à atteindre le périphérique et encore moins par quel prodige je suis arrivé sur l'autoroute du Soleil.

J'étais tellement tendu que je n'avais pas desserré les dents depuis une heure. Freddy n'était pas plus loquace, se contentant de m'indiquer le parcours le plus rapide. Je dois admettre qu'il était excellent navigateur. Je m'attendais à chaque instant à entendre le bruit de tôle froissée indiquant que l'aile gauche avait été arrachée ou que le pare-chocs était resté accroché à quelque camion.

Ma maîtrise du volant ne provoqua que des coups de klaxon rageurs et des coups de gueule qui ne l'étaient pas moins. On me qualifia d'assassin, de paysan, de chauffard, d'enculé, d'enfoiré, de manchot, d'aveugle, de cul-de-jatte, d'Italien, de fasciste, de communiste, de terroriste, de maniaque, d'Anglais. Je crus même entendre un cinglé me traiter de « livreur de pizzas » et « d'hostie de Français ». Cela me fit un bien énorme et mon angoisse baissa de plusieurs crans.

La A six nous appartenait. À croire que personne ne circulait en automobile le jeudi. Freddy n'avait toujours pas ouvert la bouche, sinon pour me donner le cap, et je n'osais rompre son silence. Je jetai un coup d'œil dans sa direction. Il dormait. Ou il feignait de dormir.

Il se réveilla à hauteur de Fontainebleau, où nous nous arrêtâmes parce que je voulais voir le château. Il n'émit aucune objection, disant même qu'il en profiterait pour donner quelques coups de fil à des amis de la région et peut-être faire une courte visite à un copain qui enseignait à l'École supérieure de sciences politiques.

La visite guidée durait deux heures et j'arrivai juste à temps pour me faufiler dans un peloton de touristes composé essentiellement d'une douzaine de Japonais francophiles. Les Japonais me nommèrent d'autorité photographe officiel de leur groupe.

J'en photographiai un, puis deux, puis trois. Je photographiai le premier avec la troisième, la cinquième avec le onzième et ainsi de suite, selon diverses combinaisons. Comment refuser à une Japonaise de la photographier avec son mari et son adorable petite fille ? Comment ne pas faire plaisir à ce vieux samouraï qui devait être président de Toyota ou capo de tous les yakusas de l'Empire du Soleil levant. Toutes ces personnes étaient tellement gentilles et savaient si bien demander à l'honorable ami que j'étais de les fixer sur la pellicule !

Je vis donc Fontainebleau sur fond de Japonais heureux, au travers la lentille d'un Yashica ou d'une vidéo-caméra.

Freddy m'attendait au lieu de rendez-vous convenu, le bar du *Café de la gare* local. Il lisait je ne sais quel journal et buvait un Perrier citron. Il m'accueillit avec un sourire que je trouvai un peu forcé.

— *Shalom*, mec ! fit-il, imitant les manières de Big Daddy Papa. Alors tu as réussi à t'entendre avec les propriétaires ? Ils t'ont fait un bon prix ?

— Trop petit pour loger ma famille. Tu as rejoint tes amis ?

Il esquiva ma question

— On mange un peu avant de partir ?

Il était près de treize heures. J'acquiescai.

— J'avais l'intention de dormir à Dijon ou à Beaune. Tu es sûr que ça ne te dérange pas ?

Sans pouvoir me l'expliquer, je ressentais le besoin de me montrer conciliant avec Freddy. L'incendie de *La Rose des sables* l'affectait plus qu'il n'acceptait de le reconnaître. Le caractère sabra, sans doute. Étrange, tout de même, que j'aie si rapidement lié ce rapport d'amitié avec lui et Big Daddy. Très curieux ! Le charme québécois, sans doute. Ou alors la solitude me pesait.

— Non, non, t'en fais pas ! Ça me permet de me relaxer. L'organisation de l'exposition m'a fatigué. Je dois aussi avouer que l'incendie de la péniche et la mort de ces deux Américains me perturbent plus que je n'ose l'avouer. T'en fais pas pour moi.

Il sourit un peu tristement.

— Je te suggère Beaune, quitte à faire un arrêt à Dijon si tu veux visiter le palais des ducs de Bourgogne. Je ne suis pas pressé et ça me plaît assez de jouer les touristes pendant quelques jours.

Freddy fut un peu plus loquace après dîner. Il me fit rire avec quelques blagues juives qui, dites par un goy, auraient été jugées tout à fait racistes. Je l'initiai au répertoire québécois et réussis même à lui faire dire « Qu'in toé ! » et « Est effrayante ! » de façon à peu près convenable. Je n'aurais d'ailleurs pas dû car il m'assomma littéralement de ces idiotismes pendant des jours et des jours. Il refusa cependant de jurer à ma manière, disant qu'il n'était pas convenable pour un juif de parler comme un catholique, ou ce qui en restait. Devant tant de décence, je me retins de lui parler de Mordecai Richler.

Il ne voulait visiblement pas parler de ce qui se passait en Israël. Il serra les dents à la première question que je lui posai sur les causes réelles du conflit qui opposait son peuple aux Palestiniens. Par contre, il se montra très intéressé à ce que je lui racontais sur le Québec, son évolution, sa situation présente, et le mal que je ressentais face à ce que j'identifiais comme la lâcheté d'un trop grand nombre de mes compatriotes, à commencer par une partie trop importante du club des politiciens.

— Je ne croyais vraiment pas que vous existiez en tant que nation. J'avais plutôt l'impression que vos séparatistes n'étaient qu'une bande de nationalistes plutôt racistes.

— Tu connais Mordecai !

Je n'avais pu y résister.

— Qui ?

— Mordecai Richler. Un Juif qui considère que les Québécois francophones sont les descendants de prostituées françaises et de bandits de grand chemin.

— C'est un Juif qui dit ça ? T'es sûr ? Comme quoi la bêtise n'est le monopole de personne. Tu me décris une collectivité qui pourrait être la plus jeune nation de la Terre. Tu me parles d'un peuple qui, à t'entendre, serait un des plus démocratiques et un des plus socialement évolué qui soit. Et vos autochtones ? Ils ont été massacrés par dizaines de milliers, à ce qu'on dit. À la télévision, il y a quelques mois, j'en ai entendu un qui disait que son peuple était victime d'un génocide. C'est pas rien comme accusation.

— Nous n'avons de leçon à recevoir de personne en matière de démocratie, répondis-je, plutôt agressif. Surtout pas de...

— Arrête, mec, tu vas dire des bêtises et nous le regretterons tous les deux. Je te crois. Personne encore ne m'avait parlé du Canada...

— Du Québec.

— D'accord ! d'accord !... du Québec comme tu le fais. Comme quoi l'ignorance est la mère de la bêtise. J'aimerais bien y aller un jour, dans ton Québec. Tu dis que ton gouvernement soutient les écoles juives ?

— Tu parles ! Les écoles juives, les collèges et les universités anglophones, les écoles cree et inuit. On enseigne la langue de Gramsci aux petits Italiens et celle de Melina Mercouri aux petits Grecs.

Emporté par le besoin de défendre le caractère généreux et démocratique du peuple frileux auquel j'appartiens, je me transformai en véritable propagandiste. Freddy écoutait patiemment mon réquisitoire, m'interrompant occasionnellement pour obtenir une précision, me faisant parfois sentir que j'en mettais trop, s'étonnant de l'absence d'attachement que je ressentais pour le Canada.

— Tu manifestes envers le Québec la même douloureuse passion que beaucoup d'Israéliens éprouvent pour leur pays. Nous aimons cette terre et souffrons des écarts que nous impose le désir de la posséder. Comme chez vous, une moitié de notre peuple oppose sa vérité à l'autre. Et nous nous traitons mutuellement de lâches, de traîtres, de pleutres.

— Il faudrait peut-être former une internationale des petites cultures, suggérai-je, comme l'avait fait avant moi la poétesse Michelle Lalonde.

Nous arrivâmes à Dijon à quatres heures. Le palais des ducs était fermé pour quelques jours parce qu'on y tournait un film sur les Rois maudits. Impossible de circuler sur la grand-place. Les badauds se pressaient derrière des clôtures métalliques, espérant entrevoir l'une ou l'autre des stars du cinéma. Nous fîmes demi-tour et, une heure plus tard, nous arrivions à Beaune par la nationale soixante-quatorze. Il était dix-huit heures et j'avais faim.

Situé juste en face de l'Hôtel-Dieu, place de la Halle, l'*Hôtel Saint-Vincent* était tout à fait le genre d'établissement qui me convenait. Sans même consulter Freddy, j'y louai deux chambres pour la nuit. Mon ami n'opposa aucune objection et nous décidâmes de prendre un peu de repos avant d'aller souper.

Quand je descendis, une heure plus tard, Freddy était encore au téléphone. Ce besoin de téléphoner commençait à m'intriguer. Il me vit et fit un signe de la main qui signifiait sans doute qu'il n'en avait pas pour longtemps. Il raccrocha une minute plus tard et m'annonça tout de go qu'il venait de nous réserver une table chez André Parra, l'un des meilleurs cuisiniers de la Côte d'Or.

Nous fîmes un souper mémorable. Un de ces repas qu'on n'oublie jamais, qui reste gravé dans la mémoire comme un moment magique. Un repas à faire saliver tous les barons de la Rhur dont on dit qu'ils passaient la moitié de leur vie à table. Un festin tel que les imaginent les yuppies montréalais lorsqu'ils préparent leur pèlerinage dans cette France qui les dédouane de leur américanité.

J'ai toujours aimé les plaisirs de la table. Les fumets m'enchantent; la vue d'un plat artistiquement présenté me réjouit au plus haut point et l'odeur d'un bon vin suffirait presque à m'enivrer. Par contre — à l'exception du *Festin de Babette* —, j'ai toujours plus ou moins détesté les descriptions de bacchanales. Les discours œnologiques ou gastronomiques m'ont toujours semblé pompeux et faussement poétiques.

Les cuisses du Labouré-Roi que nous avions commandé pour accompagner les minces filets de truite étaient grasses à souhait. Le pommard Clos de la Commaraine servi avec l'agneau à l'antiboine me glissait dans la gorge comme un délicieux péché et était en tout état de cause voluptueux et somptueux. Que dire des fromages et du dessert! J'étais ravi. Jamais je n'aurais cru que l'humanité puisse atteindre un tel niveau de perfection. J'étais même tout prêt à continuer d'en faire partie, à accepter d'en porter tout autant le côté sombre que le côté clair.

Monsieur Parra nous offrit une fine de sa composition, résultat de la macération en fût de bois de vigne d'une douzaine de petits fruits et d'herbes aromatiques qu'il cueillait lui-même.

Tout au long de ce somptueux repas, Freddy et moi avons parlé de choses et d'autres: de la génétique et de l'homosexualité, des fromages et des fruits. Il m'a tenu un véritable et passionnant cours sur les expériences en génétique animale et végétale réalisées en Israël. Nous avons aussi discuté de recherche spatiale, d'éthique bouddhiste, de l'adolescence du peuple américain.

J'avais pour ma part parlé avec beaucoup de tendresse de Julie, de Rimbaud et de Mamie. Freddy m'avait écouté sans m'interrompre. Il n'a fait aucun commentaire, se contentant de hocher la tête et de reconnaître combien il était important d'être aimé pour soi-même, pour ce qu'on est, par au moins quelques personnes. Je crois qu'il a fait allusion aux liens qui l'unissaient à son oncle. Tout cela fut dit d'une manière si discrète, si pleine de pudeur, que je n'insistai pas pour en savoir davantage.

Il arrive parfois que l'on rate des occasions particulièrement importantes. Celle-là en est une. Plutôt que de le laisser me parler de son oncle et de sa vie, j'orientai la conversation sur l'accessoire. Je crois que cela le peina un peu.

— Comment haïr son voisin après un tel repas ? demandai-je à Freddy.

— Facile. T'as qu'à attendre d'avoir digéré.

Évidemment.

Je fermai ma gueule jusqu'à l'hôtel et marmonnai un vague bonsoir avant de monter à ma chambre.

Nous partîmes le lendemain, non sans avoir visité le musée de l'Hôtel-Dieu, avec son toit en damier rouge, noir et jaune, où sont conservés des chefs-d'œuvre uniques au monde et, parmi eux, le vin.

•

Il nous fallut une journée complète pour franchir la distance entre Beaune et Avignon. Je désirais m'arrêter dans cette petite ville, d'autant plus qu'il s'y tenait un important festival de théâtre.

Je me promettais de revenir visiter la vallée du Rhône. C'est à vélo, ou mieux, à pied, qu'il faut le faire. Il faut laisser l'autoroute et emprunter les chemins qui conduisent à ces petits villages dont l'histoire plonge ses racines dans la nuit des temps. Il faut s'imprégner de cette culture bourguignonne qui s'exprime par le caractère des personnes, bien sûr, mais aussi par l'originalité architecturale, la gastronomie, la qualité des vins et un certain art de vivre propre à ce coin de la planète. J'y retournerai, plus tôt que tard, avec Julie et Rimbaud.

Avignon n'intéressait pas Freddy outre mesure. J'acceptai de lui laisser la voiture et me fondis dans cette magnifique ville. Je déposai mon sac à l'*Hôtel du Palais* ou, coup de chance inouï, j'avais obtenu la dernière chambre disponible. Freddy dut chercher à se loger ailleurs. Il me dit qu'il trouverait quelque chose un peu à l'extérieur de la ville. Nous nous donnâmes rendez-vous à neuf heures, le lendemain, à mon hôtel.

Avignon bruissait des accents de la foule qui s'y était rassemblée. Elle s'automnait de la couleur des peaux et du chatoiement infini des costumes et des vêtements portés par les peuples de la Terre. Avignon resplendissait sous l'or d'un soleil de fin de journée. Sa beauté donnait un sens aux oeuvres humaines et cette splendeur réjouissait l'âme.

Le palais des Papes offrait sa majesté gothique aux regards du visiteur. Un magnifique monument couleur de sable blond. Capitale des papes schismatiques, Avignon fut gouvernée par la papauté jusqu'à la Révolution. Elle a été et continue d'être un important centre de vie culturelle.

Je déambulai dans cette ville avec plaisir, humant les odeurs, essayant de faire le tri des sons qui m'emplissaient les oreilles. Sur la grand-place, des bateleurs montraient leur savoir-faire. Un groupe de musiciennes jouait des airs de jazz. Plus loin, face à la terrasse d'un café, une jolie rousse interprétait des chansons de Trenet, Lemarque, Mouloudji, Vian, Prévert et Ferré. Je m'installai à une table et commandai un demi. La fille était belle, les chansons aussi. J'étais en vacances et caressais le vague espoir de finir la soirée avec elle.

La chanteuse rousse obtint un succès certain et, quand elle invita son public à témoigner concrètement son appréciation, récolta une jolie liasse d'où émergeait, provocant, le billet de cinquante francs que j'avais négligemment déposé dans son panier.

Elle m'adressa un sourire très enjôleur, mit un peu plus de chaleur dans ses remerciements et alla rejoindre trois filles qui l'attendaient, assises à une table, un peu plus loin. Une minute plus tard, les filles rigolaient. À mes dépens, bien entendu.

Je me sentais tout à fait stupide, comme un quinquagénaire qui joue les séducteurs auprès de jouvencelles pour oublier le ravage des ans. Je m'étais comporté comme un imbécile, et je récoltais le fruit de mon insignifiance. J'entendais Rimbaud rire à s'en faire péter les côtes. Je fis un petit signe de la main aux demoiselles, envoyai paître Rimbaud et m'esquivai promptement.

Je dormis d'un sommeil agité. Le visage de l'Italienne me hantait. Je me levai. Il était trois heures du matin. Par la fenêtre entrouverte, j'entendais la rumeur un peu diffuse, un peu confuse, des bruits de la nuit.

À Montréal, l'été, j'aime bien revenir chez moi à cette heure qui précède l'aube. J'aime la ville endormie comme un gros chat qui vous épie d'un oeil tout en ronronnant hypocritement. Je restai là une bonne demi-heure, à ne penser à rien, ou plutôt à penser à tout, mais sans rien retenir. Mon univers défilait dans ma tête comme le ruban perforé d'un orgue de barbarie. Je le laissais glisser sans rien faire pour le retenir. Je ne lui offrais aucune résistance. Et je sentis une certaine paix m'envahir.

IX

Je ne pouvais évidemment passer à côté des Saintes-Maries-de-la-Mer sans m'y arrêter. J'étais très curieux de voir où avait vécu Mamie. Une espèce de pèlerinage au pays d'origine de personnes qui m'étaient très chères. J'avais un peu l'impression de violer leur intimité, mais ne pouvais me résoudre à rejeter cette occasion unique. Peut-être y rencontrerais-je d'autres Miguel Guetta et d'autres femmes aussi attirantes et mystérieuses que sa mère ?

« Tu fais comme tu veux », m'assura Freddy. Il me quitta à Nîmes et me fit promettre de communiquer avec lui quand j'arriverais à Nice. Il avait l'air songeur, un peu nerveux, angoissé, inquiet. L'effet des incendies de péniche sur les homosexuels, sans doute.

Après avoir jeté un coup d'œil aux arènes, à la Maison carrée et à une partie du vieux quartier, je dînai au *Jardin de la Fontaine* où je fis un brin de causette avec de jeunes yuppies québécois qui s'encanaillaient avec un groupe de néo-hippies allemands.

On m'apprit que Rimbaud avait gagné le prix du Gouverneur général pour son recueil de poèmes *Le Crépuscule de l'aube*. Fidèle à lui-même, il avait envoyé promener le représentant de Sa Très Canadienne Majesté, la médaille et les dix mille dollars qui vont avec.

Interviewé par un journaliste de CIBL, la radio communautaire de l'est de Montréal, il avait menacé de s'immoler par le feu si on recommençait à l'humilier de cette manière et avait suggéré que, à bien y penser, il prendrait volontiers le chèque de dix mille dollars.

Vieux cabotin ! Il trouvait encore le moyen de se payer la tête de l'institution littéraire et de saboter les ascenseurs. Je l'entendais dire : « Tant pis, hostie, je monterai à pied ! » Comment ne pas aimer ce type ?

Les yuppies n'étaient pas d'accord : « C'est bête de refuser des honneurs et du *cash*, se scandalisèrent-ils à l'unisson, comme une leçon apprise au Département des sciences administratives de l'Université du Québec à Montréal, ou comme s'ils citaient un extrait du dernier éditorial d'Alain Dubuc dans *La Presse*. Ma main au feu que ces deux-là ne voteraient « oui » à la souveraineté du Québec qu'au lendemain de l'indépendance. Je me moquai d'eux très méchamment et les plantai là sans préavis.

Il fallait que j'écrive à Rimbaud de toute urgence. Je le ferais des Saintes-Maries-de-la-Mer.

J'aurais dû prendre le temps de parcourir le Languedoc, d'apprécier les Cévennes, de m'arrêter à Arles, de voir les gorges du Tarn. J'aurais dû prendre le temps de prendre mon temps. Je me l'étais pourtant promis alors que je me préparais mentalement à cette virée européenne. Je me rendis néanmoins en Camargue d'un trait.

Il pleuvait des clous et la vaste plaine côtière ressemblait à une énorme éponge qu'un dieu méditerranéen aurait jetée là par inadvertance. Une Camargue ruisselante, marécageuse, poisseuse. Des odeurs végétales de bois pourri et de tourbes saoules. La Floride moins l'Amérique, et des cow-boys plus argentins que texans.

La pluie cessa miraculeusement alors que j'atteignais les Saintes-Maries-de-la-Mer. Un soleil timide me souhaita la bienvenue et, heureux présage, je crus voir un vol de flamands dessiner une carte postale, au loin, sur l'étang du Vaccarès.

C'est ici que Mamie avait connu ses premières amours et que, peut-être, Rimbaud avait été conçu. Ça me faisait tout drôle d'y penser. Ni l'un ni l'autre ne m'avaient beaucoup parlé de cette période de leur vie, avant qu'ils n'arrivent en Amérique. Cela se comprenait de la part de Rimbaud mais laissait planer sur Mamie une aura de mystère qui ajoutait à son charme.

Je louai une chambre *Hôtel du Gardian*, avenue de la Plage, face à la mer. Je déballai mes affaires et fis une courte sieste. Quand je me réveillai, la lumière propre de l'après-pluie baignait ma chambre et une douce brise pénétrait par la large fenêtre entrouverte et faisait flotter les rideaux de mousseline blanche.

Il y avait peu de touristes en cette période de l'année. Le soleil déclinait vers son couchant et nimbait les filaments de nuages d'orange, d'ocre et de mauve. Place de l'Église, des enfants s'amusaient sous l'œil protecteur de quelques gitanes âgées. Des retraités, tous vêtus d'un pantalon noir et d'une chemise blanche, jouaient à la pétanque et les cafés commençaient à peine à s'animer.

Rimbaud m'avait un peu expliqué l'histoire du peuple auquel il s'identifiait. «Une légende raconte que mes ancêtres auraient forgé les clous utilisés pour crucifier le Christ. Cette contribution à l'histoire nous valut d'être condamnés à errer de par le monde jusqu'à la rédemption finale. Une légende tenace qui sert à légitimer l'ostracisme dont nous sommes les victimes. Une variation sur un thème juif. Nous sommes un peuple d'artistes, d'artisans et de saltimbanques. Les "gens du voyage" chérissent la liberté. Je crois que c'est surtout notre différence et notre non-conformisme qui agacent les braves gens.»

Les gitans, ou tziganes, comme on les appelle en Europe centrale, connaissent le harcèlement un peu partout. Je me souvenais d'avoir lu, étant jeune, des histoires où des romanichels sans foi ni loi enlevaient des enfants pour les vendre ou les faire travailler aux pires corvées. Ils s'adonnaient aussi à une magie proche de la sorcellerie. Ces préjugés légitimaient-ils les agressions, les assassinats, les progroms dont ils étaient victimes? Je me rendais compte que je ressentais un certain malaise à me voir entouré par ces personnes qui me reluquaient comme si j'étais une proie potentielle.

Les enfants me semblaient sales. Des voleurs à la tire, sans doute. Je devinais des couteaux à cran d'arrêt dans la poche de pantalon des hommes. Les vieilles femmes devaient supputer le sort qu'elles me jetteraient. Le sourire de ces gens me paraissait faux, menaçant. Et moi, j'étais un abruti sevré à cette peur qui érode l'âme des hommes et leur fait faire des conneries. J'adressai mon plus beau sourire à une aïeule qui me répondit par un curieux signe de la main. Sans doute un charme défensif pour repousser la crétinerie dont j'étais porteur.

Quand Rimbaud parlait de la liberté dont jouissent les gens du voyage, son œil s'allumait. Pourtant, exception faite de quelques petits séjours ici et là au Québec et dans quelques États de la Nouvelle-Angleterre, Rimbaud et Mamie ne voyageaient pas beaucoup. Je n'osais évidemment pas les interroger sur ce curieux paradoxe, sachant qu'ils me l'expliqueraient bien un jour, s'ils le jugeaient utile.

Je m'installai à la terrasse d'un bistrot et commandai un verre de vin du pays. L'air était tiède en ce début de mai et un cocktail d'odeurs douces caressait mes narines. Un garçon m'apporta un verre de Listel rosé que je bus à petites gorgées tout en observant la vie, sur la place.

Le café s'animait de plus en plus et quelques touristes se pointaient. Une jeune gitane s'approcha. Elle voulait lire mon destin dans la paume de ma main. Je refusai. Je ne tenais absolument pas à connaître mon avenir et ressentais un malaise devant cette femme qui plongeait ses grands yeux noirs droit dans les miens. Elle n'insista pas. Elle me souriait. Le sourire de Mamie. Elle avait lu la peur dans mon regard.

Je lui tendis la main. Elle me la prit, doucement, ses yeux toujours vrillés aux miens. Ses mains étaient soyeuses et irradiaient une énergie bienfaisante, régénératrice, que je sentis couler dans mes veines. Je lui souris à mon tour. Elle sentait le chèvrefeuille. « Ce n'est pas nécessaire de lire dans ta main », me dit-elle, mystérieuse. La Vierge noire te protège.

Un petit garçon était venu la rejoindre. Il me reluquait d'un œil de taurillon effronté. « C'est ma sœur », affirma-il possessivement, comme si la famille lui avait demandé de la protéger. Elle lui ébouriffa affectueusement les cheveux. « Lui, c'est Pietr, mon garde du corps. » « On retourne au cirque ? » interrogea le jeune garçon du ton de celui qui n'attend pas autre chose qu'une réponse affirmative. Je n'avais pas encore dit un mot.

— Au cirque ?

Une belle gitane, un jeune garçon effronté, un cirque. Tout cela était plus que suffisant pour m'intéresser prodigieusement. D'autant plus que cette jeune femme excitait ma curiosité et aussi, soyons honnête, ma libido.

— Le cirque Hernandez, affirma Pietr en me jetant un regard hargneux. Le plus beau du monde. Dis-lui que c'est vrai, Andréa.

Elle s'appelait donc Andréa. La jeune femme souriait aimablement.

— Notre père dirige le cirque Hernandez. Pietr et moi y travaillons.

— Et Roman aussi ! C'est le fiancé d'Andréa. Il lance des couteaux et crache du feu comme un dragon.

Il attendit ma réaction. Petit monstre! En quelques mots, il brisait mes intentions séductrices et traçait les frontières de mon éventuelle intimité avec Andréa. « Il est plus fort que toi », ajouta-t-il sur un ton de défi.

Le père de Rimbaud était aussi lanceur de couteau, dans un cirque, aux Saintes-Maries-de-la-Mer.

— C'est ça, remets-en, p'tit crisse ! lui répondis-je spontanément.

Mon langage le déstabilisa et il se réfugia dans les jupes de sa sœur de peur que je ne le morde.

Andréa ignora ma saute d'humeur.

— Nous sommes installés sur le chemin des plages, pas loin du phare de la Gacholle, de l'autre côté des terrains de camping. Nous ne donnons qu'une représentation par soir. À partir de la fin juin, nous en donnons trois par jour.

Pietr essayait de l'entraîner. Je n'étais d'aucun intérêt pour lui et il m'avait visiblement assez vu.

— Je peux faire un bout de chemin avec vous ? J'aimerais bien voir votre cirque. Le seul cirque que j'aie jamais vu, c'est le Cirque du Soleil. Vous connaissez ?

— Nous connaissons tous les cirques importants, affirma Pietr avec l'autorité de sa décennie d'existence. Mon frère possède des affiches de tous les cirques. Bien sûr que nous le connaissons ton cirque. Dis-lui, Andréa, que nous connaissons tous les cirques !

« Arrête le tien ! » faillis-je lui dire un peu abruptement. Je me retins néanmoins. Quelque chose me suggérait que je sortirais nécessairement perdant de toute joute oratoire avec ce morveux. Il le savait. Il sembla regretter que je sois si lâche.

— Pietr a raison, admit-elle avec un sérieux total. L'année dernière, des membres du Cirque du Soleil sont venus en Camargue. Ils ont vu notre spectacle et nous avons passé presque toute la nuit à discuter de nos expériences. Ils nous ont envoyé des affiches absolument magnifiques. C'est un beau cirque. Un grand cirque. Le plus grand peut-être…

— Après le nôtre, consentit généreusement Pietr. Tu peux nous accompagner si tu veux, décida le gamin. Comme si le fait d'avoir vu le deuxième cirque du monde me conférait une autorité nouvelle et l'obligeait à une certaine mansuétude.

J'étais ravi. Pietr se plaça d'autorité entre sa sœur et moi.

— T'es normand ? auvergnat ?

Je faillis lui dire que j'étais japonais.

— Québécois, m'entendis-je lui répondre, comme si cet avorton pouvait savoir où se trouvait mon pays.

Il le savait.

— C'est pour ça que tu connais le Cirque du Soleil. T'habites Montréal ? Il faudrait bien que le cirque Hernandez y aille un jour. Tu penses qu'on ira un jour à Montréal, Andréa ?

— Bien sûr, Pietr, fit la jolie gitane.

Cela sembla suffire à calmer son garde du corps.

Le cirque avait monté son chapiteau à la frontière de la zone naturiste. Un cirque ambulant comme il y en a sans doute des dizaines à circuler sur les routes d'Europe. Un grand chapiteau infiniment plus modeste que celui du Cirque du Soleil.

Derrière, sur un rang, en demi-cercle, une dizaine d'autobus aménagés en maisons mobiles. Je m'étais attendu à trouver des roulottes en bois peint et de robustes percherons.

Six magnifiques chevaux blancs et un étalon noir paissaient calmement dans un corral improvisé. D'autres animaux vivaient dans des cages aménagées à l'intérieur d'un camion-remorque : deux chimpanzés que Pietr me présenta comme étant «Jean et Jeannette», des capucins, six perroquets multicolores qui hurlaient comme des perdus, un éléphant et deux chameaux. Pietr m'expliqua qu'on faisait faire des promenades sur leur dos.

Les romanichels s'activaient ici et là: «On est sans feu ni lieu... on est des oiseaux de passage, des romanichels», avait écrit Sartre. Une odeur de grillade montait d'un énorme barbecue. Dans quelques heures, tous ces gens troqueraient scies et marteaux pour se transformer, qui en jongleur, qui en clown ou en trapéziste.

Andréa était écuyère, comme dans un poème de Cocteau, et partenaire de Roman-le-lanceur-de-couteaux. Pietr était acrobate «comme mon père, mes frères et mon grand-père», fit-il valoir avec orgueil. Il nourrissait aussi les animaux. Je me demandais si le fiancé d'Andréa était un Guetta... Il faudrait que j'éclaircisse cette question.

Les autocars transformés avaient remplacé les roulottes, mais c'était tout de même l'atmosphère si particulière du cirque. Je le sentais, même si, objectivement, je ne savais absolument pas ce que cela voulait dire. Une intuition.

Des odeurs de mer, de vase, de crottin de cheval et de bouse d'éléphant se mêlaient aux arômes des merguez et autres saucisses qui grésillaient doucement sur les braseros. Une terrasse, couverte d'une large toile jaune et éclairée par des centaines de lumières multicolores, avait été aménagée tout près. On y servait le vin du pays, de la bière, des jus et des boissons non alcoolisées.

Une grande roue, quelques manèges, des jeux d'adresse, des tentes de différentes grandeurs complétaient la fortune de cette tribu de bohémiens qui exerçaient leur art de génération en génération.

— Le spectacle commence dans une heure, m'informa Andréa. Il faut que j'aille me préparer. Tu peux manger quelque chose. Nous, on mange après.

Pietr et elle s'éclipsèrent avant même que j'aie eu le temps de répondre. Je m'installai à la cantine et commandai un demi-litre de rosé bien frais, des merguez et des frites.

Curieux tout de même, cette rencontre. Le hasard fait parfois bizarrement les choses. J'avais l'impression d'avoir été attiré à cet endroit pour un motif précis. Il m'était arrivé quelquefois, dans mon existence, d'avoir cette sensation. Comme si j'étais le jouet d'une force mystérieuse qui se mettait à l'œuvre pour procéder à certains réglages dans ma vie.

J'avais faim. Je fis un sort à mon frugal repas et décidai de me balader ici et là. Je n'avais jamais vu les coulisses d'un cirque. Je m'arrêtai devant les tentes: celle de l'avaleur de lames de rasoir, de capsules et de cent autres trucs, celles de la voyante, de l'homme fort, des perroquets-poètes. Après le spectacle principal, les gens payeraient quelques francs additionnels pour satisfaire cette curiosité plutôt morbide qui fait la fortune des «phénomènes».

Je voulais voir les maisons mobiles de près. D'autant plus qu'un peintre délirant les avait transformées en œuvre d'art d'un intérêt indéniable.

L'artiste avait peint des scènes de jungle qui mettaient en valeur un animal particulier. Et il n'avait pas été avare de couleurs. Je passai devant un tigre du Bengale qui bondissait sur sa proie tous crocs dehors. Des lionnes léchaient leurs lionceaux tandis qu'un grand mâle posait, la patte possessivement campée sur le crâne éclaté d'un gnou. Un gorille en colère se frappait la poitrine avec un poing et brandissait un morceau de bois avec l'autre. Une volière absolument fabuleuse émergeait d'une mare où sommeillaient crocodiles et hippopotames. Un dragon chinois cracheur de flammes s'entortillait autour de son véhicule, à en faire baver d'envie un réalisateur de films de science-fiction japonais.

Le type qui avait fait ce travail devait avoir le cerveau complètement rongé par l'acide, ou il bouffait des amanites tous les matins. Hallucinant! Ce bestiaire méritait à lui seul le déplacement et pourtant personne, à part moi, ne semblait s'y intéresser.

Un ivrogne assis dans une flaque d'eau boueuse, le dos appuyé sur un pneu, essayait de m'interpeller. Je fis d'abord jouer mon réflexe d'urbain insensible et tentai de l'ignorer. Il émettait des sons inarticulés, presque un râle. Malgré mon dédain, je m'approchai un peu. L'homme s'effondra complètement. Cet homme n'était pas ivre, il était malade. Il me regardait fixement, comme si j'étais la Faucheuse. Il me défiait du regard. Je mis un genou par terre et défis les boutons de sa chemise. Je ne savais vraiment pas quoi faire. L'homme respirait à peine. Je l'aidai à s'étendre complètement et lui fis un oreiller de ma veste.

C'était un très vieil homme. Plus âgé qu'il n'est permis de l'être. Je n'avais jamais vu un homme si vieux. La peau de son visage et de ses mains était toute plissée, flétrie, parcheminée. Il ne sentait absolument pas l'alcool. Plutôt une odeur de feuilles sèches et d'écorce d'orange. Il posa ses yeux sur moi et prit ma main entre les siennes. Ce contact le rasséréna visiblement. Il ne disait rien. J'avais peur de le toucher, peur qu'il ne s'émiette là, devant moi, comme une momie soudain exposée à l'air libre. Sa respiration était courte, hachée. Je lui fis comprendre qu'il devait rester là, que je devais aller chercher de l'aide, que je reviendrais tout de suite. Il murmura quelque chose dans une langue qui m'était tout à fait inconnue et acquiesça presque imperceptiblement de la tête.

Je ne fus effectivement pas long à trouver de l'aide, ou plutôt ce fut l'aide qui me trouva. Un homme s'approchait. Il tenait le chameau par la bride. Il nous vit, attacha l'animal au pare-chocs d'un véhicule et vint dans notre direction. Il reconnut le vieil homme et entreprit de lui parler dans ce curieux dialecte qui ressemblait à un gazouillis. « C'est le Pépé ! Il dit que c'est une attaque. Je dois aller chercher ses médicaments à la roulotte. Vous voulez rester, je n'en ai que pour deux minutes ? » Comme si la chose allait de soi, il se leva rapidement et courut en direction du corral.

J'entendais maintenant la musique qui annonçait le début du spectacle sous le grand chapiteau. Le Pépé me tenait affectueusement la main. Il était calme et j'aurais juré qu'il souriait légèrement. Il me regardait toujours de ses petits yeux insondables dans lesquels je voyais briller des étoiles.

Je me sentais rassuré et avais l'impression que ce n'était pas moi qui le soutenais de ma présence, mais lui qui m'encourageait de la sienne. Une impression ressentie jadis, quand mon grand-père maternel me prenait sur ses genoux et posait sur ma maigre poitrine sa large main d'homme des bois. Il suffisait que mon grand-père me touche pour que je me sente devenir un géant. Sans doute est-ce la raison pour laquelle les enfants aiment tant s'asseoir sur les genoux de celle ou de celui en qui ils ont confiance, de la personne prête à les accueillir.

J'entendais Mamie qui me disait: « Prends soin de cet homme unique. Donne-lui un peu de ton énergie. Prends-en bien soin. » Je posai une main sur le cœur de l'homme. De l'autre, je caressais ses cheveux d'argent. J'étais très ému.

Le secours revint rapidement. Il était accompagné d'un autre homme. Il glissa une petite pilule dans la bouche du Pépé et le fit boire à une gourde.

Le Pépé ferma les yeux. Un peu d'eau coulait sur son menton. Son visage était maculé de boue. Je sortis ma chemise de mon pantalon et lui essuyai délicatement le visage. Les deux hommes étaient debout derrière moi et m'observaient en silence.

Le vieil homme respirait maintenant avec plus de facilité. Il rouvrit les yeux et prononça quelques mots.

— Nous pouvons le transporter chez lui maintenant. Il dit que ça va mieux.

Un des hommes prit le Pépé dans ses bras comme s'il n'était pas plus pesant qu'un chaton.

L'homme devait bien mesurer deux mètres et peser deux cents kilos. Un géant. L'homme fort du cirque, sans doute. Il était habillé comme un bourreau turc, avec un pantalon bouffant, une chemise bleue, bouffante elle aussi et largement échancrée sur une poitrine velue. Il portait un cimeterre passé dans une ceinture faite de plusieurs kilomètres de tissu. Son crâne était aussi dégarni qu'une boule de boulingrin. À moins qu'il ne fût le génie qui habite la lampe d'Aladin ?

Je les suivis sans demander la permission et ils n'émirent pas d'objection. Ils conduisirent le vieil homme dans une grande roulotte rouge au toit rond et vert : un vrai véhicule de gitan. J'imaginais d'ici la scène : le cirque entrait dans un village précédé de cette antiquité. Cet homme était Hernandez le vieux. J'en étais certain.

Le bourreau turc déposa son léger fardeau sur un grand lit. Le vieil homme lui gazouilla quelque chose et le géant s'éclipsa. Puis, le Pépé s'adressa à l'autre avec qui il eut une conversation d'à peu près trente secondes.

— Le Pépé me demande d'aller chercher sa fille aînée et ensuite le médecin. Il demande si vous pouvez rester avec lui encore un peu. Il dit qu'il va mieux maintenant.

L'homme me regardait curieusement, comme si j'étais une anomalie dans ce décor de bande dessinée.

— Naturellement, fis-je, comme si c'était la chose la plus normale du monde.

— Je n'en ai que pour quelques minutes. Il est probable qu'il va s'endormir maintenant. C'est un très vieil homme et il est très fatigué.

— Monsieur Hernandez ?

— Oui. Il est notre…

Il cherchait le mot convenable.

— Votre patron ?

— Non. C'est autre chose. Il est le père de notre famille. L'homme fit un geste circulaire, comme pour embrasser l'ensemble de celles et ceux qui animaient ce cirque.

— Je comprends. Ne vous inquiétez pas, je veillerai sur lui.

— Merci.

L'homme me tendit la main et je la serrai avec émotion.

Par la fenêtre entrouverte, on entendait les fonflons de la musique et les cris de la foule. Le spectacle continuait. Comme si rien ne devait jamais l'arrêter.

•

Je savais maintenant que c'était bien cet endroit que Mamie avait fui. Je savais aussi que le fiancé d'Andréa était le cousin de Rimbaud et que le père de ce dernier se nommait aussi Miguel. C'était bien gros comme coïncidence, mais c'était comme ça.

Miguel Garcia avait été tué en mille neuf cent cinquante et un par un autre gitan. Un combat de coqs entre deux hommes qui convoitaient la même femme. Mamie aimait Miguel Garcia mais était promise au fils Hernandez. Comme dans un pastiche de Carmen, les deux hommes s'étaient entre-tués lors d'un duel qui avait eu lieu sur une pointe de terre entourée de sables mouvants près de l'étang du Fournelet. Les corps des gitans n'avaient jamais été retrouvés. Ils avaient probablement été avalés par les sables mouvants et dormaient maintenant côte à côte dans le ventre chaud de la terre.

On se souvenait de Mamie. Elle se nommait alors Anna et était contorsionniste. Elle était belle à en faire crever deux hommes. On ne l'avait pas chassée. Elle était partie un matin d'hiver, probablement sur un bateau dans le port de Marseille. On n'avait pas cherché à la retenir. Les autres femmes disaient qu'elle avait le mauvais œil.

C'est Magda, la fille aînée du Pépé, qui m'avait raconté l'histoire. Nous faisions cercle autour d'un grand feu d'où naissaient de petites étoiles qui s'élançaient dans l'air pour rejoindre leur grande sœur, là-haut, dans l'insondable profondeur cosmique.

Outre Magda, il y avait Andréa, et Pietr qui n'avait pu résister au sommeil aussi longtemps qu'il le souhaitait et que sa sœur avait affectueusement recouvert d'une couverture. Il s'était assoupi, la tête posée sur ma cuisse, après m'avoir fait promettre de faire des démarches en son nom auprès de l'École nationale de cirque. Il voulait venir à Montréal y apprendre le trapèze et la jonglerie.

Il y avait aussi Roman, le fiancé d'Andréa et petit-fils du Pépé, qui parlait peu et me jetait des regards en coin, comme si lui et moi allions rejouer le drame qui avait frappé sa famille quarante ans plus tôt. Nous étions cinquante autour de ce feu. Nous buvions du vin gris et écoutions chanter des hommes à la voix rauque qui parlaient d'amour, de haine et de passion.

Magda et Andréa me racontèrent un peu les pérégrinations de leur tribu. Ils faisaient le tour de la Méditerrannée : l'hiver en Espagne et en Algarve, le reste du temps aux Saintes-Marie-de-la-Mer. J'appris aussi que le Pépé était plus que centenaire et que, effectivement, il refusait farouchement de s'adapter à la modernité. On m'assura qu'il était doté de grands pouvoirs.

À cause de son histoire d'amour, Mamie était presque une légende pour Magda et les jeunes femmes de sa communauté. Je ne leur parlai pas de la relation qui m'unissait à elle. De toute façon, je préférais les laisser se souvenir de Mamie comme d'une héroïne romantique. Andréa et Magda m'affirmèrent qu'Anna était aussi douée de grands pouvoirs, qu'elle savait lire dans les âmes et envoûter les hommes. Je ne pouvais les contredire sur ce sujet.

Magda me fit cadeau d'un petit poignard dont le manche en bois dur et noir avait la forme d'une tête de licorne finement sculptée. De curieux motifs étaient gravés sur la lame. Je refusai d'abord, mais acceptai ensuite quand elle m'assura que c'était le vœu du Pépé qui, d'ailleurs, souhaitait me voir à son réveil.

Je décidai de partir le lendemain, après avoir payé une visite au vieillard. Il était assis sur une chaise en osier qu'on avait posée au pied d'un grand figuier presque aussi vieux que lui. Il ressemblait à un personnage de Pagnol avec son florentin noir, sa chemise blanche et son pantalon en denim bleu foncé. Il tenait une canne en bois d'olivier à la main.

Je m'avançai vers lui comme un sujet vers son roi. Je me surpris à ne pas poser un genou par terre mais plutôt à lui adresser un timide salut. Le vieil homme était diablement impressionnant et je me sentais minuscule devant ce petit vieillard qui avait tant vécu.

— Bonjour, monsieur Hernandez, fis-je timidement. Il ne me répondit pas immédiatement.

Je notai qu'il observait les chevaux dans le corral et que, ma foi, il les entraînait. À moins qu'il ne fût normal que les six petits chevaux camarguais marchent l'un à côté de l'autre et fassent, sans qu'on le leur commande, le tour du corral d'un même pas. À moins, aussi, qu'il fût dans l'ordre des choses que le grand étalon noir se dresse spontanément sur les jambes arrière et fasse quelques pas de valse sur un signe presque imperceptible, un léger mouvement que le vieil homme esquissait de sa main gauche.

— Belle bête, n'est-ce pas ?

Il avait légèrement tourné la tête et me reluquait comme si j'étais un oiseau rare. Et ce petit sourire légèrement ironique qui se devinait ! Et ces yeux ! Ces yeux où se concentrait toute la vitalité du vieil homme et qui posaient sur moi un regard très doux. J'approuvai de la tête. Il poursuivit. « Le grand étalon noir est un arabe pur sang. C'est un prince. Il descend d'une lignée qui remonte à Saladin le Grand. »

Je ne savais pas s'il voulait dire que le cheval était une réincarnation du conquérant arabe ou un descendant de son cheval favori. Cela n'avait aucune importance.

— Je suis heureux de constater que vous allez mieux.

Le Pépé caressait le pommeau de sa canne.

— On peut dire que vous y êtes pour quelque chose.

— Je n'ai pourtant rien fait de spécial.

— Plus que vous ne le croyez, suggéra-t-il, mystérieux. Je voulais vous remercier de vous être occupé d'un vieil homme. Il fit une pause et tourna la tête vers le corral. Les chevaux broutaient calmement à même un tas de foin déposé là à leur intention. J'aimerais que vous me rendiez un petit service.

— Avec plaisir.

— Approchez-vous un peu. Le vieux gitan fit un geste de la main. Il prit un petit objet dans sa poche. J'aimerais que vous donniez ceci à une personne qui nous est chère.

Il parlait de Mamie. Je le savais.

Je voudrais que vous lui remettiez cet objet. Il s'exprimait dans un français très curieux, très doux. Un français hybride. Un provençal mâtiné d'accent slave. Dites-lui qu'il aurait aimé que cet anneau lui revienne, comme il se doit.

Il me regardait droit dans les yeux, et avec plus de générosité que je n'en avais jamais ressenti chez un être humain. Je pris l'anneau. Il était fait de fils d'argent entrecroisés qui formaient de curieux entrelacs. À y regarder de près, il y avait comme un monde entre les arabesques de fils argentés. On devinait des formes: de minuscules hirondelles, des roses, des visages, un cheval, d'autres formes aussi.

— Je le lui remettrai.

— Dites-lui que la terre a — il cherchait le mot juste — libéré cet objet pour qu'il lui soit remis. C'est un signe qu'elle comprendra. Et son fils, quel est son nom ?

— Miguel.

— Miguel...

— Il est très fier de ses origines. C'est un type remarquable. Nous nous considérons comme des frères.

— C'est très bien ainsi. Je vous souhaite bonne route. Que les Saintes vous accompagnent. Il fit un signe de la main et se tourna vers le cheval noir.

Dire que j'étais troublé serait un euphémisme. J'étais à la fois bouleversé et serein. Quand bien même je ne serais venu en Europe que pour vivre cet événement, cela valait la peine. Je brûlais de transmettre ce talisman à Mamie et de voir la gueule de Rimbaud quand je lui dirais que j'avais rencontré le sachem de sa tribu.

Ni Andréa, ni Pietr, ni Magda n'étaient au cirque. Je ne les trouvai nulle part. Je pris la route de Nice.

X

J'étais parti des Saintes-Maries-de-la-Mer sans écrire à Rimbaud. Je me l'étais pourtant promis. Je le ferais le soir, sans faute.

Je ne souhaitais pas m'attarder à Marseille. Je ne pus, cependant, résister à la tentation de manger une bouillabaisse *Chez Marius*, un bistrot de la Canebière devant lequel d'improbables César jouaient aux boules sous le regard critique de Provençaux goguenards. Un délicieux cliché. Une halte obligée pour goûter l'univers coloré de Pagnol.

L'établissement était tenu par une vieille pute forte en gueule et par son maquereau, lesquels ressemblaient à s'y méprendre au tandem Signoret-Gabin interprétant, au crépuscule de leur vie, des rôles forgés pour eux par Simenon. La bouillabaisse était succulente. J'en redemandai. Elle fleurait bon le pastis et l'ail. On m'en servit à volonté, et même contre.

La tenancière me fit la conversation. C'était pure poésie que de l'écouter se rappeler avec nostalgie ses nuits torrides en compagnie de gangsters marseillais et corses que je ne connaissais évidemment pas. À l'entendre, elle avait dû fréquenter tout ce que la France a produit comme braqueurs de banques depuis la fin de la guerre. Un Gotha de l'arnaque, de la contrebande et autres trafics.

Son maquereau jouait à la pétanque avec d'ex-compagnons de taule et me jetait un coup d'œil de temps en temps, histoire de voir si la compagne de ses jours ne m'avait pas harponné. Elle finit par lui lâcher : « Te fatigue pas, Marius, il est trop tendron pour moi, et, de toute façon, cesse de nous les casser. On cause, monsieur et moi ! » Quelle femme délicieuse ! Elle me fit bien rire.

Je quittai Marseille plus tard que je ne l'avais prévu, non sans avoir d'abord promis de revenir à la première occasion. La vieille pute me trouvait une vague ressemblance avec un de ses anciens clients préférés et elle aimait m'entendre parler. « C'est à cause de "l'açent", mon joli pigeon », disait-elle, la voix brûlée par le tabac et avec une rugueuse tendresse populaire.

Je m'arrêtai à Bandol en fin d'après-midi et le hasard me dirigea droit vers un petit hôtel deux étoiles dont les terrasses fleuries donnaient sur la mer. Propriété d'une vieille femme et de sa fille, l'hôtel avait été la résidence méditerranéenne de Raimu. Des affiches, annonçant des spectacles et des films mettant en vedette le grand comédien, tapissaient les murs sur trois étages. La propriétaire me fit bon accueil et je n'eus aucune difficulté à obtenir une chambre d'angle, avec vue sur la côte, direction cap Sicié.

Mon logis était beaucoup plus confortable que ne l'annonçait le caractère relativement modeste de l'établissement. Après une douche rapide, j'allai marcher sur la grève. La mer était très calme à cette heure de la journée. Seuls quelques promeneurs solitaires arpentaient encore le rivage, pour écouter murmurer les petits cailloux ronds en cette fin d'après-midi plutôt frais.

Qu'allais-je dire à Rimbaud et à Mamie ? Qu'allais-je leur dire qui ne produirait pas un effet contraire à celui recherché ? Je pensai un moment ne rien leur dire dans l'immédiat ; je me réserverais ainsi le plaisir de leur raconter de vive voix mon séjour aux Saintes-Maries-de-la-Mer.

Mon subconscient me suggérait un retour plus hâtif que prévu. Mais de quoi aurais-je l'air si je revenais à Montréal dans une semaine ou deux ? À peine un mois après être parti pour cause d'écœurement total ! J'aurais l'air d'un grand braillard qui ne sait pas ce qu'il veut. Je voyais déjà Rimbaud et quelques autres rigoler méchamment devant ce qui aurait toutes les apparences d'une « crisette » d'adolescent. Non. Il fallait que l'on sache que c'était sérieux. D'ailleurs, c'était sérieux. Plus j'y pensais, plus je me sentais las. À la limite, une absence de trois mois serait acceptable. Mais trois semaines… !

Je décidai donc d'écrire à Rimbaud, comme j'en avais d'abord eu l'intention. Je lui parlai de mes rencontres avec Mireille, Freddy et Big Daddy Papa. Je lui fis part de mes impressions de voyage en essayant d'y mettre un peu d'humour. Pas trop, tout de même. Je ne voulais surtout pas qu'il s'imagine que je m'envoyais en l'air comme un jovialiste en goguette.

Je me plaignis plutôt lâchement d'un restant de dépression et j'ajoutai que je n'étais pas du tout prêt à accepter la réalité québécoise dans un bref avenir. Je lui mentionnai que j'avais été aux Saintes-Maries-de-la-Mer. Si je résistai à la tentation de lui laisser entendre quoi que ce soit à propos des gitans, je ne pus cependant m'empêcher de lui demander de dire à Mamie que je pensais à elle et que je lui ramènerais un objet qu'elle apprécierait beaucoup. Je lui demandai aussi de dire à Julie qu'elle ne s'en fasse pas à mon sujet et que je pensais revenir dans quelques mois. Je confirmai mon séjour à Florence et en Toscane au cours des prochaines semaines.

Une lettre sans mystère. Une lettre sans trop d'épanchements et d'expressions émotives. Une lettre écrite à l'encre de mon souci de ne pas les inquiéter.

Le lendemain, j'étais à Nice. Comme convenu, je retrouvais Freddy à l'*Hôtel des Anglais*.

Il était un peu moins angoissé mais quelque chose en lui s'était durci. Nous échangeâmes des platitudes. Il me dit qu'il avait accepté l'offre d'une galerie cannoise et qu'il y exposerait en août. Il devait retourner à Paris par le train de nuit mais insista pour m'inviter à dîner dans un des bons restaurants de Nice. Il me suggéra le nom d'un petit hôtel de charme à Florence et nous nous quittâmes à dix heures sur la promesse de nous revoir lors de mon retour à Paris.

J'en avais assez de la France, d'autant plus que Nice est un fief de l'extrême-droite et que la chose ne m'enthousiasmait pas plus qu'il ne le faut. Je fis du baratin à un skinhead poseur d'affiches de Le Pen qui accepta finalement de m'en céder une pour cinq francs. Je la voulais pour le gros Jacques qui collectionne les affiches.

Je me hâtai de franchir la frontière italienne, non sans m'être promené quelques heures à Monaco, où je dégustai une salade niçoise et un sandwich jambon-fromage arrosé d'un quart de rosé.

Je n'avais maintenant plus que Florence et Venise en tête. Je voulais voir ces deux villes à tout prix. Elles représentaient à mes yeux deux des joyaux de la planète et des capitales romantiques. Je ressentais aussi un sentiment d'urgence à leur égard, comme si elles devaient disparaître bientôt sous le flot touristique qui s'abattait sur elles, en vagues venues d'Asie, d'Amérique et, bientôt, d'Europe centrale et des nouvelles républiques issues du morcellement de l'Union soviétique.

Venise, la cité des doges et de Marco Polo, la ville bâtie sur la mer. La seule évocation de ce nom me faisait rêver à des filets de brume enroulant leurs bras diaphanes autour des statues de marbre et des piquets d'amarrage colorés comme des bâtons de sucre d'orge. Des gondoles d'ébène glissaient, silencieuses, sur les eaux glauques des lagunes. Elles surgissaient des brouillards océaniques et se frayaient un passage dans le labyrinthe des chemins d'eau.

Je voyais des flottes bigarrées qui voguaient juste pour le plaisir et que peignaient inlassablement les Tintoretto de toutes les époques. J'imaginais de belles Vénitiennes en crinoline qui draguaient outrageusement piazza San Marco. Je devinais de noirs complots tramés, sous les porches des palais, par des hommes maigres et sombres portant des masques pâles. Je fermais les yeux et entendais des musiques célestes écrites par Verdi.

Je voulais voir Venise, mais je voulais encore plus goûter aux mystères florentins.

Un vieux proverbe dit que le crépuscule pare la capitale toscane d'une beauté sans pareille. J'arrivai en vue de Florence alors que le soleil glissait lentement derrière des nuages pourpre et or. Le ciel était clair et le fond de l'air plutôt frais. Le proverbe ne mentait pas.

La ville de Dante et de Leonardo da Vinci était vraiment extraordinaire, fabuleuse. Elle s'offrait à moi, couleur de sable chaud, parée de son austère beauté. Elle était ce phare de l'humanité dont la lumière avait permis de percer l'obscurité des âges sombres. Michelangelo, Machiavelli et Galileo dormaient dans cette ville après avoir contribué à la renaissance d'un continent. La ville des Medici avait été un de ces lieux où s'accomplit le destin humain et où s'exalte la confiance dans une espèce dont les œuvres sont par ailleurs si contradictoires.

Je laissai ma voiture dans un immense stationnement public à l'entrée de la ville. Un coup de fil à l'*Hôtel Berchielli*, piazza del Limbo, m'assura un gîte pour la nuit. Je m'y rendis en taxi.

Pour deux cent cinquante dollars, je logeais dans une suite qui, sans être princière, était néanmoins fort convenable. Mon hôtel était situé en plein cœur de Florence, à cinq minutes de marche du célèbre Ponte Vecchio et de l'Arno.

Après un substantiel souper dans une trattoria de la via Giuseppe Verdi et une excursion dans Florence *by night* autour de mon hôtel, je revins à mon appartement, pris une douche et m'endormis à la lecture d'un guide touristique.

Je rêvai abondamment cette nuit-là. Je planais comme un oiseau au-dessus de Florence. Je me promenais à cheval dans la campagne accompagné d'une Mamie et d'une Julie resplendissantes de beauté. Nous nous arrêtions pour manger et boire du vin frais dans une auberge sur la rive de l'Arno. Nous faisions l'amour à trois dans un champ couvert de fleurs. Mes amantes me couvraient des plus savantes caresses, des plus doux baisers, et acceptaient en riant de se prêter aux plus délicieuses perversions.

Je me réveillai à l'aube, béat de plaisir, le ventre poisseux du résultat d'une jouissance fort agréable. Je m'essuyai avec le drap et me réfugiai de l'autre côté du large lit.

Je fermai les yeux et me laissai caresser par l'air tiède du matin. Par la fenêtre entrouverte, j'entendais vocaliser un Pavarotti, et la rumeur de la ville montait lentement vers moi comme une douce marée. Des odeurs de café, de poussière humide, de pain à la cannelle et de lilas agaçaient agréablement mes narines. Je pense bien que j'étais aussi heureux qu'un être humain peut l'être.

Les rues de Florence sont d'abord piétonnières. La ville n'a presque pas changé depuis le quinzième siècle alors que les pas des da Vinci et Brunelleschi conduisaient ces géants de la créativité humaine du Ponte Vecchio à la tour Giotto et de l'église Santa Croce au Duomo.

Le bruit sec des marteaux des sculpteurs de marbre résonnait alors dans les ateliers, où des apprentis talentueux peignaient sous la direction de maîtres grassement entretenus par une aristocratie plutôt généreuse du sang et de la sueur des autres.

Mes pas me conduisirent à l'église Santa Croce, lieu de sépulture de Michelangelo et de Galileo. Si le peintre-sculpteur me laissait aussi froid qu'un David de marbre, Galileo, par contre, était pour moi un martyr de la lutte contre l'ignorance et la preuve que toute vérité n'est pas nécessairement bonne à dire.

Devant l'église, un jeune couple s'engueulait italiennement, «les baguettes en l'air». La fille traitait son fiancé déconfit de *scemo* et lui, pauvre imbécile, écoutait patiemment la diatribe de sa belle en haussant les épaules, prenant les passants à témoins du caractère irascible des Italiennes.

Les indigènes rigolaient, mettaient leur grain de sel dans le débat, conseillaient sans doute au jeune homme de mater cette belle sauvageonne qui envoyait paître tous les Florentins mâles, sinon toute l'Italie. Les touristes faisaient un grand détour pour éviter d'être happés accidentellement par la tornade noire et plutôt dodue qui s'exprimait avec tant d'éloquence.

Je ne m'étais quant à moi pas éloigné suffisamment et la signorina l'avait noté. Elle pensait sans doute que je me mêlais d'une querelle familiale qui ne concernait que les cinquante millions de personnes possédant la citoyenneté italienne. Elle dit quelque chose à son amant, en me désignant d'un doigt implacable. Son fiancé gesticula un peu en me décochant un regard qui, de loin, ne me parut pas particulièrement brave.

L'abruti s'approcha de moi, l'œil mauvais. Je reculai de quelques pas sous le flot d'injures dont il m'abreuvait. Il vint encore plus près et empoigna ma chemise en me disant, tout bas et en anglais, de faire comme si je tremblais de peur, que cela lui rendrait un grand service car sa fiancée était d'un caractère ombrageux. Je lui répondis en français que cela ne me concernait absolument pas. Il m'invita dans ma langue à parler moins fort et à l'excuser à l'avance pour son impolitesse à mon égard, ajoutant que l'amour qu'il portait à cette pouffiasse valait bien qu'il prenne quelques risques.

Je pense que le type avait conscience, avec ses soixante kilos d'os, de ne pas faire le poids face à mes quatre-vingt kilos de muscles, même si ceux-ci s'étaient atrophiés par manque d'exercice. Il me criait dans les oreilles et tirait sur ma chemise de soie noire, qui se déchira d'un coup.

De me voir ainsi, chemise déchirée complètement sortie de mon pantalon, sembla satisfaire Messaline. Elle me gratifia d'un geste obscène avant d'étreindre le héros qui avait sauvé son honneur.

Complètement écœuré, je quittai cette place qui n'était de toute évidence pas la mienne. Les témoins de la scène applaudissaient à ce drame italien en un acte qui m'avait coûté ma meilleure chemise et une blessure d'amour-propre dont je me serais bien passé. Il fallait absolument que j'apprenne quelques injures en italien.

Malgré l'heure relativement matinale, les bureaux d'American Express étaient bondés. J'attendis presque une heure et demie avant que l'on veuille bien s'occuper de moi. J'encaissai un peu plus de six cent mille lires en échange de cinq cents dollars américains. Un coup d'œil à la file qui se pressait devant le guichet de la poste restante me convainquit d'en glisser dix mille à l'employé afin qu'il aille vérifier si quelque chose m'y attendait. Il revint avec une enveloppe : une lettre de Julie.

J'attendis d'être installé à la terrasse d'un petit café, devant un cappuccino et une pointe de gâteau à la crème de marron, pour ouvrir délicatement cette lettre tant espérée. Il y en avait deux. Je reconnus l'écriture fine et régulière de Julie et celle plus large et grasse de Rimbaud. La lettre de Julie comptait trois pages. Le mot de Rimbaud dix lignes et un poème écrit tout de travers, sur une serviette en papier maculée d'une tache de café.

Après m'avoir vertement sermonné pour mon départ précipité, ma sœur me demandait si j'allais bien. Elle me faisait confiance et admettait que j'eusse pu, dans un moment de total écœurement, décider de tout plaquer pour aller respirer un autre air. Elle me disait cependant de ne pas m'imaginer qu'elle accepterait de jouer «la sœur éplorée d'un grand dirigeant en exil». «Fais ton trip à ta manière, disait-elle, mais arrange-toi pour pas trop nous faire suer.»

Je sus par Julie que Mélopée se portait comme un charme et que si elle n'avait pas été opérée, il était fort possible que le macho du troisième l'ait engrossée deux fois plutôt qu'une. «Tu seras grand-père à ton retour. Cela te mettra peut-être du plomb dans la tête!»

Elle me dit aussi que la Tterre continuait de tourner, que Montréal était aussi moche qu'à mon départ et que Mordecai Richler avait menacé de s'exiler à Glenfiddich en Écosse si les citoyens de Westmount continuaient d'être maltraités par les fils spirituels de Lionel Groulx et les filles encore plus spirituelles de la Bolduc.

«Reste le temps que tu voudras dans les Europes, petit père. Reste autant qu'il te plaira. Nous nous occuperons de tes affaires (qui sont plutôt maigres) en ton absence. Mais, de grâce, ne nous laisse pas sans nouvelles de toi trop long-temps. T'as beau être ce que tu es, nous ne t'en aimons pas moins. Dans ce monde de douleur, tu fais tout de même bonne figure.»

Je relus sa lettre deux fois, sentis une boule me monter à la gorge et un énorme poids me tomber des épaules.

Chère Julie, belle Julie, ma Julie, comme je t'aime!

Rimbaud ne disait presque rien. Il prenait acte de mon désir de solitude et le comprenait. «Tu déconnais tellement ces derniers temps que tes rares amis étaient tous prêts à se cotiser pour que tu te fasses soigner. En crissant ton camp d'une manière aussi sauvage, tu nous as permis de faire d'appréciables économies et tu as évité à l'un d'entre nous la tâche ingrate de devoir t'accompagner à l'aéroport.

«Bon voyage quand même, paysan! Reviens-nous en forme et débarrassé de cette morbide habitude qui consiste à croire que les choses, les événements et les êtres sont dégueulasses parce qu'ils ne vont pas dans le sens que tu aurais souhaité. Je t'invite plutôt à réfléchir sur le fait qu'ils sont, pour la plupart et en tout état de cause, dégueulasses en eux-mêmes. »

Quand Rimbaud s'exprimait de cette manière, c'est qu'il était un peu malheureux.

Son poème, que je ne connaissais pas, me fit beaucoup réfléchir. Il s'inscrivait dans une suite poétique baptisée *Illusions*, que Rimbaud n'avait pas encore publiée et qui devait bien compter une vingtaine de textes, parmi ses meilleurs.

Dans cet insupportable gâchis
Dans ce brouillard
Dans cette nuit
La lumière se fit enfin
Elle était habit de lumière
Elle avait la couleur du sang
Elle était sertie de rubis

Un liquide noir
Odeur de pétrole
Goût de sel
S'écoulait de son ventre
Le ventre de la nuit

La mémoire s'habitue au souvenir
Et pourtant...
Je ne me souvenais plus

Je perdais la mémoire
Comme on perd les années
Comme on perd le temps
Celui qu'on emprunte
À la mémoire du vent

On ne trouve plus de temps
Chez les marchands de coucous

Cela se fait rare
Le temps est avare

On ne peut le remettre
Au prêteur anonyme

Et on conserve sa parure étoilée
Dans un obscur cagibi

L'illusion n'est jamais absente
Du mystère de la vie

Ces vers hermétiques possédaient un sens que je pressentais confusément. Je relus le poème dix, vingt fois, en essayant d'y donner différents rythmes. Rien à faire. Rimbaud avait réussi à induire un nouveau mystère dans mon esprit. Il devait bien savoir, le salaud, que la nécessité de comprendre ce qu'il avait voulu exprimer me tarauderait pendant plusieurs jours.

Cette correspondance me fit un bien énorme. Elle m'enlevait effectivement un poids de sur les épaules. Elle m'autorisait à poursuivre mon voyage avec un minimum de remords. J'étais pour ainsi dire absous.

Je repartis donc d'un pas alerte à la découverte des trésors florentins et, soudain, je la vis.

XI

Elle était là. Cela ne pouvait être quelqu'un d'autre. Une coïncidence comme il n'en arrive que dans les romans et que l'on trouve parfois un peu grosse.

Elle sortait de chez un marchand de glaces, via del Proconsolo. Elle portait un collant à motif floral et un chemisier noir. Ses cheveux flottaient sur ses épaules et elle marchait avec la grâce fauve d'une chatte. Elle irradiait de sensualité sauvage.

Je restai figé sur place tel un oiseau hypnotisé par la mort.

Je n'osais pas m'approcher d'elle. Comme si un écran mystérieux la protégeait et que je ne pouvais me résoudre à tenter de le franchir. Habillée de cette manière, elle me paraissait adolescente.

Elle semblait réfléchir à la direction à prendre, tout en lapant d'une langue gourmande une énorme boule de crème glacée couleur rubis. Elle opta pour le sud et se dirigea d'un pas léger vers la piazza della Signorina et le Palazzo Vecchio.

Je fonctionnais maintenant comme un automate programmé de toute éternité pour réagir à cette situation particulière. Je la suivis comme un flic file un suspect. Elle s'arrêta devant le Museo del Bargello et y pénétra après s'être consciencieusement lavé les doigts à une fontaine et débarrassée d'une serviette en papier en la jetant dans une poubelle.

J'hésitais à la suivre dans cet immeuble, craignant qu'elle ne m'y repère. J'attendis donc qu'elle en ressorte, en souhaitant que ce fût par la même porte. Elle réapparut vingt minutes plus tard. Un type l'accompagnait. Il ressemblait à Freddy et portait une veste de cuir brune. Je le détestai.

Ils se dirigèrent vers l'Arno et atteignirent finalement le Ponte Vecchio. Le type embrassa chastement Elena sur les deux joues et continua son chemin vers l'ouest, par l'avenue Lungarno Acciaioli qui longe le fleuve.

Elena pénétra finalement dans un immeuble occupé par un des nombreux joailliers qui ont élu domicile sur ce célèbre pont que des nazis sentimentaux et amateurs d'art sauvèrent de la destruction lors de la dernière guerre mondiale.

Je m'approchai de l'édifice. On y accédait par une étroite porte en fer forgé qui s'ouvrait sur un vestibule lambrissé de bois précieux; le plancher était couvert de tuiles ocres.

L'eau jaillissait d'une gueule de dauphin en cuivre oxydé sortant du mur est. Elle cascadait sur un bloc de marbre savamment taillé et se déversait dans un bénitier géant où naissait une Vénus d'albâtre. Au fond, une porte en bois, massive, percée d'un judas. Deux cèdres nains dans des pots en cuivre montaient la garde de chaque côté. Sur le mur droit du vestibule, une demi-douzaine de boîtes postales. La porte en fer forgé était restée entrouverte. Je pénétrai dans l'immeuble en retenant mon souffle. J'avais l'impression d'être l'inspecteur Clouzot et me sentais complètement ridicule.

La pièce sentait l'eau de Javel. On avait dû la nettoyer récemment. L'immeuble abritait deux joailliers, une dessinatrice de mode, le comte V. de la Brizza. Deux appartements étaient occupés par des personnes dont le nom à consonance anglo-saxonne indiquait la présence d'Anglais ou d'Américains. Qui était l'hôte d'Elena? Le plafond me tomba sur la tête alors que je me posais intérieurement cette question.

Je me réveillai dans ce qui ressemblait à un entrepôt. On m'avait déposé sur un vieux matelas pourri qui sentait l'urine et le vomi. Il faisait plutôt chaud sous ces combles éclairés par un énorme œil-de-bœuf.

Je tentai de me soulever sur un coude et ne réussis qu'à faire se déplacer les plaques tectoniques de mon crâne, provoquant tremblement de terre et raz-de-marée. Je retombai sur mon grabat. Un œuf d'autruche gonflait mon occiput. Il palpitait comme si un oisillon allait en sortir. Je paniquai un instant à la pensée qu'une quelconque créature d'outre-terre était en train de me bouffer le cerveau. Cette pensée agit comme un fouet et je me dressai sur mon séant en me tâtant le crâne avec appréhension.

Mes yeux s'habituaient à la lumière grise et je finis par distinguer les murs et les formes sombres de ce qui constituait un énorme bric-à-brac. Je me levai péniblement. J'aurais donné ma meilleure chemise pour deux cachets d'aspirine.

J'essayais de trouver une explication à cette invraisemblable situation. On m'avait assommé. Pas de doute là-dessus. On m'avait conduit dans ce grenier qui ressemblait à celui du château de Moulinsart, pour autant que je puisse en juger. On m'avait jeté sur un vieux matelas comme si j'étais un propre à rien. Pourquoi? me dis-je intérieurement.

« Crisse ! on n'est toujours bien pas au Liban. » Un David en carton-pâte refusa de me répondre. « Et si on y était, au Liban ? » Étais-je victime d'une erreur de destination ou d'une erreur sur la personne ?

Il arrivait parfois que des individus partis chez le boulanger se retrouvent à Papete où à Bahia de Los Santos. Ce ne pouvait être mon cas puisque je n'étais pas marié et que de toute façon, si l'on fait exception du Liban, l'histoire ne retenait le souvenir d'aucun époux ayant troqué le plat confort de l'ennui matrimonial pour la poussière d'un grenier florentin.

J'optai pour un enlèvement. On m'avait pris pour un autre. Ce n'était pas la première fois. Même moi, me disait Rimbaud… Si je retrouvais un certain sens du relatif et de l'humour, si Rimbaud n'était pas loin, alors, tout finirait bien par s'arranger.

J'étais victime d'un rapt. De le savoir me fit un peu de bien. L'inconnu fait toujours peur. Surtout cet inconnu de proximité auquel est finalement lié notre sort. Me laisserait-on filer aussitôt qu'on se rendrait compte de la méprise ? Que ferais-je alors ? Devrais-je me rendre illico à l'ambassade ? La pensée de mettre les pieds dans une ambassade canadienne me donnait mal au cœur.

Mes ravisseurs me feraient sans doute promettre de fermer ma grande gueule. Au fait, s'agissait-il des Brigades rouges ? Je ne sais pas pourquoi mais je préférais que ce ne soit pas eux. Comme la bande à Baader et Robin des Bois, malgré les évidences, ils conservaient quelque crédit à la banque de mes fantasmes révolutionnaires.

Je détestais tellement les oppresseurs et exploiteurs de toutes sortes, je haïssais tellement la peur plus ou moins vive instillée par les politiciens, les technocrates, les militaires, les banquiers et les Églises, qu'il m'arrivait, contre toute cohérence, malgré les valeurs auxquelles j'adhérais, de souscrire intérieurement à la terreur. Dans d'autres circonstances, en d'autres moments, je pourrais être terroriste.

Mais cela constituait un débat éthique que les circonstances m'empêchaient de développer.

La maffia ! On me couperait l'oreille gauche et on l'enverrait à mon père pour obtenir une rançon. C'était signé. Évidemment, mon père paierait le paquet. Le ferait-il ? Bien sûr ! Et je devrais lui en être reconnaissant pour la vie. Je préférais mourir tout de suite. Quoique… ?

La porte s'ouvrit doucement. On fit de la lumière. Le visage dissimulé sous une cagoule noire, comme dans n'importe quel polar, un type tenant un énorme revolver gris dans la main gauche et un plateau dans la droite fit une entrée discrète. Il déposa le plateau sur une table basse près de la porte et recula lentement. Un complice armé d'un pistolet-mitrailleur se tenait en retrait, au cas où… « Qui êtes-vous ? Pourquoi m'a-t-on amené ici ? Qu'est-ce qu'on me veut ? » Les questions se formaient dans ma tête mais venaient mourir dans ma gorge. Je restais là, bouche ouverte comme une carpe en manque d'eau, les bras pendants, impuissant, résigné. Mon geôlier referma doucement la porte et laissa la lumière allumée. Cette fois, j'entendis le bruit du verrou que l'on pousse.

Cette intervention me persuada que je ne faisais pas un mauvais rêve et que je n'étais pas l'objet d'une triste blague. Il faisait subitement très chaud. La sueur perlait sur mon front et j'avais l'impression de sentir la pisse de chat. Mon mal de tête s'accompagnait maintenant d'une grosse poussée d'angoisse qui me torturait le ventre et me dévorait les tripes. Le cœur près des lèvres, je n'arrivais pas à vomir cette noix de bile qui m'engorgeait le foie.

Mon idée était maintenant faite. Ces maffiosi exigeraient une rançon en échange de ma vie. Combien valais-je ? Tout dépend pour qui, me dis-je. Je valais peut-être beaucoup aux yeux de quelques paumés, mais pour ma famille ? « Voyons Marcel, prends su toé ! » Était-ce l'environnement ? Était-ce un réflexe identitaire ? Ce pastiche d'une réplique de Michel Tremblay me vint spontanément aux lèvres.

Un otage du Hezbollah avait écrit que, dans de telles circonstances, il importait que le détenu tente par tous les moyens de garder son identité propre, de lutter contre la déstructuration de sa personnalité. Certains faisaient des exercices de mémorisation portant, par exemple, sur le base-ball. D'autres essayaient de réaliser des trajets dans leurs têtes. Ils s'inventaient un itinéraire et tentaient de se souvenir de tout ce qu'ils voyaient, entendaient, sentaient au cours de leur randonnée imaginaire.

Alors qu'il était emprisonné dans un camp de l'archipel du Goulag, Soljenytsine structurait mentalement l'œuvre qui ferait de lui un des grands auteurs de ce siècle. Incapable de le briser, ses oppresseurs allaient voir leur victime contribuer puissamment à leur ruine.

Un poète québécois emprisonné lors de l'imposition de l'infâme Loi sur les mesures de guerre avait fait sensiblement la même chose. Un recours essentiel, m'avait-il confié, car quelle que soit la durée d'une incarcération, elle a pour effet de miner l'humanité d'une personne. Et dire que quelques-uns de ceux qui avaient voté cette loi scélérate continuaient de plastronner et de moraliser.

J'étais enfermé dans un entrepôt. Un magasin où s'entassaient des coffres remplis d'accessoires de théâtre, des statues en plâtre, des bustes, deux canons noirs, des rangées de vêtements d'époque soigneusement alignés sur leur cintre, des tables, des fauteuils, des livres, des potiches et des vases. Une pile d'affiches annonçant Placido Domingo dans *Cosi fan tutte* était posée sur un guéridon. Et moi, j'étais là, acteur de cette commedia dell'arte dont je ne connaissais même pas le scénario.

Je m'approchai du plateau. Il y avait de la pizza tiède, des olives, un morceau de fromage, du pain, une bouteille d'eau minérale en plastique et un demi-litre de vin rouge transvasé dans un contenant fait du même matériau. Quels qu'ils fussent, mes geôliers ne voulaient pas m'affamer. Déjà ça de pris!

156

Mon crâne continuait de me faire souffrir, mais un peu moins, à condition que je ne touche pas à la protubérance qui ne semblait pas prête de désenfler. Mon angoisse s'était légèrement dissoute après la visite d'un membre de ma famille hôte, et la lumière diluait un peu ce climat d'insécurité dans lequel je baignais à mon réveil.

On m'avait enlevé ma montre, ma ceinture et mon porte-monnaie. Ces types étaient-ils de la police ? Je ne me souvenais pas d'avoir offensé qui que ce soit en Italie. Étaient-ils parents avec la mégère xénophobe qui avait forcé son amoureux à me bousculer ? « Voyons donc, Marcel, tu délires ! »

Je pris le parti d'attendre la suite des événements et je m'installai pour dîner. Il fallait que je trouve un moyen de sortir de cet endroit. Je fis le tour de ma prison tout en mastiquant un morceau de pizza. Quatre mètres me séparaient de l'œil-de-bœuf par lequel filtrait une lumière glauque. N'eût été l'épais grillage qui en condamnait l'accès, un homme de ma taille aurait pu y passer assez facilement. Je déplaçai des objets, longeai les murs. Rien. Pas d'autres sorties possibles. Les murs recouverts de plâtre semblaient solides. Je ne trouvai aucun outil qui me permette d'entamer le carrelage en ardoise du plancher. Qu'aurait fait James Bond à ma place ?

Je m'assis sur un énorme trône en bois sculpté et essayai d'imaginer comment la nouvelle de ma captivité serait reçue chez moi. « Le fils d'un ami intime du premier ministre enlevé par la maffia », titrerait *La Presse*. Ou encore, en première page du *Journal de Montréal* : « Le journaliste pigiste François Maheux kidnappé par des terroristes ».

J'avais bouffé toute la pizza, le pain et le fromage. Je suçotais mon dernier noyau d'olive tout en étirant mon demi de rouge. Rimbaud allait-il ameuter l'opinion publique, écrire une ode, enlever deux ou trois vieux maffiosi pour les offrir en échange de ma précieuse personne et leur couper une couille pour leur montrer qu'il n'avait pas envie de rire ? Il en serait bien capable.

Et si mon père allait s'offrir en échange de ma vie ? Le vieux salaud ne me ferait jamais un coup semblable ! Il était de ceux qui offrent la vie des autres en échange de son confort. Je dus m'assoupir sur cette séquence de réflexion et, sans doute à cause de la pizza tiède, je fis un rêve tout à fait ridicule.

J'étais captif d'une Messaline qui avait emprunté les traits de Mireille Latour. Elle et Freddy m'utilisaient comme instrument de plaisir sous l'œil concupiscent d'un Big Daddy Papa hilare et doté d'un énorme pénis d'ébène. Dans une autre phase de ce délire obscène, Messaline et ses compagnons de débauche accompagnaient une tribu de gitans et vendaient mes services de ville en ville. Je n'étais plus un être humain, mais un hybride qu'on laissait dormir avec les chevaux et qu'on cntravait pour ne pas qu'il s'envole.

Je fus réveillé par le type qui avait raccompagné Elena chez elle. Sans dire un mot, il me banda les yeux et me poussa un peu brusquement vers la sortie. J'étais trop endormi pour réagir. Après avoir monté cent escaliers et descendu mille marches, on me fit grimper à l'arrière de ce qui devait être une camionnette.

Un de mes gardiens s'assit en face de moi. Son haleine empestait l'ail. On s'assura de la solidité de mon bandeau et on me boucha les oreilles avec ce qui ressemblait à des écouteurs. C'était bien un baladeur car on m'offrit un concert de Springsteen. Je ne pus m'empêcher de sourire en entendant les premières mesures de *Born in the USA*. On poussa même la prudence jusqu'à me coller sous le nez un tampon parfumé qui sentait le purin de porc. Un accoutrement grotesque, beaucoup de cinéma pour m'empêcher d'identifier lieux, bruits et odeurs. On aurait mieux fait de me droguer. Mes petits copains étaient sans doute des professionnels, mais ils manquaient de pragmatisme. Finalement, on partit pour je ne sais où.

Cette aliénation des sens devenait angoissante à la longue. Je sentais la sueur me couler le long du dos. « Au moins, me dis-je pour m'encourager, je suis toujours vivant. »

Ainsi, j'avais été enlevé par des gens que fréquentait Elena. Qu'avais-je bien pu faire pour qu'ils m'accordent tant d'importance ? J'avais beau me gratter la tête, je ne comprenais tout simplement pas. Et pourtant, il fallait qu'il existe une explication. On n'enlève pas les Québécois anonymes comme moi sans motif. Même que les Québécois sont les dernières personnes dans le monde occidental qu'un truand sérieux songerait à kidnapper. Si Rimbaud avait été témoin de la situation dans laquelle je me trouvais, il aurait sans doute éclaté de rire.

Que faisait-il ? Il devait être très occupé. Je l'imaginais fuyant les journalistes venus l'assiéger. Rimbaud faisait du surf sur son prix littéraire. Finalement, en le refusant, il obtiendrait un plus grand profit que s'il l'eût accepté. Tel était ce type. Il savait si bien lier l'utile à l'agréable. J'imaginais aussi l'interminable virée qu'il devait être en train de se payer. Je le voyais plastronner au bénéfice d'une cour de groupies se délectant de ses mots d'esprit, de ses calembours, de l'insignifiance calculée de son discours. Comme un démon, Rimbaud se délectait de l'absurdité. Il s'amusait presque maladivement au contact de la bêtise. Il disait que l'humanité ne pouvait être appréciée qu'à partir de sa juste mesure et que tout le reste était de la littérature. Pourquoi donc aimais-je ce type ?

Et Julie ? Elle accompagnait sans doute Rimbaud dans sa bacchanale. Ma petite sœur avait beaucoup appris au contact de mon meilleur copain. Heureusement pour elle, Mamie veillait au grain, s'assurait que son diable de fils ne pervertirait celle qu'elle nommait affectueusement « sa petite fleur ». Hostie ! j'aurais bien mieux fait de rester chez moi.

Je commençais à débander par rapport à Elena. Elle perdait de son charme. Cependant, à bien y penser, elle gagnait en mystère. Comme un innocent, je redevins très vite relativement heureux et c'est presque dans la joie que j'accueillis l'inconfort des cahots qui risquaient maintenant de faire se détacher les tôles de mon panier à salade. Nous devions être à la campagne ou à Montréal. Nous n'avions pas roulé suffisamment longtemps pour que la seconde éventualité soit la bonne. Mon taxi stoppa sans avertissement. On me fit descendre. Je marchai cinquante pas, grimpai cinq marches et on me libéra de mes entraves.

Elle était là, comme dans un rêve, vêtue d'un collant noir qui lui allait à ravir et mettait son corps en valeur. Elle me sourit ingénument comme une adolescente qui fait du charme à un vieux. Dieu qu'elle était belle ! Ibrahim me regardait avec les yeux d'Hubert Reeves scrutant patiemment l'insondable mystère de l'azur. On m'avait enlevé mes entraves et je pouvais maintenant jouir de tous les sens que trente-huit ans de vie urbaine n'avaient pas encore émoussés.

Ça sentait la cuisine sur charbon de bois. Je humais des relents de merguez et de côtelettes d'agneau. Par une fenêtre très imprudemment entrouverte, j'entendais le rire d'une femme et le tintement de clochettes tibétaines. À moins que ce ne fussent des « cloches à chèvre » ? On était dans une ferme. Je me dis que c'était l'heure du souper et qu'il devait être à peu près vingt heures. On ne m'aurait tout de même pas brutalement enlevé pour s'assurer de ma présence à un souper ?

L'épouvantable capacité de mon cerveau à déconner, à transformer les pires événements en situations absurdes m'étonna une fois de plus. Il devait être habité par un virus aussi vicieux que celui qui s'était attaqué aux ordinateurs du ministère du Revenu en mille neuf cent quatre-vingt-dix. Je me souvenais de l'immense crise d'hilarité générale quand le virus avait tout simplement ajouté un zéro à tous les parjures fiscaux des contribuables mâles. Les fonctionnaires — ils n'avaient pas été programmés pour ça — n'y avaient vu que du feu et avaient aimablement fait parvenir des centaines de milliers d'avis de cotisation aux payeurs de taxes. Mes propres revenus imposables étaient passés de vingt-cinq mille à deux cent cinquante mille. L'informatique et la bureaucratie connurent alors un de leurs beaux moments de gloire.

On me poussa vers un fauteuil qui devait dater de la renaissance italienne. Je résistai un peu et optai finalement pour une chaise droite en bois. Il me semblait important d'affirmer mon indépendance et de montrer aux maffiosi que je n'étais pas une lavette. Elena continuait de m'offrir ce petit sourire indéfinissable et il me sembla que cette expression de courage avait allumé une étoile dans ses yeux.

— Aussi absurde que cela puisse paraître, monsieur Maheux, je vous serais reconnaissant de bien vouloir nous excuser pour les ennuis que nous vous avons occasionnés.

Voilà qu'Ibrahim lui-même se mettait à déconner. Je lui jetai un regard noir. Il ne broncha pas d'un millimètre. Cet homme avait beaucoup de charme et irradiait une force tranquille, celle qui habite d'habitude les femmes et les hommes à qui l'humanité ne réserve plus de surprise. Il congédia les deux tueurs qui veillaient sur ma santé et, d'un signe, m'indiqua le fauteuil que j'avais refusé. Je m'assis.

— Il s'agit d'une méprise, d'une très désagréable méprise dont vous êtes en partie responsable.

Il attendit un instant, sans doute pour voir si je voulais émettre quelques commentaires.

— Nous avons remarqué l'intérêt que vous me portez ainsi qu'à mademoiselle depuis une certaine soirée à Paris. Vous avez suivi cette dernière jusque dans un immeuble où vous vous êtes introduit sans y être invité. Admettez que tout cela est pour le moins bizarre.

Il attendit un peu, tout en me souriant paternellement.

— Je passais par là et l'architecture de cet immeuble a piqué ma curiosité.

Je ne pouvais toujours pas lui dire que « mademoiselle » m'avait tout simplement séduit.

— Allons, monsieur Maheux, nous savons tous que ce n'est pas le cas. D'ailleurs, je ne vous demande pas pourquoi vous avez suivi « mademoiselle », je crois le savoir.

Son sourire se fit compréhensif. Je n'osais regarder Elena.

— Nous avons reçu de nos correspondants québécois un rapport très complet sur vous et cela nous a convaincus que vous n'aviez probablement pas d'intention malicieuse à notre égard.

— Je ne sais même pas qui vous êtes !

— Vos amis parisiens ne vous l'ont pas dit ?

— Je connais vos prénoms. Vous êtes Ibrahim et vous travaillez à l'Institut du monde arabe. Mademoiselle se nomme Elena et est la fille d'un sénateur italien, le sénateur Luciano.

— Pourquoi aviez-vous besoin de savoir cela, monsieur Maheux ?

La vérité, François, la vérité est ta meilleure défense. Surtout cette vérité-là, elle est tellement italienne.

— Eh bien, c'est que…

Je me tournai vers Elena. Je devais être encore plus rouge que le drapeau communiste.

— Enfin… ce n'est pas facile à expliquer… Je ne voudrais pas vous paraître plus cuistre que je ne le suis, mademoiselle.

— Vous pouvez m'appeler Elena, si vous voulez.

Par Pavarotti, cette fille possédait tous les trésors de la terre. Sa voix était aussi harmonieuse que tout le reste. Mon cœur fit un bond, je faillis avaler ma pomme d'Adam et, après avoir dégluti difficilement, je poursuivis courageusement.

— La vérité toute nue, c'est que j'ai souhaité vous parler dès le premier instant où je vous ai vue. Voilà. Une manière de coup de foudre. Alors, vous comprenez, quand je vous ai revue, ici, à Florence, je n'ai pu résister à l'envie de vous suivre.

162

Elena rougit à son tour.

— La vérité toute nue… ? fit Ibrahim.

Et je compris que les Palestiniens n'étaient pas non plus dénués d'humour.

Elena me souriait maintenant de façon plutôt engageante. La remarque d'Ibrahim l'avait amusée et je devinais de la malice dans son regard. Et la vérité se sentit subitement complètement à poil. Nos rires se mêlèrent.

— Monsieur Maheux…, poursuivit Ibrahim

— Vous pouvez me tutoyer.

— Accepteriez-vous de poursuivre cette conversation en mangeant ?

— J'ai vraiment le choix ?

— Oui et non. Nous tenons vraiment à vous entretenir d'une situation plutôt… déplaisante. Peut-être même pouvez-vous nous aider. Cela vous paraîtra sans doute irresponsable, outrecruidant de notre part, de solliciter votre concours après vous avoir un peu bousculé, mais croyez-moi, monsieur, nous avons nos raisons pour agir ainsi.

Il savait évidemment que je ne pouvais dire non. Même que je me sentais flatté de me voir accorder tant d'importance. Et il y avait Elena. J'acceptai.

XII

Une vieille dame servit des côtelettes d'agneau et des merguez. En fait, ce couscous était absolument savoureux, et le rosé du Friul qui l'accompagnait tout à fait approprié. Deux types mangeaient dans la cuisine attenante en regardant un match de soccer à la télévision. Je crus comprendre que celui que je haïssais était reparti pour Florence. Par une grande porte-fenêtre, on voyait deux femmes, un vieil homme et une ribambelle d'enfants pique-niquer à l'ombre d'un olivier séculaire.

J'étais sans doute dans une ferme toscane. Un petit troupeau de chèvres broutait sur une colline et, plus loin, je devinais ce qui devait être un village. Et il y avait la lumière crépusculaire qui venait nimber ce paysage italien d'une aura d'or et de pourpre.

On m'avait remis trois cachets d'aspirine et ce qui restait de mon mal de tête avait presque disparu. Je me sentais même un peu euphorique. Probablement le vin, ajouté à une chute soudaine de mon angoisse et de la tension provoquée par cet enlèvement absurde. J'attendais toujours qu'Ibrahim m'en fournisse les motifs, lesquels ne pouvaient se résumer à ma curiosité pour le lieu de résidence d'Elena. Cette dernière était assise à ma gauche et Ibrahim et moi nous partagions chacun un bout de table. Nous n'échangeâmes que des banalités durant toute la durée du repas.

Ibrahim et Elena m'interrogèrent sur les raisons de mon séjour en Europe. Je leur répondis avec franchise, jugeant qu'il n'était pas utile d'ergoter ou de caboter. Ibrahim m'avait dit savoir beaucoup de choses à mon sujet. Cela devait être vrai. En outre, je ne voulais pas paraître impudent ou arrogant aux yeux d'Elena. Je fis donc jouer tout mon charme et me montrai relativement disert. Pour la première fois, ou presque, depuis des années, je ressentis une impression de bien-être à me confier ainsi à quelqu'un. J'en oubliais que ces personnes étaient non seulement de purs étrangers, mais aussi qu'elles m'avaient causé bien des désagréments.

Ibrahim et Elena savaient y faire. Ils posaient des questions précises et leurs réponses aux miennes ne l'étaient pas moins. Je me rendis compte que si je parlais des beautés de Florence et les questionnais sur l'Italie en général, je ne leur posais aucune question sur les motifs réels de l'agression dont j'avais été victime et sur ce qu'ils attendaient de moi. Je soupçonnais que cela viendrait à son heure et que, pour l'instant, j'étais soumis à un examen très attentif.

Mes hôtes étaient remarquablement bien informés sur la situation politique au Québec et ils sympathisèrent avec moi quand je leur avouai que j'étais indépendantiste et qu'un des motifs de mon écœurement était précisément cette hésitation du peuple auquel j'appartenais à s'affirmer, cette peur de s'assumer complètement.

Je résistai à leur tartiner l'ego et à me fendre d'une comparaison malheureuse en mettant en parallèle le courage palestinien et celui des Québécois, sachant bien que les choses ne sont jamais simples et que je passerais pour un idiot à comparer le sirop d'érable avec la sauce harissa, l'Intifada avec un défilé de la Saint-Jean, les camps de réfugiés avec le dépérissement du centre-ville de Montréal.

Ils comprirent aussi aisément que j'avais le cœur à gauche. Ibrahim sourit. L'animal devait en être informé, comme aussi de la couleur de mes bobettes, de mon dentifrice préféré et de la position que je privilégiais lorsque je baisais. D'autant plus que j'avais déjà couché avec une députée allemande du Parti vert qui animait, en Germanie, le Comité de soutien à la Palestine.

Je leur parlai de Rimbaud et de Julie. Elena fit valoir qu'elle ne comprenait pas trop bien les motifs qui avaient poussé l'amant de ma sœur à refuser un prix littéraire prestigieux.

— Vous connaissez Rimbaud ? Je ne savais pas qu'il était connu ici, en Italie.

Je lui demandai timidement si elle connaissait d'autres écrivains québécois.

— J'ai lu *L'homme rapaillé* de Miron, *L'afficheur hurle* de Paul Chamberland, un recueil de Roland Giguère et une anthologie regroupant les textes d'une vingtaine d'auteurs. J'aime la poésie québécoise, mais pas celle des poètes formalistes.

Elle ne m'avait pas lu. Mon ego en prit un sale coup.

— Où avez-vous connu ces poètes ?

— Au Département d'études québécoises de l'Université de Bologne, répondit-elle.

— Ah !

Même si j'ignorais l'existence d'un tel intérêt pour la littérature québécoise en Italie, je fis celui qui comprenait soudainement tout.

Ibrahim fumait. Il m'offrit une Marlboro et la conversation prit un tour différent.

— Freddy vous a sans doute informé de mes activités ?

— Si peu.

Il fit celui qui n'a rien entendu

— Vous savez donc que je collabore à des activités culturelles pour le compte du gouvernement palestinien. Vous a-t-il dit que j'étais aussi un peu engagé dans un certain projet visant au rétablissement des droits de mon peuple ?

— Quelqu'un m'a dit que vous étiez assez proche de Yasser Arafat.

— Freddy et moi sommes des ennemis. Je pense que je n'ai pas besoin de vous expliquer pourquoi. Au risque de vous étonner, je le regrette vivement parce que ce type est plutôt symphatique et assez beau garçon.

Je fronçai les sourcils.

— Je ne pense pas que vous ayez de préjugés à l'égard des homosexuels, poursuivit-il.

Que signifiait ce petit sourire accroché à ses lèvres ?

— Alors, vous et Elena… ? Enfin, je croyais… ! On m'avait laissé entendre que…

Je tournai la tête en direction d'Elena, qui semblait s'amuser.

— Elena collabore à certaines de mes activités. Elle m'est très chère. Elena est un peu la sœur que je n'ai plus.

Il y avait énormément de tristesse dans ses yeux et dans sa voix.

— Nous laissons courir la rumeur de notre liaison parce que cela nous est utile. Même Freddy s'y laisse prendre. Cela montre que les agents du Mossad ne sont pas aussi invincibles que le laisse croire une légende soigneusement entretenue.

Il savoura cette déclaration.

— Freddy ! Freddy travaille pour les services de renseignements israéliens ? Ça ne se peut pas !

— Tout à fait. Et son gros copain aussi.

— Big Daddy Papa?

— … qui est sans doute l'Éthiopien le plus monumental que ce pays ait jamais produit. Notre merveilleux saxophoniste est un individu extrêmement dangereux. Il a bien dû assassiner une demi-douzaine de mes compatriotes.

— Eh ben… ! ! !

— Comme vous dites.

— Et Mireille Latour ?

— Rien à voir avec tout ça. Même qu'elle serait plutôt sensible à notre vision des choses. Elle publie quelques écrivains palestiniens et s'est associée à des pétitions demandant le retrait des Israéliens des territoires.

Je m'en doutais. Mireille ne savait résister aux représentants des peuples opprimés. Elle était tiers-mondiste, comme la Bardot était pour les bébés phoques. Avec combien de Palestiniens avait-elle couché ?

— Incroyable ! Et la lumière se fit. Vous ne pensiez tout de même pas que…

— Que vous étiez associé à Freddy et à son tueur ? Pas vraiment. Mais nous ne prenons aucun risque. Aucun. Encore moins depuis l'attentat contre le général Ben Yoseff.

— Êtes-vous associés de quelque manière à cet événement?

— Si c'était le cas, je ne vous le dirais évidemment pas. Mais ce n'est pas le cas. Nous n'avions aucun intérêt dans la mort de Chlomo Ben Yoseff, bien au contraire…

— Il est mort. Freddy m'avait pourtant dit que…

— Officiellement, non. Les intérêts d'Israël, et les nôtres, commandent que l'annonce de sa mort soit retardée. Naturellement, Freddy est parfaitement au courant. Le général a été assassiné en compagnie de deux représentants du gouvernement américain.

Il m'assena cette nouvelle avec l'assurance de Mohammed Ali tapant sur un crétin ayant osé le défier.

— Vous n'avez pas peur que je raconte tout ça quand je serai parti d'ici ?

— Non. Vous vous feriez tuer dès l'instant où vous ouvririez la bouche. Vous vous ferez peut-être tuer de toute façon. Par la CIA, ou par le Mossad, ou par nous.

« Ces choses-là n'arrivent que dans les films », me dis-je intérieurement en me mordant la lèvre inférieure jusqu'au sang.

— Vos arguments sont irréfutables, je ne dirai rien. Mais pourquoi me racontez-vous tout ça?

— Parce que je pense que vous pouvez nous aider.

— Moi? Ai-je l'allure d'un personnage de Ludlum? Je ne suis pas très brave…, allai-je ajouter.

Je me retins. Elena me jaugeait.

— Les Juifs sont convaincus qu'il s'agit d'un coup de nos propres services. Nous sommes aussi les premiers suspects des Américains. En fait, à peu près tout le monde nous soupçonne. Mais, voyez-vous, il y a un os.

— Que voulez-vous dire?

— Eh bien, le général était notre plus puissant allié en Israël. Il est même en bons termes avec Yasser Arafat.

— Yasser Arafat!

— Lui et le général Ben Yoseff s'étaient rencontrés clandestinement à plusieurs reprises. L'oncle de Freddy dirigeait, dans les faits, le très important mouvement pacifiste israélien. Nous avons négocié une entente avec lui, et cette entente est officieusement approuvée par les Américains, la CEE, la CEI et nos alliés arabes. Les Américains connaissent ces liens. C'est sans doute pour ça qu'ils attendent un peu avant de réagir. Certains Israéliens connaissent aussi les rapports qui nous liaient à Ben Yoseff. Ils feront tout ce qu'ils pourront pour retarder la réaction des faucons.

— Et Freddy?

— Je ne sais pas ce qu'il sait exactement. Naturellement, il connait le rôle joué par son oncle. Il est même tout à fait probable qu'il partage la vision des choses qu'avait son oncle. Cependant, j'ignore si son degré d'intimité avec le général était suffisant pour que ce dernier lui ait confié tous ses secrets. Après tout, Freddy travaille pour le Mossad et il n'a pas la réputation d'être un mou.

Je me souvenais de l'attitude extrêmement soucieuse de l'Israélien au cours de notre voyage entre Paris et Nîmes. Tous ces coups de fil qu'il donnait sans cesse. À Nice, il semblait vraiment désemparé. Je sympathisais avec lui.

— Si ce n'est pas vous, qui aurait intérêt à saboter cette entente officieuse ?

— Cela pourrait effectivement être un groupe dirigé par des Palestiniens radicaux. Nous enquêtons sur cette hypothèse. Si tel est le cas, nous serons rayés de la carte. Mais d'autres personnes peuvent aussi tirer avantage de ce pénible événement.

Ibrahim laissa cette idée en suspens.

— Depuis cet « incident », on s'active dans toutes les chancelleries. Imaginez un peu la réaction du président des États-Unis. Je peux vous dire que nous avons immédiatement pris contact avec tous les États qui comptent. Nous les avons assurés de notre totale innocence. Mais tout cela risque d'être insuffisant. Nous devons absolument trouver qui a fait ça, et vite. Chaque heure qui passe concrétise la menace qui plane sur mon peuple. Inutile de vous dire que nous ne sommes pas inactifs. Tous nos représentants, tous nos services sont en état d'alerte rouge partout dans le monde…

« Même si les journaux se montrent prudents, nous savons qu'on se prépare à la guerre en Israël. Nous savons que les Israéliens sont très divisés sur la question des territoires. Le gouvernement travailliste ne pourra résister très longtemps aux pressions de la droite nationaliste; il va falloir qu'il procède à l'annexion définitive de Gaza, de la Cisjordanie et du Golan. Si les Américains se laissent convaincre de notre responsabilité, ils laisseront le champ libre aux éléments les plus réactionnaires d'Israël et ce sera le carnage. Aussitôt qu'on annoncera que le général Ben Yossef a été assassiné par des Palestiniens, nous sombrerons dans l'horreur.

— Mais qu'est-ce que je viens faire dans ces grandes manœuvres ? Vous savez qui je suis. Je ne représente rien, absolument rien. Je ne suis qu'un touriste piégé dans un engrenage infernal. Je ne connais rien à toutes ces choses. Je dois avouer que je ne comprends pas du tout l'intérêt que vous me portez.

— Il ne s'agit pas de l'intérêt que je vous porte, mais de celui que vous portez à Elena.

Ibrahim savait conclure un débat. Je ne comprenais toujours pas, mais j'aurais dû savoir qu'il allait utiliser un argument que je ne saurais contrer. Il m'assena cette évidence en me regardant droit dans les yeux, avec l'assurance d'un pêcheur qui sait que le poisson est bien ferré. Je n'osais détourner mon regard du sien, de peur de croiser celui d'Elena. Je rougis jusqu'à la racine des cheveux.

— Je ne vois toujours pas ce que l'attirance que j'admets ressentir pour Elena vient faire dans ce roman d'espionnage.

— Vous allez partir avec elle comme si vous étiez un couple de jeunes mariés en voyage de noces. Le Fatah vous offre la Grèce.

— Mais pourquoi… ?

— Parce que, tant qu'elle est avec moi, sa vie ne tient qu'à un fil. Depuis la mort du général, les tueurs du Mossad sont sur les dents. Nous sommes en guerre, monsieur Maheux. Nous sommes peut-être même à l'aube d'événements extrêmement tragiques.

Elena n'avait pas émis le moindre commentaire depuis le début de notre échange. Elle se contentait d'écouter. Quant à moi, je n'avais pas encore osé m'adresser à elle.

— Qu'en pensez-vous, Elena? Après tout, c'est de vous dont il s'agit.

— Moi, je ne suis pas d'accord avec Ibrahim. Je ne vois vraiment pas pourquoi je ne partagerais pas les risques qu'il court.

— C'est exact, monsieur Maheux. Elena n'est pas d'accord. Peut-être saurez-vous la convaincre que, après tout, ce n'est pas une si mauvaise idée…

— Et si je refuse ?

Il sortit mon passeport, mon porte-monnaie et mes chèques de voyage de la poche de sa veste. Il les déposa sur la table, devant moi.

— Vous pouvez partir quand vous le voudrez. Un de mes amis ira vous reconduire à Florence.

Je le regardai droit dans les yeux. Jamais je ne m'étais senti si maître de moi. J'avais l'impression d'avoir subitement pris vingt ans de maturité. Je jetai un coup d'œil à mes papiers, tripotai mon passeport, et poussai un profond soupir.

— Si Elena le permet, j'aimerais m'entretenir avec elle. En privé.

Il interrogea la jeune femme du regard.

— Je serai juste à côté, fit-il à son intention, en se levant.

Je ne savais vraiment pas quoi lui dire. Elle tripotait un petit morceau de pain et gardait les yeux rivés sur cette petite boule qu'elle faisait rouler entre ses longs doigts.

— Dites-moi que ce n'est pas un canular ?

Elle sourit mais ne répondit pas.

— Vous ne dites rien ?

Elle laissa le silence me déstabiliser encore un peu plus.

— Écoutez, je ne ferai strictement rien que vous ne vouliez pas. Si vous le voulez, je prends mes affaires et je retourne dans mon pays en oubliant tout ça. Je n'ai absolument pas le tempérament d'un barbouze et, pour tout vous dire, je suis plutôt lâche.

— Je ne tenais pas plus que ça à partir avec un inconnu, finit par admettre Elena. C'est le hasard qui vous a mis sur notre route et, parfois, vous savez comment le hasard fait les choses.

— On dit qu'il les fait parfois bien, me sentis-je obligé de répondre. Après tout, dans ce « pas plus que ça », il y avait bien un « un peu ».

— Ibrahim a raison sur au moins un point : je suis un poids pour lui. Si je reste ici, il sera inquiet, je le connais. Or, dans les jours et les semaines qui viennent, il devra être extrêmement mobile et aura besoin de toute son énergie.

— Mais il a parlé de partir en Grèce comme si nous étions de jeunes mariés.

— Ça vous fait peur ?

— C'est que…

C'est ce sourire moqueur qui me faisait peur.

— Nous devrons partager la même chambre et nous comporter comme si nous étions follement amoureux. Je ne vous laisserai pas coucher par terre et nous finirons bien par devenir amants. Le danger est un aphrodisiaque. Vous ne le saviez pas ? Et, admettez-le, vous mourez d'envie de coucher avec moi.

Ce n'était pas tellement romantique comme attitude. Côté caractère, cette fille me faisait de plus en plus penser à Julie. Elle savait se montrer absolument impitoyable avec les hommes ; elle leur dévoilait leurs fantasmes les plus secrets. Je ne sais pas combien de fois Julie avait dit à un type : « Si c'est coucher avec moi que tu veux, t'as qu'à le dire. De toute façon, c'est écrit dans ta face. » D'habitude, le gars débandait aussi sec. A-t-on idée de se faire couper les effets de façon aussi impertinente !

— Vous me faites beaucoup penser à Julie. Ma sœur Julie, pris-je la peine de préciser au cas où elle se méprendrait. Même façon de draguer, même fatalisme devant l'adversité…

Elle rit de bon cœur et je sentis que je ne lui déplaisais pas complètement.

— Écoutez, je vais être franc avec vous. Je vous trouve très belle et extrêmement séduisante. C'est vrai que je ne pense qu'à vous depuis la première fois où je vous ai vue. C'est vrai que vous me faites bander. Je vous ai suivie comme un adolescent boutonneux. Si vous aviez grimpé à une échelle, j'aurais tout fait pour vérifier la couleur de vos petites culottes. J'admets enfin que j'ai la trouille rien qu'à penser que je suis à la veille de m'embarquer dans une histoire absolument invraisemblable. Si vous le voulez, je suis votre homme. Enfin, vous voyez ce que je veux dire.

Et toujours ce sourire moqueur qui s'épanouissait sur son merveilleux visage. Ma parole, la Joconde était son aïeule !

— Ibrahim me l'avait dit. Il n'aura pas fait apporter vos bagages pour rien.

— Parce que… !

— Et il a aussi réglé l'hôtel et les frais de location de votre voiture. Même que votre nom n'apparaît plus dans le registre de l'*Hôtel Berchielli*, ni d'ailleurs dans celui de la compagnie Avis. En fait, vous avez disparu de la circulation.

Elle ouvrit la porte de la cuisine et fit entrer le Palestinien.

— Nous nous sommes entendus. Nous partons quand tu voudras.

— Très bien.

Il me donna une tape affecteuse dans le dos et posa un attaché-case sur la table. Ibrahim ne perdait pas de temps.

— Voici votre nouveau passeport et celui d'Elena. Vous voyagez sous le nom de Rebecca Shouldiner et de Michel Bergman. Vous êtes citoyens canadiens.

— Mais c'est juif !

— Tout à fait. Les passeports sont authentiques. Même que le vôtre indique que vous avez été en Israël il y a trois ans. Voici votre certificat de mariage, dûment signé par le rabbin Horowitz de Montréal, et des certificats de vaccinations. Êtes-vous circoncis ? Non ? Dommage ! Nous n'avons pas le temps de régler ce détail.

Ce type me plaisait de plus en plus.

— Vous pourrez parler français avec l'accent québécois, cela ne sera pas contre-indiqué puisque vous êtes né dans cette ville. Enfin, nous vous avons préparé dix mille dollars en chèques de voyage et deux mille dollars en billets américains. Si cela est nécessaire, Elena sait comment me joindre. Vous voyagerez en train jusqu'à Athènes et vous vous égarerez dans les îles. Vous ne resterez pas plus de quatre jours au même endroit. Pour le reste, je vous fais confiance.

Un des gardiens entra sans prévenir, l'air très excité. Ibrahim le suivit dans la cuisine. Il réapparut presque aussitôt, le visage plus pâle qu'un linceul. Il dit quelque chose à Elena, qui se couvrit le visage avec ses mains.

— Vous partez immédiatement ! On vient de plastiquer la voiture de Hassem.

Je me sentis blêmir. Hassem était le type que je haïssais, celui qui ressemblait à Freddy.

XIII

Florence, Brindisi, Patras, Athènes. L'avion, le bateau, le train. La ferme avait été abandonnée en catastrophe et nous avions été bousculés d'un véhicule à l'autre sans ménagement.

Nous étions montés dans un petit avion avec pour tout bagage deux sacs de marin à peu près vides. Mes affaires étaient à Florence, chez Hassem. Prétextant l'insécurité de l'endroit, Ibrahim se refusait absolument à y retourner ou à y envoyer un de ses hommes. Cette prudence ne me parut pas exagérée compte tenu des circonstances. La mort de Hassem m'avait convaincu que les ennemis du Palestinien ne rigolaient pas.

Ibrahim nous avait quittés à Brindisi, après un dernier tête-à-tête avec Elena. Le Palestinien était reparti pour une destination inconnue à bord du même Cessna qui nous avait conduit jusqu'au port de l'Adriatique, où nous étions embarqués à bord du *Princess of Corfu*.

Le traversier naviguait de nuit et atteignait Patras en douze heures, sans escale. Le temps d'une bonne nuit de sommeil. Ibrahim ne m'avait fait aucune recommandation particulière, si ce n'est d'être prudent et de me fier au jugement de sa belle Italienne. Car pour moi, c'est ce qu'elle était, « sa belle Italienne ».

Nous occupions une petite cabine étroite avec des lits superposés. Elena me fit comprendre plutôt abruptement qu'elle souhaitait qu'on la laisse tranquille. Ce que je fis sans autre invitation. Elle avait pris un somnifère et s'était rapidement endormie, me laissant seul avec mes pensées. Elle avait sombré dans un état de prostration qui m'inquiétait grandement. Je ne savais vraiment pas quoi faire pour l'aider à ne pas s'enfoncer davantage dans cette déprime.

J'avais accepté sans trop réfléchir de jouer un rôle dans ce drame. Il fallait maintenant que je me montre à la hauteur. Je me sentais complètement désarmé et, pour tout dire, un peu idiot. Pourquoi avais-je été choisi par le destin pour figurer dans cette drôle d'histoire ?

Les choses n'arrivent pas toujours comme on le voudrait, ni de la manière souhaitée. À force d'y réfléchir, le caractère incongru de la situation me parut beaucoup moins étonnant, et le « pourquoi moi ? » un peu plaintif du départ se transforma graduellement en un « pourquoi pas moi ? » nettement plus combatif. Après tout, où était-il écrit qu'un Québécois soit condamné à ne jouer un rôle que dans sa propre tragédie nationale ?

Je laissai Elena dormir, fermai soigneusement la porte de notre cabine et allai explorer ce navire qui m'amenait vers l'inconnu.

Un grand nombre de passagers dormaient, allongés sur des banquettes en cuir rouge. D'autres sirotaient une consommation, jouaient aux cartes, ou s'occupaient de leurs enfants. Quelques vieilles femmes vêtues de noir regardaient devant elles comme si elles voyaient défiler le fleuve du temps. Des routards, en majorité allemands, mais aussi quelques Japonais, des Américains, des Anglais et des Scandinaves, étaient affalés sur le sol, la tête posée sur leur sac à dos.

Presque personne ne circulait dans les coursives. Quelques passagers, surtout des couples, s'étaient réfugiés sur la plage arrière. Ils observaient la lune ronde et orangée qui jetait un éclairage glauque sur la rivière d'écume que laissait le *Princess of Corfu* dans son sillage. Une lune pour les amoureux et les personnes tristes. Je m'installai dans un transatlantique et fis comme eux.

Que faisaient Julie et Rimbaud actuellement ? Je fermai les yeux. Comme un cavalier du Pony Express l'avait fait avant lui entre les mesas du Colorado ou de l'Arizona, le facteur Rimbaud slalomait dans sa Peugeot hybride entre les gratte-ciel du centre-ville. Julie, quant à elle, répétait pour la centième fois ce chant du corps qu'elle livrerait à Québec à l'automne. Son premier spectacle solo.

Croyaient-ils que je m'envoyais en l'air dans cet Europe de tous les plaisirs ? Comment auraient-ils pu imaginer un seul instant que je fuyais un danger dont j'ignorais la gravité réelle, en compagnie d'une femme dont j'étais tombé amoureux au premier regard ? Je pouvais à peine le croire moi-même

Je me couchai très tard après avoir bu quelques scotches et devisé avec trois étudiantes françaises qui allaient passer deux mois chez les Grecs. Si tard que je ne me réveillai que vers dix heures. Elena n'était plus là. Mon cœur cessa de battre. Je me levai d'un coup et me précipitai dans le grand salon. Elle n'y était pas. Je la retrouvai dans la salle à manger où elle sirotait un café fort.

— Tu ronfles toujours aussi fort ?

— Mais, je ne ronfle pas…

— Alors qui était ce type qui dormait au-dessus de moi ?

— J'ai un peu mal à la tête, fis-je en me tâtant l'occiput.

Les Françaises étaient assises pas loin. Elle me saluèrent de la main.

— Tes sœurs ? interrogea Elena à qui ces amabilités n'avaient pas échappé.

Je fis celui qui n'a pas compris. Elle poursuivit.

— Les filles de Mireille Latour ?

Ma belle Italienne savait mordre

— Elles me suivent depuis Montréal. C'est comme ça. Quand on m'a un peu pratiqué, on ne peut plus s'en passer.

Elle sourit un peu, puis éclata franchement de rire. J'étais ravi.

Je commandai un café et des croissants. On nous apporta une cafetière et une petite corbeille pleine de petits pains et de croissants chauds.

Patras se profilait à l'horizon quand nous achevâmes notre petit déjeuner.

Nous n'avons pas beaucoup parlé entre Patras et Athènes. Le somnifère qu'Elena avait absorbé la veille devait être drôlement puissant, car elle somnola pendant une partie du trajet. J'en fit autant de mon côté et passai le reste du temps à observer l'aride campagne achéenne et les bateaux qui se dirigeaient vers le canal de Corinthe.

Je me laissai guider par Elena dans cette Athènes étouffante et bruyante. L'air était à peine respirable au centre-ville. Elena proposa de louer une chambre dans un petit hôtel, rue Erehthiou, non loin de l'Acropole, de la Plaka et de la colline Filopapou.

Athènes n'est pas une belle métropole. Il s'en faut de beaucoup. Elena me l'avait dit et je ne l'avais crue qu'à moitié, tant était forte, imprimée dans mon cerveau, l'image magnifiée de cette ville.

J'imaginais la cité de Périclès resplendissant de tous ses marbres sous un soleil d'or et un ciel de rêve. J'étais loin de m'imaginer qu'elle n'était finalement qu'une grosse fourmilière bétonnée, bruyante, et étouffant sous un smog nauséabond et toxique.

Le *Artist's Pension* se présentait comme un petit établissement de catégorie modeste, situé sur une rue tranquille, et de la terrasse duquel on pouvait voir une partie de l'Acropole. Un petit hôtel fréquenté surtout par des peintres et des écrivains. Elena avait rencontré le propriétaire à Rome lors d'une exposition des œuvres de Manolakis.

On nous informa d'abord que l'hôtel était complet, puis, Elena ayant réussi à parler à notre hôte, on nous donna une large chambre avec deux lits, et dont la porte ouvrait sur un salon où les clients venaient prendre leur petit déjeuner et siroter un dernier Metaxa en fin de soirée. Je ralentis un peu la vitesse du ventilateur qui tournait en émettant un crachotement d'hélicoptère asthmatique.

La chambre sentait bon le lilas dont un bouquet était posé sur une petite table basse. Des reproductions d'œuvres d'art crétois ornaient les murs de crépi blanc. Par la fenêtre entrouverte, nous entendions la radio de la voisine.

Le propriétaire ne nous demanda pas nos passeports ni ne nous enregistra, bien que la loi l'y obligeât.

Après avoir déposé nos sacs et pris une douche, nous nous retrouvâmes dehors, direction la Plaka.

Elena n'avait pas été très causante depuis notre départ de Florence. Elle n'avait prononcé que les mots nécessaires jusqu'à notre arrivée à l'hôtel. Je ne la sentais absolument pas dans des dispositions de jeune mariée et, à tout prendre, moi non plus.

Mon désir s'était comme transformé en une douloureuse acceptation raisonnée de ma situation. Si elle ne faisait pas un geste, elle devrait vivre avec un eunuque psychologique. J'étais comme ça, dans la vie de tous les jours. Je connaissais les jeux de l'amour romantique et les jouais avec un certain talent. Je savais me satisfaire des élans du corps qui ne sauraient durer et qui se contentent de l'instant. Mais, en matière de rationalité affective, je me montrais génial. Je pouvais mourir à petit feu, me dessécher comme un fruit exposé au soleil, me sentir bête et lâche; je n'en continuais pas moins de réfléchir au partage des torts et, fatalement, acceptais d'en porter l'essentiel. J'ignorais comment cautériser une blessure d'amour mal traitée. Cela hantait ma vie et me faisait souffrir.

Or, il m'arrivait avec Elena quelque chose qui ressemblait à un vieil amour mal entretenu qui n'en finit plus de mourir. Sauf que celui-là n'avait pas encore vécu.

Elle me proposa de visiter l'Acropole. Une invitation formulée d'une voix un peu plus chaleureuse. Elle devait s'apercevoir que je n'étais pas un satyre et que je savais me comporter en aimable accompagnateur, en gentleman anglais, en brave type. À la première occasion, je lui expliquerais comment je me sentais et lui dirais que si effectivement je la désirais, je pouvais aussi contrôler mes pulsions, quitte à ce que cela me sorte un de ces jours par les narines. Elle me trouverait pitoyable. Tant pis !

Je n'aurais pu avoir meilleur cicérone. Elle connaissait son sujet par cœur et m'expliqua de façon fort intéressante l'histoire de ce lieu. Elle n'oublia pas d'insister sur le fait que les Anglais et les Américains avaient outrageusement pillé la Grèce d'une importante part de ses trésors archéologiques. Elle s'attarda devant des Cariatides entourées d'échafaudages, les observant en silence, l'air encore un peu plus triste.

Ce trésor archéologique s'effritait sous l'effet de la pollution. Les générations précédentes avaient laissé des traces de leur apport à la construction d'une humanité en perpétuel conflit avec elle-même. Il nous faudrait un siècle, tout au plus, pour anéantir ce qui avait su résister jusque-là à l'érosion du temps.

Si l'Acropole était un monument impressionnant, voire émouvant, je fus plus séduit encore par le village qui s'étale à ses pieds et qui s'étage autour de la colline.

Le « vieil Athènes » avait été rénové et nettoyé jusqu'à ce qu'il devienne aussi propre et aussi aseptisé que Disney-world. Ce vieux quartier était absolument délicieux. Il correspondait beaucoup mieux à la Grèce que je désirais voir. Elena semblait se détendre en marchant dans ces petites ruelles sinueuses et ombragées. Un autre monde, à des centaines de kilomètres du monstre urbain qui s'agitait en contrebas. Nous décidâmes de dîner à la terrasse d'une taverne, sous une tonnelle de rosiers grimpants.

Nous mangeâmes des dolmades, des darnes d'espadon cuites au feu de bois, et des baklavas. Nous bûmes du vin blanc de Paros, et Elena se révéla un tout petit peu.

Elle me demanda d'abord ce que Freddy avait bien pu dire sur son compte. Je le lui rapportai. Elle confirma ces informations mais n'en dit pas davantage sur sa jeunesse au Chili. Elle avoua cependant que le sénateur Luciano s'occupait d'elle depuis mille neuf cent soixante-treize. Il la considérait comme sa fille, et elle lui vouait le respect que l'on doit à un père généreux et plein de tendresse. Elle avait presque huit ans quand il l'avait accueillie.

— J'en ai maintenant vingt-six, avoua-t-elle en esquissant une moue.

— Douze de moins que moi.

Je déployai instinctivement une stratégie de confidence pour confidence, d'aveu pour aveu. Elle me regarda avec aux lèvres ce petit sourire bizarre, un peu triste, qui me forçait chaque fois à me demander ce qu'elle pensait.

— Je suis venue en Italie après un court séjour à Montréal.

— À Montréal !

— Ma cousine connaissait quelques Québécois avec lesquels elle correspondait occasionnellement. Parmi eux, le professeur Boulanger.

— Le sociologue ?

— Il nous a hébergées, ma cousine et moi. Je crois qu'il était un peu amoureux d'elle. Il l'avait rencontrée à

Santiago, l'année avant le coup d'État fasciste. Tu as étudié avec lui ?

— J'ai suivi son cours « Sociologie des mouvements sociaux ». Il passait alors pour une espèce d'Althusser local. Il doit avoir soixante ans maintenant.

Membre de En lutte au cours des années soixante-dix, le professeur avait même pris une année sabbatique pour travailler dans une usine, comme c'était la mode chez les intellectuels marxistes-léninistes de l'époque.

Contrairement à bon nombre de ses collègues, et à contre-courant du corporatisme universitaire, le professeur Boulanger tentait toujours de mettre en pratique les idéaux auxquels il continuait d'adhérer.

Je me maudis de ne pas avoir cultivé l'amitié de cet individu honnête et loyal qui ne sacrifiait pas ses convictions les plus profondes à la mode du moment. Elena fut ravie d'apprendre que le professeur gardait la forme. Elle ne manifesta aucune surprise quand je lui dis qu'il se passionnait maintenant pour l'écologie et qu'il animait un groupe de réflexion politique axé sur le socialisme autogestionnaire. Elle ne le fut pas davantage quand je lui appris son mariage avec une Péruvienne et l'adoption des deux jeunes enfants d'un couple brésilien assassiné par un escadron de la mort.

— C'est un homme très généreux, conclut Elena avec, dans la voix, quelque chose qui ressemblait beaucoup à de l'émotion.

Je n'osais l'interroger sur ses liens avec Ibrahim, sur les circonstances de leur rencontre, sur le rôle qu'il jouait dans sa vie. Je choisis plutôt d'orienter la conversation sur ses activités artistiques, me disant que le reste viendrait bien à son heure.

— La partie la plus importante de ma vie. L'art exprime notre véritable nature, le meilleur de nous-mêmes. Quel merveilleux moyen de communication ! Il permet d'avouer ce que nous ne saurions dire autrement. Elena fit une pause et poursuivit. Parce que, parfois, ce que nous ressentons ne saurait s'exprimer que par sa médiation.

Elle me parla de la danse, et je voyais bouger son corps. Je me taisais, la laissais parler. Je me contentais de regarder remuer ses lèvres, de voir les étoiles dans ses yeux, de suivre le mouvement gracieux de ses mains et, surtout, d'écouter sa voix qui ressemblait à l'apaisant ramage d'un oiseau chanteur.

Elena devenait moins farouche. Cette conversation la mettait en confiance. Elle me rappela qu'Ibrahim nous avait recommandé de ne jamais rester longtemps au même endroit. Nous décidâmes de quitter Athènes le lendemain.

— Et si nous allions faire une sieste ?

Elle me prit la main et mon cœur déborda soudain des sentiments les plus doux.

Nous marchions lentement, suivant, pour faire durer notre plaisir, l'itinéraire sinueux des sentiers ombragés du parc Filopapou. Elle me parla de choses et d'autres, m'interrogea sur le Québec, s'amusa de mon accent, m'avoua qu'elle ne vivrait pas dans cette Amérique du Nord qu'elle jugeait hypocrite, aussi dangereuse que peut l'être une adolescente gâtée, inconsciente du mal qu'elle peut faire. Nous dégustâmes des glaces. J'avais oublié la tempête qui menaçait et me laissais porter par cette indéfinissable douceur qui naît du bonheur d'aimer.

— Que ressentent les anges quand ils font l'amour ? lui demandai-je candidement après que se fut calmé le tourbillon qui nous avait emportés là où plus rien n'a d'importance.

— Rien. Ils n'ont pas de sexe, marmonna-t-elle avant d'enfouir la tête dans son oreiller

— Le tien sent la fleur d'oranger.

Elle ne répondit pas. Elle dormait.

Nous avions fait l'amour goulûment, avec cet appétit qui appartient aux corps qui se découvrent. Ma mauvaise conscience me suggérait qu'elle s'était sentie un peu obligée de faire un geste. J'avais même été à un cheveu de

dire une énorme bêtise comme «Te sens pas obligée...».
Je m'étais retenu à temps. Le machisme prend toutes sortes
de formes. Le mien est pitoyable, de la pire espèce, celle
qui s'autoflagelle et qui peut facilement être interprétée par
une femme comme du mépris.

La vérité, c'est que nous ressentions, tous les deux, un
énorme besoin de tendresse. Nous avions besoin du contact
rassurant des corps qui se touchent. Nous avions besoin de
baiser pour bien nous prouver que nous étions vivants, bien
vivants.

Ce ne fut pas un déchaînement des passions sauvages.
Nous ne baisâmes pas comme des animaux en rut. Ce fut
très doux. Un discours des mains et des lèvres. Une har-
monie de sensations à la fois apaisantes et excitantes.

Nous ne naviguions pas sur la crête des déferlantes
océanes, mais sur la rondeur lactescente des ondulations
d'une rivière. Nous traversions des plages d'eau calme et
descendions des torrents impétueux.

Dans un sens, nous fîmes l'amour pour nous rendre
service, par compassion, parce que c'est à cela que doivent
servir les corps quand les mots ne sont plus suffisants. Elle
ne me dit pas une fois «mon chéri» ou «je t'aime». Elle
me guida vers elle, et c'était encore plus loin qu'en elle.
Elle m'imposa le langage de son corps et s'efforça de comprendre les accents du mien. Elle murmura des mots sans
suite. Elle soupira. Nous nous exprimions par cette espèce
de glossolalie un peu rauque qui accompagne le dérègle-
ment des sens.

Je me levai sur la pointe des pieds, enfilai mon pantalon et descendis prendre l'air, moins par besoin que pour
la laisser sommeiller.

Il était dix-sept heures et Athènes achevait sa sieste.

Une librairie vendait des journaux internationaux, à
dix minutes d'où nous logions. Je m'y rendis d'un pas
léger, savourant le bonheur qui, finalement, semblait vouloir me sourire.

Même si la ville ne possède qu'un charme très relatif, je m'attardai un peu à observer les gens qui vaquaient à leurs occupations, l'architecture des maisons, les marchandises dans les vitrines. De temps à autre, je passais devant de petits cafés où de vieilles personnes sirotaient un ouzo, un jus, ou un thé. Des odeurs de grillade montaient à mes narines. Le trafic sur les boulevards était absolument atroce.

À l'angle des rues Dimitrikapopoulou et Leoforos Singrou, une agence locale annonçait la location de voitures à des prix imbattables. C'était sans doute celle que nous avait recommandée notre hôtelier. Le commis me reçut avec courtoisie. Il se nommait Démosthénès et s'exprimait dans un sabir coloré où le grec côtoyait l'américain, le français et l'allemand. Il construisait des phrases sans verbe et semblait me comprendre sans difficulté.

Je choisis finalement une Fiat Panda presque neuve et lui demandai de venir la livrer à mon hôtel. Il me promit qu'elle y serait dans une heure, me confirmant en même temps qu'il était le loueur attitré de la maison.

Si la plupart des gens entraient et sortaient de la librairie sans trop s'y attarder, quelques personnes, sans doute des touristes, feuilletaient des revues et des quotidiens en langues étrangères. Tous les journaux faisaient leur une avec la tension qui montait au Moyen-Orient. On parlait de déplacements de troupes en Israël et en Syrie. Des ténors du Likoud menaçaient d'expulser tous les Palestiniens des territoires occupés. Les Égyptiens, Saoudiens et Iraniens avertissaient Israël qu'ils ne resteraient pas indifférents si ces menaces étaient mises à exécution. James Baker était à Tel-Aviv, dans le cadre d'une mission imprévue. Les États-Unis avaient formellement averti leur allié de ne pas se lancer aveuglément dans une aventure qui risquait de leur coûter très cher.

En première page du *Monde* et de *USA Today*, des articles faisaient état du fait que le général Ben Yoseff et deux Américains avaient effectivement été tués dans l'explosion de *La Rose des sables*. Le *Jerusalem Post* titrait : « Qui a tué le général Chlomo ? » À Tel-Aviv, la droite israélienne mobilisait, et recherchait l'affrontement avec les Palestiniens de Gaza et de Cisjordanie. Interrogés, les dirigeants du Likoud et les travaillistes refusaient de commenter cette information.

Le journal *Libération* allait un peu plus loin. Le journaliste qui couvrait cette affaire affirmait tenir de source sûre que le général Ben Yoseff avait été tué par un missile sol-sol qui avait atteint *La Rose des sables* de plein fouet. L'auteur de l'article ajoutait que, selon ses sources, il se pourrait qu'une personnalité très proche du président des États-Unis ait également été tuée dans l'attentat. En page quatre, le journal soulignait que tous les soupçons portaient sur une organisation palestinienne membre de l'OLP. L'article ne mentionnait pas laquelle mais soulignait que depuis quelques jours, l'OLP resserrait de façon considérable les mesures de sécurité autour de ses principaux représentants en Europe.

J'allais repartir avec *Newsweek*, *L'Express* et *Le Monde diplomatique* quand le nom du sénateur Luciano, en première page de *La Stampa*, attira mon attention. Une photo illustrait le texte : les ruines de ce qui ressemblait à une maison de campagne. Celle où j'avais été conduit, j'en étais certain.

Un homme feuilletait un magazine sportif italien. Il parlait un peu anglais. Je lui demandai de traduire la légende qui accompagnait la photo. « Trois personnes périssent dans l'incendie de la ferme du sénateur Luciano ». Vous connaissez le sénateur ? s'enquit mon traducteur. Je grommelai un vague remerciement et partis sans plus attendre.

Je m'étais absenté plus longtemps que prévu. Elena m'attendait dans le petit salon qui jouxtait notre chambre. Elle sirotait un Campari soda et semblait un peu nerveuse. Elle me demanda d'où je venais.

— Besoin de prendre l'air. J'ai loué une voiture.

— Ibrahim a téléphoné. Il insiste pour que nous quittions Athènes le plus tôt possible.

Comment savait-il où nous étions ? Je gardai cette interrogation pour moi.

Elle me proposa d'aller en direction du Péloponnèse jusqu'à Monemvasia, d'où nous pourrions prendre un bateau ou l'hydrofoil pour les îles. J'étais crevé. Je lui proposai de rester un jour de plus. Elle accepta

Elena ne semblait pas savoir ce qui s'était passé à la ferme du sénateur Luciano. Si Ibrahim avait jugé préférable de ne pas l'en informer, je devais garder pour moi les informations que je possédais. Ce que je fis.

XIV

La veille de notre départ pour le Péloponnèse, Elena m'invita à souper dans un restaurant japonais de la Plaka. Un repas copieusement arrosé de saké. L'établissement servait une cuisine raffinée à une clientèle composée presque exclusivement d'Asiatiques.

Je m'étais confié un peu plus, lui expliquant ma mélancolie, un peu comme j'exprimais mes angoisses existentielles à Rimbaud ou à Julie. J'étais tout étonné de me raconter ainsi à une femme que je connaissais si peu. Elle m'écoutait, ne comparant jamais ses états d'âme aux miens, comme le font si souvent les individus dont l'intérêt premier est tout entier tourné vers leur personne.

Combien en avais-je connu de ces égocentriques plongés dans la contemplation de leur nombril et n'exprimant qu'un intérêt limité pour les autres, leurs projets, leurs douleurs, leurs désirs ?

Je ne pouvais plus supporter ces gens qui n'en finissent plus de tenir l'humanité responsable de leurs bobos réels ou imaginaires et qui recherchent dans les compliments la confirmation de leur unique certitude: celle d'être le centre de l'univers, les seules personnes à qui il vaut la peine de s'intéresser. Je n'en pouvais plus de supporter l'égoïsme yuppie qui, parfois, s'abrite derrière une facade discursive empreinte d'une générosité à faire mouiller Mère Teresa.

Si on pense à l'énorme tension qu'elle subissait, Elena faisait preuve d'une force de caractère peu commune. J'ignorais ce qu'avait pu lui dire Ibrahim. J'imagine qu'il s'était enquis de ma performance d'accompagnateur de choc, l'avait réconfortée et encouragée à ne pas s'inquiéter.

Elena semblait comprendre mes états d'âmc et le cafard qui les accompagnait. Elle ne s'en formalisait pas. Elle se montrait remarquablement empathique. Comme si mes petits problèmes lui permettaient d'oublier un peu les siens.

En réponse à ses questions touchant ma famille, je lui avais parlé un peu plus de Rimbaud et de Julie. Je lui avais aussi souligné l'importance de Mamie dans ma vie. Cela sembla d'abord la laisser relativement indifférente. Elle s'intéressa davantage à mes activités et m'interrogea sur les mouvements sociaux québécois, en particulier sur le mouvement féministe.

Elle faillit me parler de ses rapports avec Ibrahim et le sénateur Luciano mais n'en fit rien. Je pense qu'à ce stade, nous avions trop bu. Nous étions tous les deux très tendus. Nous ne fîmes pas l'amour ce soir-là. Elle se coucha et me pria de la laisser seule.

Je restai quelques heures à ronger mon frein sur la terrasse de l'hôtel en compagnie de deux couples californiens. Nous discutâmes d'environnement, de l'éthique politique américaine, de Bouboulina, la fougueuse héroïne de la guerre d'indépendance grecque, et des Amazones.

Une des filles enseignait l'histoire à Berkeley. Elle nous servit un discours passionné sur le courage féminin et la capacité guerrière des femmes. Elle nous fit remarquer que de nombreuses femmes furent chefs de guerre et qu'il existait une parenté certaine entre Penthésilée, la reine amazonienne qui combattit avec les Troyens, et Bouboulina.

Provocante, elle conclut en soulignant que, là comme ailleurs, les mâles avaient systématiquement occulté le rôle des femmes dans l'histoire. Je lui demandai s'il était exact que les Amazones se coupaient un sein pour tirer plus facilement à l'arc. Je soupçonnais que cette question pouvait nous conduire très loin et, même si je n'étais pas dans des dispositions pour m'y rendre, je ne pus résister à l'envie de lui décocher cette flèche un peu empoisonnée. « Et, comme les autres femmes, elles s'arrachaient aussi le cœur pour élever leurs enfants », répondit-elle d'un trait en me regardant droit dans les yeux. Je lui répondis que j'étais d'accord avec elle et changeai de sujet. J'étais tout à fait sincère.

Ils m'offrirent à boire. J'acceptai quelques Perrier citron tandis qu'ils vidaient une bouteille de Metaxa cinq étoiles. Je revins dans la chambre à une heure du matin, aussi éveillé que si je venais de me lever. Elena pleurait.

Je ne lui posai aucune question, me contentant de m'asseoir sur le lit et de lui caresser la nuque. Elle regardait fixement devant elle et ne disait rien. Les larmes coulaient sur ses joues et venaient mouiller l'oreiller qu'elle tenait entre ses jambes repliées. Elle posa finalement sa tête sur mon épaule en reniflant comme une cocaïnomane.

— Si on partait tout de suite, finit-elle par proposer dans un demi-sanglot.

— Tout de suite ?

— Tout de suite après avoir bu un café, concéda-t-elle.

— Comme tu veux.

Je ne voulais pas l'interroger sur les motifs de cette immense tristesse. Elle avait mille et une raisons de pleurer. Je ne voulais qu'être à la hauteur de ses besoins. Lui donner toute la tendresse nécessaire à ce moment précis.

— Et si on allait voir quelque chose d'exception-nellement beau ? Elle posa sa main sur mon poignet et le serra à s'en faire blanchir les phalanges. J'aimerais voir se lever le soleil sur Épidaure.

Elle prit ma main et fit tourner l'anneau que le vieux gitan m'avait confié. Je me sentais paternel.

— Bonne idée ! fis-je en y mettant autant d'en-thousiasme que je le pouvais. C'est quelque chose que j'ai toujours voulu vivre, depuis que je suis haut comme ça.

Parfois, je savais y faire. Elle esquissa un mince sourire.

— Le temps de prendre une douche. Je connais un café ouvert toute la nuit au Pirée. Je peux conduire, si tu veux.

— Tu conduis un bout et je fais le reste. Ça te va ? Te sens-tu assez en forme pour attaquer la première étape ?

Elle fit oui de la tête et s'enferma dans la salle de bain.

Nous arrivâmes à Épidaure vers cinq heures trente. Elena avait conduit presque tout le temps et j'avais récupéré un peu de mon retard de sommeil. Le propriétaire du café avait accepté de nous céder à prix d'or un vieux thermos contenant deux litres de café, et quelques pâtisse-ries très sucrées. Nous bûmes presque tout le contenu du thermos et avalâmes les pâtisseries. Je me sentis vite éton-namment en forme.

Elena me dit que nous pourrions louer un bateau à Monemvasia et, de là, aller jusqu'en Crète en faisant des sauts de puce d'île en île. Elle voulait aller du côté des Cyclades, voir Spetsai, Paros et Santorin. Elle ne tenait pas à Mykonos. J'acceptai d'autant plus facilement son itiné-raire que je n'y connaissais rien. Dans les circonstances, il me suffisait d'être avec elle pour me sentir heureux. Elle me proposa finalement de consacrer plus de temps à la Crète.

Nous terminâmes le café à Épidaure, serrés l'un contre l'autre sur la dernière marche de l'hémicycle. Nous nous y étions rendus en suivant un sentier éclairé par des lampadaires, à travers une forêt de cyprès, de pins et d'eucalyptus. J'aurais préféré être seul avec elle sous la lumière opaline de la lune. Ce qui n'était pas le cas puisque près d'une cinquantaine de personnes, de jeunes routards pour la plupart, campaient littéralement sur place.

Je brûlais d'envie de lui faire l'amour, là, immédiatement, comme un satyre qui vient d'attraper une nymphe. Je la sentais si proche, et si lointaine. Si émue aussi. Elle avait glissé ses mains sous un vieux pull gris et tenait ses genoux serrés. Je la pressais contre moi pour lui communiquer un peu de ma chaleur.

Dans la fraîcheur de la nuit grecque, loin des affaires humaines, hors du temps, nous écoutions la rumeur de l'histoire et la stridence des criquets. J'avais vraiment l'impression d'entendre murmurer les anciens, tandis que, lentement, comme un cadeau des dieux, un rayon de soleil perçait la nuit blafarde, puis un autre et un autre. L'encre du ciel se teinta de mauve et de vert. Il rosit imperceptiblement. Puis, le soleil émergea paresseusement, imposant son humeur aux choses et aux êtres qui ne savaient plus sur quelles couleurs se fixer.

Elena se pencha vers moi et, tout doucement, posa ses lèvres sur les miennes, comme pour sceller notre sort, comme pour s'excuser de s'être introduite sans avertissement dans ma petite vie plate. J'avais le sentiment de vivre un moment exceptionnel. Je m'abandonnai à ce baiser presque chaste comme s'il devait être le dernier souvenir de mon séjour sur cette Terre.

Quand le soleil cessa d'être poème et entama sérieusement sa prose quotidienne, celles et ceux qui étaient là se levèrent presque dans un même mouvement. La société des amateurs d'aubes romantiques comptait au moins un autre Québécois. Je l'identifiai facilement, il fut le seul à applaudir.

Je le remerciai intérieurement de se distinguer avec tant d'à-propos.

Nous louâmes une chambre face à la mer, dans le petit port d'Épidaure. Puis nous fîmes l'amour comme des amants fugueurs en y investissant ce qui nous restait d'énergie. L'air tiède entrait par les fenêtres et la porte du balcon grande ouverte. Les rideaux voletaient sous l'effet de la brise marine. Nous nous endormîmes par inadvertance et fûmes réveillés, tard en fin d'après-midi, par le tonnerre qui grondait, la pluie qui entrait en trombe dans notre chambre, et des escadrons de moustiques affamés.

Les Grecs faisaient la fête. Il ne pleuvait pas souvent dans cette région, et cette mousson, malgré ses inconvénients, était presque une bénédiction. L'eau descendait en torrents boueux. Elle se précipitait dans la mer et traçait dans le bleu du port un cercle ocre qui allait s'élargissant au fur et à mesure que l'orage l'alimentait.

Les commerçants balayaient l'eau qui s'infiltrait sous le porche de leur établissement. Certains posaient de vieux tapis devant les portes pour faire dévier la course des cascades qui dévalaient les rues et les trottoirs. Les enfants pataugeaient dans ce bonheur liquide, comme ceux du nord dans la neige neuve un lendemain de tempête.

— De qui tiens-tu cet anneau ?

Nous étions installés à la terrasse d'un restaurant, face au front de mer. Une odeur d'après-pluie flottait dans l'air. Cela sentait propre, léger, frais. L'ozone avait filtré les vieilles odeurs et donné une vigueur nouvelle aux parfums végétaux. Des viandes et des poissons grésillaient sur les feux de bois et leurs arômes confondus donnaient du corps à la subtilité de la symphonie olfactive.

Nous buvions du vin résiné en grignotant une salade de concombre, des olives et une entrée de poulpe mariné.

— D'un vieil homme, en Camargue. Il ne m'appartient pas. Je lui expliquai dans quelles circonstances on me l'avait remis.

— C'est très étonnant. Je connais quelqu'un à Pise qui en possède un semblable. Puis-je le voir d'un peu plus près.

Je le lui tendis.

— Remarquable. On dirait qu'il y a tout un monde dans ces entrelacs. Et ça change sans cesse, suivant la façon dont on les regarde. Elle glissa l'anneau à mon doigt.

— C'est un anneau magique fabriqué par des elfes, fis-je.

Je me souvins d'Andréa et de son frère, du Pépé.

— Et cette Mamie, elle est comment ?

— Elle est très jolie. Un visage de madone, des traits un peu asiate. Des yeux turquoise. À peu près ta taille et un peu plus de deux fois ton âge. Un puits de sagesse. C'est une femme absolument exceptionnelle. J'ai été très amoureux d'elle. Je le suis toujours, mais d'une façon différente.

— J'aimerais bien que quelqu'un m'aime de cette manière quand j'aurai son âge.

Je faillis dire une bêtise. Je soutins son regard et elle dut lire dans mon sourire ce que je ne savais lui exprimer.

— Ton ami est un poète assez remarquable. Dommage qu'il ne soit pas plus connu à l'étranger. Sa poésie provoque... comment dire... le même sentiment que cet anneau. Elle est mystérieuse. À géométrie variable. À multiples sens.

— C'est un grand poète. Je pense qu'il ne sait rien faire d'autre que de la poésie.

— Il ne fait rien d'autre ? Il n'enseigne pas comme la plupart des poètes que je connais ?

— Il livre du courrier à vélo.

— À vélo... ?

— Julie prétend que nous souffrons lui et moi du complexe de Janus.

— C'est une des plus vieilles et des plus importantes divinités du Panthéon. C'est le dieu des origines. On le représente avec deux visages. Les deux faces d'une même personne.

— Rimbaud et moi, c'est un peu ça. Les deux faces d'une même personne. Lui, le fils d'une bonne, génial et anarchique, le poète sans complexe, l'être le plus libre que je connaisse. Moi, le fils d'un bourgeois aliéné, un peu éclectique, qui n'est nulle part chez lui et souffre d'un sentiment permanent d'insécurité économique et affective. Nous partageons nos différences et sans doute aussi un certain nombre de points communs. Nous partageons l'affection de Julie et de Mamie. Je l'empêche de faire des conneries. Il m'aide à ne pas sombrer dans la grisaille qui me guette.

Un couple entra. Ils avaient sensiblement le même âge qu'Elena et moi. Peut-être un peu plus. Elle devait être dans la jeune trentaine, et le type bien engagé dans la quarantaine. Nous les avions aperçus en longeant le quai de la marina. Ils naviguaient sur un ketch en bois de douze mètres battant pavillon anglais. Ils nous avaient salués et souri gentiment. Ils s'installèrent à la table voisine et commandèrent de la bière. Leur arrivée perturba notre conversation et mit Elena un peu mal à l'aise.

On nous apporta les côtelettes d'agneau, les tomates farcies et le riz que nous avions commandés. Nous terminâmes notre repas en parlant de littérature et de ce que nous souhaitions visiter au cours des prochaines semaines.

•

Elle était assise sur une vieille pierre qui avait dû appartenir à l'une des maisons qui hantent la haute-ville. Elle avait noué ses cheveux en chignon et le vent agitait ses mèches rebelles.

Je me tenais un peu en retrait et ne pouvais la quitter des yeux. Il y avait quelque chose de surréaliste et de prémonitoire dans le champ de ruines qui nous entourait. Seule une petite église byzantine était restée debout, défiant le temps et les intempéries.

Monemvasia est le lieu le plus extraordinaire et peut-être le plus beau de tout le Péloponnèse. Un endroit remarquable, magique, fabuleux, qui fut occupé tour à tour par les Turcs, les Vénitiens et les croisés. Même le Vatican en revendiqua, pendant une très brève période, la propriété.

La région où est située cette île-forteresse produisait le célèbre vin de Malvoisie et c'est là que se trouve la maison de Yannis Ritsos, un des plus grands poètes de la Grèce contemporaine.

La haute ville fut complètement dévastée par la dernière vague de conquérants et il n'en reste que des lambeaux recouverts d'un maquis rachitique, des mystères et des fantômes dont on devine la plainte si on tend bien l'oreille. Ils nous parlent de la beauté des choses, de la joie de vivre, même sous de difficiles contraintes, d'amour et d'ivresse. Ils nous parlent de la guerre, du bruit des armes, de larmes, de pillages et de viols. Ils nous parlent des choses humaines.

Ils gémissent avec la voix du vent et les mouettes crient le nom des personnes disparues en tournoyant sans cesse au-dessus des falaises. Parfois, on entend les spectres maudire les dieux dans la langue de tonnerre qui disait la haine en des temps révolus.

Nous étions là depuis deux jours et logions dans la basse-ville. Nous avions pu louer un splendide appartement dans un complexe hôtelier aménagé à l'intérieur d'une douzaine de maisons rénovées dans le respect strict des constructions originales.

Nous occupions le deuxième étage de l'immeuble étroit, adossé à la falaise. La salle de séjour ouvrait sur une terrasse surplombant la mer. La grande chambre jouxtait une salle de bain sculptée dans le roc. Les planchers étaient en marbre blanc veiné de rose. Des toiles et des tapisseries réalisées par des artistes locaux formaient des îlots de couleurs sur les murs immaculés. Nous pouvions faire brûler quelques branches d'arbres fruitiers dans un petit âtre. Le bonheur.

J'aurais voulu ne jamais quitter cet endroit. Me contenter de ce qu'il avait à m'offrir. Elena partageait visiblement le même plaisir. Nous n'étions pas un couple en voyage de noces, mais plutôt des époux assagis, privilégiant moins la turbulence des sens que le rythme doux du temps qui passe. Nous n'avions fait l'amour qu'une seule fois depuis notre arrivée dans ce village du bout du monde, sans réelle passion mais avec beaucoup de tendresse.

Elena prétextait des règles douloureuses pour expliquer son manque d'empressement face à mes avances. J'aurais voulu lui dire qu'il y avait d'autres manières de baiser. Je ne le fis pas.

J'ai toujours accepté d'inféoder mon désir à celui des femmes. Cette rationalisation me fait souffrir, d'autant plus que je ne suis pas convaincu qu'elle soit une réponse correcte à ce qui la justifie.

J'ai été éduqué dans une culture où l'expression physique de l'amour humain est vu comme le résultat d'une conquête. Comme l'obligation d'une femme envers celui qui l'entretient. Comme une façon de conserver une indispensable sécurité affective. Cela me blesse profondément et gèle mes élans. Je suis un romantique absolument incurable qui ne trouve son bonheur que dans l'amour partagé.

Après avoir longtemps hésité, je m'étais finalement résigné à en parler à Julie. Elle m'avait écouté avec sympathie, puis elle avait conclu en disant qu'effectivement les femmes n'aimaient pas être violées, que ce soit brutalement, sournoisement ou autrement. Elle m'avait également dit que cela n'était pas nouveau et qu'elle était bien contente que son frère s'en soit aperçu. «Quand je veux baiser, je cherche un partenaire propre et en bonne santé qui en a aussi envie que moi. C'est pas plus compliqué que ça. Il n'est pas nécessaire que le cœur batte au même rythme que le cul. Ça se passe surtout en bas de la ceinture. Toi, tu magnifies trop la chose. Tu vises la relation stable, l'amour éternel. Tu crains de manquer de loyauté envers la fille si tu ne la sautes que pour le pur plaisir de la chose. Il n'y a rien de dégueulasse là-dedans. L'important, mon p'tit père, c'est la transparence des intentions et l'agrément mutuel. »

J'avais déjà su cela. Pourquoi l'avais-je oublié? Julie opposait-elle son cynisme un peu baveux à cette aliénation que je n'osais m'avouer par crainte d'en souffrir davantage?

Je ne lui avais pas demandé comment ça se passait avec Rimbaud. Je pense qu'ils avaient négocié une entente en vertu de laquelle ils conservaient leur entière souveraineté sur ce bout-là de territoire. Julie disait d'ailleurs qu'elle vivait avec lui dans un état de « souveraineté-association passionnelle ». Rimbaud avait toujours prétendu que la liberté était le lieu premier de la conscience, et que tout le reste « c'était d'la marde liberticide intellectualisée et institutionnalisée ». Miguel Guetta avait réveillé l'anarchiste qui sommeillait chez ma sœur. Ce qui était sans doute la condition de leur bonheur.

Mais cela ne réglait pas mes frustrations libidinales et ne me donnait pas de recettes compensatoires suffisamment satisfaisantes.

En soirée, Elena et moi reprenions sans cesse les mêmes petites rues étroites pour nous rendre dans l'un ou l'autre des bars et restaurants de l'île. Nous visitions les galeries et avions noué une relation amicale avec Peter et Mary, un couple d'artisans américains qui fabriquaient des cerfs-volants absolument magnifiques.

Ils faisaient tous deux partie de la grande famille hippie des glorieuses années soixante. Grand, plutôt costaud, Peter portait les cheveux longs noués en queue de cheval et une abondante barbe grise. Les grands-parents de Mary étaient grecs. Comme tant d'autres, ils avaient quitté leur Laconie natale pour fuir une misère devenue intolérable. La compagne de Peter était toute menue et laissait tomber ses cheveux noirs en cascades jusqu'à la taille. Elle concevait des cerfs-volants absolument délirants qu'elle ne vendait qu'à regret aux touristes et à des boutiques spécialisées de Londres, Paris, Rome et Athènes.

Peter et Mary étaient arrivés à Monemvasia en mille neuf cent soixante-dix, alors que le gros rocher dissimulait ses trésors sous un amas de ruine. Ils s'étaient liés d'amitié avec un archictecte et avaient travaillé à la reconstruction des premières maisons, tout au bout de l'île, face à la mer.

Pèlerins des temps modernes, disciples d'Aurobindo, ils avaient ensuite poursuivi leur route jusqu'à Auroville, en banlieue de Pondichéry, d'où ils étaient repartis pour les États-Unis.

Peter et Mary étaient revenus à Monemvasia au début des années quatre-vingt. Pour y habiter, cette fois. Ils ne pouvaient plus supporter la suffisance et l'arrogance américaines. Ils ne pouvaient plus tolérer la médiocrité reaganienne et celle dans laquelle se complaisaient les baby-boomers. Leurs amis étaient devenus *new-born christians*, *golden boys* sur Wall Street, technocrates sans cœur ni imagination, syndicalistes affairistes, psychanalystes et, en tout état de cause, malgré les apparences, parfaitement réactionnaires. Ils se défendaient d'avoir fumé du pot, d'avoir voulu faire la révolution, d'avoir baisé sans retenue. Ils s'excusaient d'avoir vécu. « *They were getting straight* », commentait Mary.

Peter et Mary avaient refusé de vieillir trop vite avec ces gens-là et choisi de mûrir lentement, ensemble, comme de grands enfants toujours capables d'émerveillement.

À l'occasion, j'empruntais la jetée qui reliait Monemvasia à la côte pour y glaner un peu d'informations. On n'y trouvait que peu de journaux. Cependant, je crus comprendre que les choses ne s'amélioraient pas au Moyen-Orient.

On avait confirmé la mort du général Ben Yoseff et de deux diplomates américains dont les noms n'avaient pas été divulgués. Les attentats se succédaient et les Palestiniens des territoires faisaient grève depuis une semaine.

En Israël, la cote des politiciens de droite était à la hausse et le leader de l'extrême-droite, le général Ouzi, attisait les flammes de la haine de façon systématique. Il se dégageait d'un article de *Newsweek* que l'on était au bord du gouffre et que seuls les appels pressants des leaders politiques américains et européens retenaient les armées qui piaffaient d'impatience.

J'appris aussi que le Mossad disait posséder des informations selon lesquelles un représentant palestinien à Paris, qui avait d'ailleurs mystérieusement disparu, pouvait être le cerveau de l'attentat meurtrier.

L'homme, que l'on disait très proche de Yasser Arafat, avait été vu en Italie, puis on avait perdu sa trace et celle de plusieurs autres Palestiniens connus pour faire partie de son entourage. Sans jamais le nommer, on faisait référence à Ibrahim. Je frémis à la pensée des hordes lancées à sa recherche. Une information que je pris soin de cacher à Elena.

Je la retrouvai au bar de l'hôtel. Elle parlait à un type dans la cinquantaine qu'elle me présenta comme étant Nikolaos, le capitaine d'un caïque, qui nous avait été recommandé par nos amis américains. Il était prêt à nous amener où nous voulions, à condition que ce soit lentement.

Il nous fit visiter son navire avant le dîner. C'était un voilier à la coque un peu plus large que ne le sont habituellement celles de ce type de bateau en usage sur la mer Égée. Il naviguait à voile mais possédait un puissant moteur Volvo flambant neuf.

Le *Cassandra* était un bateau aussi symphatique que son capitaine. Il avait été confortablement aménagé pour recevoir quatre passagers. Nous l'affrétâmes pour un mois.

Il fut convenu de lever l'ancre vers trois heures, ce qui nous laissait le temps de faire nos bagages, de dire au revoir à nos nouveaux amis et de casser la croûte. Je décidai d'écrire une lettre à Julie et à Rimbaud avant de partir.

XV

Malgré les recommandations d'Ibrahim, nous étions restés huit jours à Monemvasia. Huit jours partagés entre des moments d'intense bonheur et des périodes de silence symptomatiques de l'inquiétude qui nous rongeait.

Nous avions convenu tacitement de ne pas parler du Palestinien et du délicat contexte dans lequel il se mouvait. Faute de pouvoir changer quoi que ce soit, il ne nous restait qu'à respecter l'engagement que nous avions pris de ne pas faire de vagues et de nous contenter de jouer les jeunes mariés.

Nos silences, le désir fréquent d'Elena de rester seule face à la mer, témoignaient cependant de l'état de tension qui nous habitait.

J'avais écrit deux lettres, l'une à Rimbaud, l'autre à Julie. Je ne leur disais rien de compromettant si ce n'est que je naviguais dans les îles grecques en compagnie de la plus belle fille du monde.

Je félicitai Rimbaud pour ses succès littéraires et le taquinai à propos du prix qu'il avait refusé. Je leur parlai de Monemvasia et d'Épidaure et leur traçai une description très pastellisée, tant du décor que de mes activités quotidiennes. Je fis même exprès d'en ajouter, sachant que cela agacerait prodigieusement Rimbaud qui ne manquerait pas de dénoncer ma « guimauve épistolaire » et mes « élans cucus de romantisme débridé ».

Nikolaeos était fidèle au rendez-vous et nos amis américains avaient tenu à nous accompagner jusqu'au port. Le *Cassandra* avait fière allure et son capitaine semblait tout à fait enthousiaste à la pensée de prendre la mer pour les prochaines semaines. Nous appareillâmes alors que le soleil était à son zénith. Une légère brise gonflait les voiles, et des embruns irisés nous caressaient la peau. Après avoir prétexté une légère migraine, Elena se reposait dans notre cabine.

Le ketch anglais leva l'ancre quelques minutes après nous. Deux autres types accompagnaient le couple que nous avions croisé à Épidaure. Je demandai à Nikolaos s'il les connaissait. Il me dit qu'ils étaient arrivés à Monemvasia cinq jours plus tôt et qu'ils naviguaient sur le *King Arthus*, un bateau appartenant à un Britannique. Il me dit aussi qu'ils étaient absolument charmants et qu'ils l'avaient même invité à bord de leur navire. « Il m'ont offert un verre de scotch. Du Chivas », insista-t-il pour bien montrer qu'il ne fréquentait pas n'importe qui.

« La Méditerranée est une bien petite mer », me dis-je intérieurement. J'oubliai le *King Arthus* et son équipage pour me concentrer sur le cours accéléré de navigation que Nikolaos avait entrepris de me donner.

À un mille de la côte, le vent se fit un peu plus agressif et la mer un peu moins lisse. Nous laissions une île à bâbord pour en voir surgir une à tribord. Nous naviguions toujours en vue d'un îlot ou d'une étendue plus grande de roche ocre, à laquelle s'accrochait une maigre végétation rabougrie. Parfois, on devinait la tache blanche d'un monastère ou d'une église, accrochée à flanc de falaise ou construite comme un nid d'aigle tout en haut d'une montagne. Cela m'avait toujours fait sourire de constater combien il est important pour les curés, moines et moinillons, de se percher à des endroits inaccessibles, loin de la réalité humaine.

La civilisation occidentale était née ici, dans ce pays au paysage âpre, mais possédant paradoxalement le curieux pouvoir d'adoucir les aspérités de l'âme et la rudesse du cœur. Les montagnes abruptes et les vallées du continent, les milliers de rochers émergés de l'archipel, avaient vu naître les plus grands esprits et donné naissance à une civilisation si brillante qu'elle éclairait encore, en ces temps d'acier, la route sinueuse de l'humanité.

Pourquoi les Grecs n'avaient-ils pas su développer un empire ? Pourquoi une si grande partie de leur descendance s'était-elle éparpillée en une diaspora présente partout ? Quels mystères insondables, combien de Troie, se dissimulaient là, sous ces vieilles pierres assagies ?

Je regardais l'eau bleue fendue par l'étrave de notre voilier et je pensais à ce continent disparu que la légende nomme l'Atlantide. Par un curieux cheminement, j'en arrivai à me demander si les gitans n'étaient pas, finalement, les descendants de ce peuple. Je me rendis compte que je faisais tourner l'anneau autour de mon doigt. Je pensais à Mamie, et son visage se dessinait dans ma tête. Elle portait un casque de corail et un trident d'or. Elle me souriait comme Athéna avait dû sourire à Ulysse lorsqu'il naviguait de Charybde en Scylla. Je me laissais griser par cette image et j'avais l'impression d'appartenir à un autre temps, à une époque où les hommes conversaient avec les dieux et leur demandaient comment c'était, là-bas, très loin, dans le pays d'où ils venaient.

Les bras d'Elena se nouèrent autour de ma taille et je sentis son menton sur mon épaule.

— On rêve ?

Je mis du temps à répondre tant je m'étais laissé hypnotiser par l'eau qui glissait sur la coque rouge du caïque. Tout pourrait être si simple…

— J'appréciais la légèreté de l'instant.

— J'aime beaucoup quand tu parles la langue des poètes. À quoi pensais-tu ?

— À tout et à rien. Au temps qui passe. À l'importance de l'instant présent. À la futilité de nos actes. À l'intensité de nos passions. À la témérité de nos rêves. Au goût du désir. À l'amour. À la fatalité. À la fluidité de l'existence.

Je me retournai lentement et la pressai tout contre moi. Elle gardait les mains sur ma poitrine, défensivement. Elle leva des yeux timides vers mon visage.

— Je pensais qu'en ce moment tu es tout ce qui me raccroche à la vie.

— Je ne te crois pas, fit-elle en me repoussant légèrement. Elle s'appuya au bastingage. Ce qui nous raccroche à la vie, c'est l'espoir et… la mémoire.

Je pris bien mon temps pour savourer toute la signification de cette affirmation sibylline. Devais-je l'interroger, lui demander à quoi elle faisait allusion quand elle parlait ainsi de la mémoire ? Je choisis de n'en rien faire, me rappelant qu'il valait sans doute mieux laisser le temps faire son œuvre. Elle finirait bien par se livrer au moment opportun. Inutile de la braquer.

Nous restâmes quelques minutes comme ça, l'un à côté de l'autre, regardant la mer et la fuite des vagues. Puis Elena me demanda de la laisser seule. Je commençais à m'habituer à ses brusques changements d'humeur. Je lui adressai un sourire compréhensif, l'embrassai sur le front et la laissai là, à la proue du navire, comme une vigie de rêve.

Nous naviguâmes jusqu'à six heures et Nikolaos nous suggéra d'accoster dans la baie d'une île trop petite pour être habitée et située à une demi-journée de Spetsai.

Elena était maintenant de bonne humeur et m'invita à la baignade. Nous avions l'impression d'être les derniers habitants de la planète. Nous jouâmes comme des dauphins pendant presque une heure, nous amusant à rechercher les langoustes embusquées sous les rochers immergés. Il y en avait beaucoup. Elles nous firent un excellent souper. Cela devait constituer notre routine au cours des jours suivants.

Nous naviguions trois heures l'avant-midi et déjeunions dans une baie abritée. Nous levions les voiles en début d'après-midi et nous arrêtions à nouveau pour la sieste, le souper et la nuit. Nous restâmes deux jours à Spetsai, le temps de visiter cette île d'armateurs.

Notre itinéraire nous conduisit à Andros, à Kea, à Kitnos et à Serifos. Nous fîmes une escale un peu plus prolongée à Paros et à Antiparos. Nous marchâmes des heures dans les petites rues blanchies à la chaux, impeccablement propres, bordées de maisons construites les une sur les autres, comme un jeu de blocs géants. Nous allions boire des drinks exotiques à la terrasse de bars tenus, la plupart du temps, par des homosexuels. Nous regardions sombrer le soleil dans la Méditerranée, avant d'aller manger dans l'une ou l'autre des tavernas locales. Les employés nous prenaient vraiment pour de jeunes mariés et nous offraient parfois un coktail au nom de la maison.

Elena ne faisait jamais allusion à Ibrahim ou à l'une de ses inquiétudes. Elle était fermée comme une huître. Je m'étais ajusté à ses humeurs et avais définitivement accepté d'inféoder mon bonheur au sien.

Parfois, quand je brûlais de désir à la vue de son corps souple, de ses petits seins goûtant la vanille et de ses fesses rondes comme des melons, quand j'avais le goût de son sexe, quand ma bouche s'asséchait d'envie de la boire, quand des fantasmes de soudard germaient dans mon cerveau comme des fleurs empoisonnées, je me précipitais dans la mer et faisais des longueurs, ou j'allais me masturber discrètement afin de soulager un peu les douleurs de ma libido torturée.

J'étais amoureux d'Elena comme je ne l'avais jamais été d'aucune autre fille. Elle me donnait pourtant des satisfactions beaucoup moins grandes que celles qui m'avaient généreusement été consenties par ces autres filles. Elena me renvoyait à ma cohérence et me forçait à me rendre un peu plus loin dans l'affirmation de l'idée que je me faisais de moi-même. J'avais acquis l'intime conviction que si je l'avais brutalisée psychologiquement, si j'avais opposé ma normalité à la sienne, insisté plus qu'il ne le faut pour lui extraire des bribes de confidences, je l'aurais brisée.

Elle ne cherchait jamais à savoir ce qui se passait à l'extérieur de la petite planète où nous vivions. Elle ne faisait aucune allusion à Ibrahim, ni au sénateur Luciano. J'étais moi-même un peu moins pressé de connaître l'état du monde. Les rares journaux et revues que j'avais pu consulter rapidement confirmaient que la situation ne bougeait pas vraiment. Un journaliste du *Monde* avait écrit que l'on était dans l'œil d'un cyclone.

Nous avions croisé le ketch anglais à Naxos. Ses occupants nous avaient aimablement salués et invités à prendre un verre à bord. Elena avait préféré s'abstenir. Elle disait ressentir un malaise en présence de ces personnes.

Nous arrivâmes à Santorin en fin de journée. Nous entrâmes dans la baie où se trouve le célèbre cratère par le détroit séparant l'île de Thirassia de la pointe est de Thira. Un choc brutal. Un transfert dans un autre monde. Un recul dans le temps. Un paysage d'une incroyable splendeur. La topographie de cette île soufflée par plusieurs explosions volcaniques au cours de l'histoire défie l'imagination et exprime la volonté de l'être humain de s'accrocher à la terre qui l'a vu naître.

Spectacle fascinant, presque mystique que de pénétrer dans ce grand lac d'eau noire et calme qui semble sans fond, et duquel on s'attend à voir surgir quelque monstrueuse pieuvre. Ce gouffre liquide me séduisait, m'attirait, m'hypnotisait. Elena me confia qu'il produisait exactement le même effet chez elle.

Nikolaos avait baissé les voiles et le moteur tournait au ralenti. Il ne se délectait pas de cet environnement magique. Il nous observait plutôt, savourant nos réactions, comme un Texan celles de touristes français extasiés devant les splendeurs bétonnées de Houston.

Nous faisions face à une énorme muraille de roc et de lave percée ici et là de grottes effondrées ou aménagées en petits nids blancs. D'Oia jusqu'à l'autre extrémité de l'île, des villages immaculés brillaient au soleil comme autant d'anomalies dans ce décor dantesque.

J'étais soufflé, sans voix, ému jusqu'aux larmes. Mon paysage spirituel basculait dans ce creuset, comme si ce lieu torturé illustrait les tourments de mon âme. Quel spectacle !

Nous restâmes trois jours à Santorin. Nikolaos vaquait à ses affaires et il en profita pour aller faire réparer une pièce de moteur défectueuse. Il s'était rasé de près et vêtu de neuf. Il sentait l'eau de Cologne quand il nous quitta en nous prévenant qu'il s'absentait pour deux jours. Il allait visiter de la parenté, me confia-t-il, l'œil égrillard. Sans doute l'épouse d'un des nombreux armateurs qui habitent cette île du bout du monde. Il me faisait penser à l'Achille que Marion Zimmer Bradley décrit dans *La trahison des dieux* : un maquereau rusé, roublard, généreux et sympathique.

Nous nous promenions dans Santorin avec les autres touristes, empruntant parfois les autocars climatisés pour des visites guidées, ou montant dans les transports publics pour de courts trajets. Nous marchions beaucoup, nous arrêtant fréquemment pour contempler le cratère et l'insondable gouffre au pied de la falaise noire.

Nous passâmes notre deuxième nuit à Oia, à la pointe de l'île. Nous avions loué un appartement dans l'une des maisons troglodytiques qui ont été rénovées. Un joli petit appartement de deux pièces, fraîchement chaulé tant à l'extérieur qu'à l'intérieur, accroché à flanc de précipice, avec terrasse et vue imprenable sur le cratère à nos pieds.

Notre hôtesse, madame Niarkos, était une vieille araignée qui gérait son commerce avec l'autorité d'un général spartiate. Sa belle-fille au fourneau, ses filles à l'administration et au service à la clientèle, ses gendres et neveux à l'entretien, elle trônait comme une veuve noire au centre de sa toile, distribuant ses ordres d'une voix étonnamment douce.

Nous avions décidé de souper en tête-à-tête sur la terrasse de notre petite caverne. On nous servit de la salade de concombre, des feuilles de vignes farcies et des darnes d'espadon grillées. Nous bûmes de l'ouzo et un vin crétois très frais.

Nous avions été émus jusqu'aux larmes par la naissance de l'aube à Épidaure. Nous fûmes bouleversés par la poignante beauté crépusculaire que la nature nous offrait à Santorin. C'était comme si l'astre solaire s'immolait pour expier les innombrables, les innommables péchés de sa famille de dieux pervers. Comme s'il s'enfonçait dans la mer pour se laver de toutes les horreurs humaines dont il avait été témoin au cours de la journée.

Le spectacle de l'astre agonisant et les couleurs mortuaires dont se paraient les nuages en son honneur, l'opacité de plus en plus profonde du vide au-dessus duquel nous étions suspendus, l'étrange silence, tout cela contribuait à créer une atmosphère unique, indescriptible, génératrice des plus grandes émotions. Un opéra de Wagner mis en scène par Robert Lepage.

Une des filles de madame Niarkos vint allumer le gros lampion posé au centre de notre table. On allumait aussi des chandelles sur les autres terrasses. Des couples soupaient tranquillement, profitant comme nous de ces instants de rare félicité.

— Comment tant de beauté peut-elle générer des émotions aussi violentes ?

La question d'Elena me prit un peu au dépourvu.

— Sans doute parce que la beauté sécrète des sucs empoisonnés. Plusieurs des champignons les plus beaux sont mortels. Sans compter la beauté du diable. Et celle qui fait souffrir sans le vouloir.

J'avais ajouté cette phrase malheureuse sans même m'en apercevoir. Elle était téléguidée par la frustration. Je souhaitais ardemment qu'Elena ne m'en tint pas rigueur. C'était trop demander.

— Apollon lui-même fut un dieu extrêmement malheureux. Particulièrement en amour. Il tenta de séduire Cassandre, lui donnant le don de prévoir l'avenir. Quand cette dernière refusa de céder à ses avances, il la punit en frappant ce don d'une horrible malédiction: on ne la croirait jamais. Apollon est considéré comme le symbole de la beauté mâle. Les mâles s'attendent à ce que les femelles ne leur résistent pas, ou juste ce qu'il faut pour les exciter. Ils ne sont pas légion, ceux qui ont dépassé le stade primaire d'une identité qui tient à autre chose qu'à leur puissance sexuelle.

« Si les hommes pensent que tout leur intérêt tient à cette petite chose qui leur pendouille entre les pattes, c'est qu'il sont drôlement aliénés. Et lorsqu'ils font de cette petite chose un instrument de domination et d'humiliation des femmes, ils sont pitoyables. »

Elle me débita tout cela d'un ton posé mais tranchant, ses yeux rivés aux miens. Il y avait énormément de peine dans sa voix, et je compris que ce discours signifiait que ce qu'elle ressentait pour moi allait au-delà d'un intérêt poli. Elle pensait sans doute que je gagnerais à connaître cette blessure que le temps ne réussirait jamais à cicatriser tout à fait. Elle ne m'accusait pas. Elle ne m'envoyait pas paître. Elle ne m'abreuvait pas de son mépris. Elle me remettait en contexte, affirmant du même souffle qu'il m'appartenait de choisir mon camp et de mesurer la distance que j'avais franchie depuis que j'étais descendu de l'arbre.

Il me vint aussi à l'esprit que cette diatribe était trop lapidaire, trop démesurée, trop violente pour être une conclusion. Je pressentis que ce n'était qu'une préface.

— Je te demande pardon, fis-je, piteux. Pas de te désirer, précisai-je, combatif. De te rendre responsable de ma frustration, admis-je loyalement.

Je pense qu'elle apprécia que je ne me couche pas pour le compte ou que je ne lui présente pas mon ventre comme un chien capitulard. Je sentis que j'avais répondu correctement au piège de l'oracle et qu'elle allait m'ouvrir les portes de sa ville.

— J'avais huit ans quand les colonels ont trahi le peuple de mon pays avec la complicité active des Américains et, sans doute, du Canada. Huit ans. Une petite fille insouciante que ses parents aimaient comme on aime le cadet de ses enfants. Mon frère aîné avait vingt-deux ans et étudiait l'ingénierie à l'Université de Santiago. Il militait au MIR. Ma sœur était une très belle jeune femme de dix-neuf ans, inscrite en faculté de médecine. Elle n'était membre d'aucun parti; elle ne fréquentait que des artistes.

« Membre du Parti communiste et ami personnel de Salvador Allende, mon père travaillait auprès du ministre des Finances. Ma mère couvrait l'Amérique latine à titre de journaliste indépendante.

« Comme tu peux t'en douter, nous formions une famille petite-bourgeoise progressiste, liée à la révolution socialiste au Chili. Nous vivions bien, dans un grand appartement ensoleillé. Nous recevions toujours un tas de gens à la maison. "Des camarades", disait mon père. On y accueillait des écrivains, des journalistes, des syndicalistes, des femmes et des hommes de toutes les conditions. Même des curés.

« J'ai entendu parler pour la première fois parler du Québec, quand un groupe d'infirmières-coopérantes est venu en visite chez nous. Je m'en souviens parce je comprenais un peu le français et que je trouvais leur accent bizarre.

« Ma sœur et mon frère m'adoraient et je les aimais beaucoup. Ernesto était à mes yeux le plus bel homme du monde. Il ressemblait un peu à Che Guevara, en l'honneur de qui on lui avait attribué son prénom. Il me chantait des chansons révolutionnaires pour m'endormir.

« Ma sœur et ma mère possédaient le même genre de beauté. Elles avaient le type espagnol très prononcé, le teint un peu olivâtre, des yeux noirs. Elles étaient très minces, souples, aériennes. Je me souviens qu'elles se plaignaient toujours de la petitesse de leurs seins; elles disaient qu'elles auraient bien aimé avoir quelques kilos de plus. Elles n'étaient pas vraiment "belles". Elles ne correspondaient pas aux stéréotypes véhiculés par les magazines et les revues de mode. Elles possédaient cependant un charme certain, confirmé par l'intérêt que leur portaient les hommes.

« Tu ne trouves pas que je leur ressemble ? ajouta-t-elle, un peu coquine. Ma mère et ma sœur étaient toutes deux des femmes modernes, émancipées, autonomes, engagées chacune à leur manière dans la construction du Chili.

« Mon père était au palais présidentiel quand les troupes fascistes ont fait leur coup d'État. Il fut un des rares à se battre aux côtés d'Allende. Il fut blessé et assassiné sur place par un colonel qui ne lui survécut pas très longtemps.

« Mon frère réussit à s'enfuir, mais fut tué deux mois plus tard alors qu'il dirigeait un commando qui voulait faire payer ses crimes à Pinochet.

« Ma mère, elle, avait appris par un journaliste américain qui la draguait outrageusement depuis quelques mois qu'un coup d'État était en voie de réalisation. Les soldats vinrent à la maison dans la nuit du treize au quatorze septembre, alors que nous préparions notre fuite. Nous étions seules, ma mère, ma sœur et moi. Ils étaient nombreux, une dizaine peut-être. Ils violèrent ma sœur jusqu'à ce qu'elle en perde connaissance. Puis ils s'en prirent à ma mère.

« Ma sœur reprit conscience alors qu'on essayait de me violer à mon tour. Elle tenta de me venir en aide. Elle fut tuée sous mes yeux. Ils ont frappé son cadavre de leurs bottes et avec la crosse de leur fusil jusqu'à ce qu'elle ne soit plus qu'un amas de chair méconnaissable. Ils l'ont mutilée.

« Ils nous ont finalement emmenées avec eux, ma mère et moi. Nous avons été parquées dans un stade pendant plusieurs jours. Je pense que ma mère était devenue folle. Elle restait prostrée dans un coin, ne mangeant plus et marmonnant des mots sans suite. Des camarades la forçaient à boire. On nous a séparées trois jours après le coup d'État. Je ne l'ai plus jamais revue. J'ai appris son suicide plus tard.

« J'étais seule dans ce stade. Sans doute la plus jeune parmi les centaines de personnes entassées là. Deux jours après le départ de ma mère, une femme est venue me chercher. Une Américaine. Je ne la connaissais pas. Elle m'a conduite directement à l'aéroport où j'ai retrouvé ma cousine. Le lendemain, j'étais à Montréal chez le professeur Boulanger.

« Le professeur présidait un comité québécois de solidarité avec le Chili. Le sénateur Luciano, qui était membre du Parti communiste italien, connaissait mon père pour l'avoir rencontré lors de plusieurs événements internationaux. Il était devenu un ami de la famille et venait au Chili au moins une fois par année. Ces deux hommes comptent tous deux parmi les personnes les plus remarquables, les plus généreuses que je connaisse. »

Elena m'avait confié tout cela d'une traite, les yeux tournés vers la mer. Quand elle les leva vers moi, j'y discernai une insondable peine et une terreur récurrente sans nom. Je gardais le silence, ne sachant vraiment pas quoi dire.

Que faire pour lui communiquer toute la sympathie que je ressentais ? J'aurais voulu réécrire le scénario de sa vie pour y gommer cet épisode inqualifiable. Que faire d'autre que de l'écouter ? Écouter et apprendre. Écouter et relativiser ma propre humanité, en reconfirmant ce dont le regard vide des enfants du Sahel témoignait si éloquemment : nous sommes des menteurs, des tricheurs, des assassins.

Je m'étais résolu à fuir ma réalité parce que je ne savais plus vraiment qui j'étais, ni ce que je voulais être. Mes rêves de jeunesse s'étaient éteints les uns après les autres. Mes idéaux vacillaient sous les coups de l'histoire. Plus rien n'excitait ma fierté, plus rien ne stimulait mon engagement. Comment, à quelle enseigne apprend-on la lucidité ? Comment ne pas la confondre avec le cynisme qui n'est peut-être, finalement, que la dernière cartouche des vaincus, qu'une autre forme de la complaisance envers soi-même ? Que cachait ma fuite, si ce n'est ma lâcheté devant l'échec, mon orgueil devant l'erreur, ma propre peur d'admettre ma vulnérabilité ? Le courage ne peut s'apprendre que dans l'adversité et je n'avais pas encore vraiment fréquenté cette école-là.

Le récit d'Elena me fournissait l'occasion d'avoir honte. Elle avait vécu l'enfer. Elle avait infiniment plus de motifs que moi de rechercher l'apaisement de la mort. Et pourtant, elle avait choisi la vie. Comme, avant elle, celles et ceux des camps et des goulags, celles et ceux, individus et collectivités, que la cavalerie de l'histoire a piétinés.

À moins que tout cela ne soit qu'illusion… À moins qu'il n'existe pas de petites ni de grandes douleurs, mais une seule souffrance humaine portant plusieurs noms.

Rimbaud disait que l'apprentissage d'une langue, c'était la découverte de l'euphémisme.

Je posai ma main sur celle d'Elena, délicatement, comme un chien pose sa patte sur la cuisse de son maître en l'implorant, les yeux mouillés, de ne pas le rejeter. Elle me sourit tristement et prit ma main dans la sienne pour m'encourager. J'éclatai en sanglots, comme si un nuage lourd, noir, pesant, se décidait enfin à cesser de tergiverser. Je pleurais à verse. Je pleurais mousson. Je pleurais librement, sans aucune retenue ni pudeur, comme un gosse qui a mal. Et plus je pleurais, plus je m'allégeais de ma peine et de la tension qui me broyaient les tripes comme un poison avalé par inadvertance. Et je sentais ma main dans la sienne.

Cela dura dix minutes. Et le brouillard se dissipa dans ma tête. Il n'y flotta finalement que quelques filaments gris sans conséquence. Je venais de comprendre le renoncement.

Je venais de comprendre qu'il n'y a que l'instant présent qui compte, parce qu'il est la seule certitude que l'on puisse avoir. Je venais de comprendre qu'il était important que j'aime Elena maintenant, tout de suite. Cette main dans la mienne me disait que, à trop caresser les rêves, on risque de brutaliser le réel.

Aussi fou que la chose puisse paraître, je me sentis bien pour la première fois depuis plusieurs années. Je le lui dis et elle ne parut pas étonnée. Elle serra ma main un peu plus fort.

— C'est Ibrahim qui m'a appris à placer les choses en perspective. Je l'ai connu il y a dix ans à Paris. Je suivais un cours de littérature française quand un collègue me l'a présenté. J'en suis tombée amoureuse instantanément. Il me fuyait comme on fuit devant l'ennemi lorsqu'on est couard. Je ne pense pas avoir jamais déployé autant d'astuces pour séduire un type. Je me serais prostituée pour lui, j'aurais fait n'importe quoi. Je lui ai rendu l'existence absolument impossible.

« Sa vie a été un enfer. Pire que le mien. Sa mère et ses deux sœurs ont été assassinées à Chatila. Son père a été tué par les phalangistes. La maison familiale à Hébron a été détruite par les sionistes et on a construit un village à l'intention des Juifs de Russie là où il a passé son enfance.

« Il est presque devenu fou. Il s'est engagé très jeune dans le FPLP de Georges Habache. Puis on l'a envoyé étudier en Allemagne. Il a organisé des groupes de soutien à l'intention des Palestiniens de la diaspora dans la plupart des capitales européennes. Puis il a été nommé attaché de presse du représentant de l'OLP à Paris. Quand ce dernier a été assassiné, il l'a remplacé. »

— Pourquoi les Juifs en ont-ils si peur ?

— Parce qu'il a survécu à l'enfer, comme les survivants des camps nazis. Parce qu'il incarne la résistance palestinienne. Parce qu'il est un acte d'accusation contre les fascistes israéliens.

Elle hésita un peu avant de poursuivre. Comme si elle s'interrogeait sur son droit à me confier d'aussi lourds secrets.

— Il avait dix-huit ans quand les sionistes l'ont capturé. Il tentait de franchir le Jourdain pour aller saboter des installations israéliennes. Un exploit qui avait déjà été accompli à trois reprises. Cela les rendait fous de rage. Ils le capturèrent alors qu'il tentait de revenir en territoire jordanien, après avoir été blessé lors d'un accrochage avec une patrouille ennemie.

« Il fut amené dans un lieu secret et torturé affreusement, comme l'ont été ma mère et des milliers de Chiliens. On lui a cassé les os les uns après les autres, on lui a fait subir des sévices psychologiques et, finalement, on l'a castré.

« Pour leur plus grand malheur, les sionistes ont pensé semer la terreur chez les autres militants de l'OLP en se débarrassant de son corps mutilé dans un fossé. Ils voulaient faire un exemple. Mal leur en prit. Contre toute attente, il est resté en vie et aussi sain d'esprit qu'on peut l'être après avoir subi de tels sévices.

« Il est effectivement devenu exemplaire, mais pas de la manière souhaitée par ses tortionnaires. »

J'étais estomaqué. Le caractère dérisoire de mes petites misères venaient de m'apparaître dans toute son ampleur.

— Et c'est pour ça qu'il… ?

— Qu'aurais-tu fait à sa place ?

— Je me serais suicidé, je pense.

— Il ne l'a pas fait. Sais-tu pourquoi ?

Je ne le savais évidemment pas.

— D'abord par haine. Il m'a confié que s'il l'avait pu, il n'aurait pas hésité un seul instant à atomiser les Juifs. Un jour, en Allemagne, il a rencontré un Juif allemand qui avait lui aussi tout perdu. Après avoir collaboré pendant des années avec Simon Wiesenthal et traqué haineusement les criminels nazis en cavale, le vieux Juif a réalisé qu'il ne voulait pas finir ses jours la haine au cœur. «Frula et Greta ne le voudraient pas», disait-il. C'étaient son épouse et sa fille, mortes à Dachau. Le vieillard décida de s'établir en Israël pour y finir paisiblement ses jours.

«Il y découvrit une réalité qu'il ne pouvait supporter. Des soldats mitraillaient les enfants qui leur lançaient des pierres. Ils broyaient les os d'adolescents désarmés. Tout juste si Israël n'obligeait pas les Palestiniens à porter un croissant jaune sur leur poitrine.

«Il décida du jour au lendemain de collaborer à une organisation pacifiste et devint, au hasard de rencontres clandestines, l'ami du jeune loup palestinien. Cet homme est l'oncle du général Ben Yossef. Ton petit copain Freddy et la brute éthiopienne ne t'ont pas parlé de ça, hein?»

Je ne pouvais que faire non de la tête.

— À partir de ce moment-là, c'est l'espoir et la mémoire qui l'ont animé. L'espoir pour rester en vie. La mémoire pour relativiser, comprendre l'autre et ne pas sombrer dans l'idéologie.

— Mais pourquoi te fuyait-il?

— Parce qu'il ressentait beaucoup d'affection pour moi mais ne pouvait répondre physiquement à l'envie que j'avais de lui. Il y répondit moralement en m'aidant à vivre mon propre drame. Il est le frère que j'ai perdu et je suis sa sœur.

J'étais vidé. Elena aussi. Je pris son menton dans ma main et l'embrassai doucement, le plus doucement possible.

— Il est tard, Elena. Si on allait dormir?

Je me levai. Elle appuya sa tête sur mon épaule. Nous regardâmes une dernière fois les étoiles et les lumières des yachts, loin en contrebas. Elle dormait déjà.

XVI

Nikolaos n'était pas encore revenu, le lendemain, quand nous regagnâmes notre bord, tard en fin d'après-midi. Notre conversation de la veille, l'effritement de ce mur de secrets, contribuaient au réchauffement de la relation entre Elena et moi. Nous nous sentions beaucoup plus proches l'un de l'autre et vivions nos rapports d'une manière plus décontractée.

Lors de notre visite des vestiges d'Akrotiri, notre guide, citant Platon, affirma l'origine atlante de cette cité millénaire, détruite par une formidable explosion volcanique mille cinq cents ans avant notre ère.

Parcourant les rues étroites, nous y découvrions une civilisation d'une richesse exceptionnelle. Des fresques crétoises, miraculeusement conservées sous une épaisse couche de lave, nous permettaient de constater l'étonnante culture de ce peuple remarquable. Des maisons, avec leur salle de bain, leurs meubles en bois et leurs magnifiques poteries, nous révélaient un art de vivre tout à fait surprenant.

Comment ne pas se sentir ému face à l'œuvre de cette civilisation disparue ? Par quel mystère ces objets et ces ruines réussissaient-ils à communiquer tant d'émoi ? On percevait plus de vérité, plus de chaleur dans ce champ de pierres éparses que dans les froides banlieues anonymes d'Amérique. Comme si la patine des ans avait réussi à polir ce lieu magique, pour le laver de son poids de misère et n'y laisser que la substance des choses, l'idée qui les avait fait naître.

Nous avions fait l'amour le matin et récidivé dangereusement en fin d'après-midi sur le site de la cité atlante. Elena s'était offerte sans retenue, sans pudeur, debout sous le soleil, le dos appuyé à un pilier anonyme, ses jambes fines croisées autour de mes reins. Une étreinte rapide, sauvage, intense, presque douloureuse. La réalisation d'un fantasme. Une cérémonie païenne.

Je comprenais beaucoup mieux les motifs de sa réserve. Nos relations n'en prenaient que plus de prix, et je ressentais chaque moment d'intimité avec elle comme une victoire sur la mort.

En attendant notre capitaine, nous avons préparé des spaghettis à la carbonara et une salade grecque. Nous avons dîné lentement, en écoutant la voix chaude de Maria Famantori et en vidant une bouteille de Volcano bien frais.

Le soleil fondait doucement dans la mer et traçait des arabesques mauves, jaunes et roses à la surface glauque de la baie qui nous abritait.

Le dos appuyé au mur du cockpit, Elena assise entre mes jambes, sa douce chevelure me caressant le visage, nous goûtions en silence, dans le recueillement le plus total, ces instants de bonheur fragile. Un de ces moments magiques comme il s'en présente si peu. Une étincelle de vie parmi les temps morts. Une parenthèse de douce plénitude dans la fureur des jours. Un soupir de paix dans la cacophonie des siècles. Nous étions seuls au monde, heureux comme savent l'être des adolescents enivrés par les vapeurs du désir.

À minuit, Nikolaos n'était toujours pas revenu. Le sommeil nous gagna. Nous ne savions pas encore que notre capitaine gisait au pied de la falaise, du côté nord de l'île, la gorge tranchée d'une oreille à l'autre, les yeux ouverts sur une mort qu'il n'avait pas vu venir.

•

Je souffrais d'un affreux mal de tête, comme ceux qui m'empêchent de dormir quand j'ai trop bu. J'étais couché sur un lit étroit, dans une petite pièce aux murs nus. Dans un coin, une toilette sèche comme celle que l'on utilise en camping. Une table et deux chaises. Une fenêtre sale s'ouvrait sur un paysage de terre brûlée. Il faisait jour.

Elena n'était plus là. Le *Cassandra* ne tanguait plus doucement sous l'effet de la vague. Je rêvais. Un cauchemar absurde. Je devais ouvrir les yeux, me réveiller.

Dans mon rêve, je me précipitais vers une porte entrouverte. Je découvrais un couloir sombre et, au bout de ce boyau, une autre chambre un peu plus grande. Elena gisait recroquevillée sur un lit immense. Elle portait, comme moi, les mêmes vêtements que la veille. Je me précipitais vers elle. Elle respirait régulièrement.

Dans mon rêve, je me cognais à m'en casser le tibia contre une table basse, et me réveillais idiot, dépassé par les événements, avec le sentiment d'être l'objet d'une mauvaise blague ou de la haine tenace d'un dieu vengeur.

J'étais devenu un terrain d'exercices pour tous les kidnappeurs de la planète. Absurde ! J'hésitais à y croire. Qu'avais-je à voir avec les histoires du *Monde* ? Je n'avais jamais fait plus de grabuge que de lancer un coktail Molotov ou deux sur une voiture de police en mille neuf cent soixante-neuf, tiré quelques dérisoires billes d'acier dans les fenêtres de la Bourse l'année suivante, écrit des tracts enflammés appelant à une révolution dont personne ne voulait, et occupé quelques officines ministérielles dans le cadre d'actions menées par des groupes populaires. Si je passais pour plutôt radical au Québec, j'étais tout ce qu'il y a de pépère à l'échelle irlandaise ou palestinienne.

Rimbaud disait méchamment que je m'étais fabriqué un curriculum de bureaucrate syndical ou de professeur en travail social. «Tu es de la graine de sous-ministre», me jetait-il méchamment au visage pour me rappeler à la réalité, ou pour me stimuler dans mon refus de profiter trop largement des privilèges d'un système que je dénonçais tout en sachant qu'il avait été conçu pour servir mes intérêts de classe. Rimbaud manipulait mes contradictions avec la maestria d'un garde rouge.

Elena sortait lentement des brumes de la drogue qu'on nous avait administrée. Les yeux ouverts, elle ne bougeait pas. Elle me vit. Je vins m'asseoir sur le lit. Elle me prit la main et la serra à s'en casser les doigts.

— J'ai mal à la tête.

Elle se leva sur un coude et regarda autour d'elle.

— Tu sais où nous sommes ?

— Au Club Med de Bora-Bora.

Je voulais la faire rire. Cela la fit sourire. Elle devait ressentir mon angoisse.

— C'est Ibrahim que l'on vise. Il ne peut s'agir que d'ennemis d'Ibrahim.

Une conclusion qui s'imposait d'elle-même.

— Tu crois que nous sommes une monnaie d'échange ?

— Pas toi.

Pas moi ! Je pouvais donc être éliminé comme une vulgaire nuisance. Cette idée se fraya un chemin dans les méandres de mon cerveau jusqu'à s'imposer comme une évidence.

— Tu penses que nous sommes prisonniers d'un groupe palestinien ?

— Ou sioniste. Je parierais que nous sommes en Israël. C'est bien dans leur manière de faire.

— Ils ne pourront pas nous garder ici indéfiniment. Les Israéliens ne sont pas des sauvages. Quand ils verront que je n'ai rien à voir avec tout ça…

Elena fit mine de n'avoir rien compris, préférant sans doute me laisser seul avec ma lâcheté. Bien fait !

Nous n'avions pas entendu venir l'homme qui s'appuyait nonchalamment sur le chambranle de la porte. Il nous regardait en souriant, un peu perplexe, comme si nous étions des gamins turbulents mis en pénitence. Il avait les cheveux tout blancs, portait un pantalon froissé et une chemise bleue à manches courtes ouverte sur une poitrine velue. Un homme trapu, les mains puissantes, avec un pif de buveur de beaujolais. Il ressemblait bien plus à un paysan normand qu'à un terroriste. Il dégageait une impression de calme, de bonhomie. On était tenté de lui faire confiance.

Deux types se tenaient un peu en retrait dans le corridor. Plutôt jeunes, et vêtus d'un short coquille d'œuf, ils étaient chaussés de baskets blanches et semblaient aussi relax que des fonctionnaires en vacances. Le vieil homme portait un revolver dans un holster passé à la ceinture. Ses gardes du corps tenaient négligemment des pistolets-mitrailleurs.

— Bienvenue en Israël ! fit-il, ironique. Je suis Avraïm, votre hôte pour quelques jours. Nous ne pouvons pas vous offrir le confort d'une petite auberge de campagne, mais nous souhaitons rendre votre séjour le plus agréable possible. Tout à l'heure, nous vous ferons faire le tour du propriétaire. Vous pouvez circuler librement à l'intérieur du périmètre qui vous sera indiqué.

Avraïm devait être originaire d'Europe occidentale. Il possédait un fort accent, comme celui de mon médecin, le docteur Horowitz.

— Pourquoi ce rapt ? J'ai toujours cru qu'Israël était une société démocratique…

Avraïm et ses camarades s'amusaient visiblement. Ils devaient me trouver pitoyable.

J'entendais Rimbaud me chuchoter de leur dire que j'avais plein d'amis juifs, que je les invitais même à la maison à l'occasion, que je n'étais pas antisémite, que j'exigeais de téléphoner à mon ambassade, que le Canada était un ami d'Israël, que mon père était quelqu'un d'important. Je l'entendais ricaner. Il aurait tout simplement dit au bon vieux Juif d'aller se faire enculer par un rabbin mal circoncis.

— Allez vous faire foutre, Moïse ! finis-je par lui dire d'une voix neutre.

— Allons, allons, monsieur Maheux, fit Avraïm. Soyez un peu sérieux. Nous ne vous voulons aucun mal. Ni à vous, ni à mademoiselle Hernandez, pour qui nous avons beaucoup d'estime.

Il se tourna vers Elena.

— J'ai rencontré votre père à Madrid, mademoiselle. Un homme remarquable. Le sénateur Luciano est aussi un homme sympathique, quoique un peu trop porté vers Arafat et sa clique de terroristes.

— Vous pourriez peut-être nous expliquer ce que nous fichons ici, attaqua Elena d'un ton mordant.

— Vous devez bien vous en douter un peu, non ? Allez, faites un effort. Je pense que vous le savez.

— Fascistes ! lui lança Elena, la voix coupante. Vous êtes de la race de ceux qui ont tué ma famille. Vous ne valez pas mieux qu'eux.

Le vieil homme pâlit sous l'insulte.

— Dommage que vous ne puissiez comprendre. Il aura un procès équitable et…

— Bande de salauds ! Il se fera tuer avant d'avoir pu se défendre. C'est un homme de paix. L'ami du général Ben Yoseff. Vous voulez lui faire endosser un crime qu'il n'a pas commis, pour réaliser vos petits projets impérialistes. De toute façon, vous ne le prendrez pas.

— Quand il saura que vous êtes entre nos mains, il sera obligé de se montrer, il commettra une erreur et alors…

— Vous n'êtes que de minables terroristes. Vous ressemblez plus aux bourreaux de votre peuple qu'aux descendants du roi David.

Avraïm s'approcha d'Elena et lui décocha une violente gifle. Elle l'encaissa et esquissa un sourire de triomphe.

— Vous avez perdu ! fit-elle, magnifiquement baveuse.

Elle lui tourna le dos et se dirigea vers la fenêtre. Les jeunes gens en short regardaient ailleurs. Sans doute venaient-ils de découvrir que l'arrogance est une arme à double tranchant.

Avraïm sortit d'un pas rapide. Il fut aussitôt remplacé par une femme qui ressemblait étrangement à Barbra Streisand et qui devait en avoir l'âge. La femme nous salua d'un *shalom* à contretemps et nous invita à la suivre.

— *Shalom*, camarade ! Vous êtes la G.O. locale ? Vous voulez qu'on chante *Haut les mains* ?

Barbra Streisand sourit. Un assez joli sourire. J'étais un peu plus fier de moi. J'adressai un clin d'œil à Elena.

— Avraïm a perdu une bonne partie de sa famille dans les camps. Si je ne savais pas ce que vous avez dû subir, je vous apprendrais à vivre. Maintenant, cessons toutes ces querelles inutiles et suivez-moi.

Ce que nous fîmes.

Nous étions dans le Néguev. Notre Club Med ressemblait à un kibboutz de première génération. Et au décor d'un film israélien que j'avais beaucoup aimé. Il y était question d'une bande de jeunes gens courageux, combatifs et idéalistes qui cultivaient des roses dans le désert pour faire plaisir à une fille qui avait été violée par des Arabes. Un beau film, à mi-chemin entre la propagande et l'exaltation des qualités les plus nobles.

Les baraques de type concentrationnaire avaient été remplacées par des bungalows préfabriqués et des roulottes de quinze mètres, pareilles à celles qu'on utilise sur les chantiers hydro-électriques dans le Grand Nord québécois.

Nous étions logés dans le seul immeuble d'origine locale. Il s'agissait sans doute de la résidence volée à la famille palestinienne qui habitait ici et dont on avait forcé l'évacuation afin de s'emparer de sa terre.

Barbra Streisand se nommait Irmi. Elle nous confirma que cet immeuble avait déjà appartenu à une famille de « terroristes » qu'on avait dû transporter dans un camp « pour leur bien ». Irmi nous expliquait ça sans rire, comme si nous n'avions d'autre choix que de la croire, comme si cela représentait une vérité élémentaire. Son terrorisme à elle portait le sceau de l'imprimatur divin. Il s'agissait en fait d'une forme particulière de la charité.

Cette Juive-là avait dû étudier chez les jésuites. Il y avait dans sa voix comme un regret devant tant d'incompréhension, comme un reproche à l'égard de ceux qui refusaient de quitter volontairement la terre qui les avait vus naître. Irmi croyait sans doute, dur comme fer, qu'elle était l'héroïne de son western et que les autres ne pouvaient être que des brutes et des truands.

Elle nous expliqua qu'il n'y avait nul besoin de barbelés et d'autres accessoires du Moyen Âge. Le camp était entouré d'un système de défense à infrarouges qui activait des batteries de mitrailleuses aussitôt qu'une présence humaine le pénétrait. Si l'imprudente personne n'était pas hachée menu, un champ de mine tissé serré lui rappelait qu'elle aurait dû croire sur parole l'animatrice culturelle locale.

Notre prison était située sur un plateau encaissé entre des falaises de terre ocre. Cette large corniche s'ouvrait sur un splendide panorama : le Jourdain en bas et la mer Morte au loin. À l'est, de l'autre côté du fleuve, la Jordanie. Irmi nous montra du doigt un plateau situé à quelques kilomètres : Massada. Elle semblait très fière d'appartenir à la même race que celles et ceux qui avaient résisté aux

Romains jusqu'au suicide final. Elle était sans doute prête à consentir le même sacrifice si la chose s'avérait nécessaire.

Une dizaine de bâtiments, regroupés en cercle autour d'un immeuble communautaire, occupaient le centre de cet espace concentrationnaire. Une trentaine de personnes s'activaient ici et là. Une nette majorité d'hommes, jeunes pour la plupart et tous armés de fusils-mitrailleurs qu'ils portaient nonchalamment sur l'épaule.

Irmi nous indiqua les bornes à ne pas franchir. C'était simple et évident. Pas plus de trois pas à l'extérieur d'une bande de terrain aplanie au bulldozer, formant un chemin de ronde autour du village. Juste après la zone minée, les falaises de terre friable. Nous ne pouvions sortir que par un étroit sentier de chèvres sévèrement gardé.

Elle nous expliqua que, mis à part cette impraticable sente, cet endroit n'était accessible que par hélicoptère, ce que confirmait celui que l'on voyait posé sur son aire d'atterrissage. Sans doute le véhicule utilisé pour nous conduire ici. Il portait l'étoile de David. L'armée, ou du moins quelques-uns de ses éléments, était donc partie prenante dans cette opération.

Après nous avoir indiqué où étaient les douches, notre guide nous invita à la suivre jusqu'au réfectoire où dînaient quelques membres de cette petite colonie. Parmi eux : Big Daddy Papa. Comment ne pas le reconnaître ? Il n'y en avait pas deux comme lui.

Il mangeait en compagnie de trois autres types dont l'un faisait partie de ceux qui naviguaient sur le ketch anglais qui nous avait suivi depuis Épidaure. Je cherchai Freddy des yeux et ne le vis pas. Big Daddy leva la tête et m'aperçut. Il fut sur moi en deux temps trois mouvements, me pressant contre son cœur comme un frère retrouvé après une longue absence. J'étais trop sonné pour réagir.

— En forme, mec !

Il avait vraiment l'air heureux de me voir. Il me lâcha, prit du recul pour m'observer plus à son aise.

— Ça va bien ? *Shalom*, mademoiselle Hernandez, bienvenue en Israël, fit-il en se tournant vers Elena qui le regardait avec étonnement. Elena Hernandez et François, mon copain du Québec, ajouta-t-il à l'intention de ceux avec qui il partageait son repas. Alors, tu voyages beaucoup à ce qu'on m'a dit ? C'est beau la Grèce ? Faudrait bien que j'y aille un jour.

Big Daddy Papa croyait sans doute que la Terre n'était qu'un grand village, où les uns retrouvaient fatalement les autres, au détour d'un chemin. Cette bonhomie constituait une arme redoutable. Elle désarçonnait l'imprudent, le mettait en confiance, lui faisait baisser la garde. Toutes les victimes de cet assassin hilare avaient dû compter parmi ses meilleurs amis.

— J'aurais dû écouter les conseils de ma mère et ne jamais faire confiance à un étranger, lui dis-je d'un ton plus triste qu'ironique.

— Ce n'est qu'un mauvais moment à passer. L'affaire de quelques jours. Tu vas contribuer à la capture d'un terroriste.

— Pensez-vous vraiment que vous pouvez kidnapper les gens comme ça, sans conséquence ? demanda une Elena sans doute aussi sidérée que moi devant un être aussi étonnant.

Big Daddy hocha les épaules, l'air de dire « c'est celui qui tient le fusil qui a raison ».

— Assez ! trancha Irmi. Je dois vous raccompagner à votre hôtel, les enfants. On vous servira un repas et Avraïm aimerait bien avoir une petite conversation avec mademoiselle Hernandez en soirée.

Big Daddy me donna une tape affectueuse sur la joue et me tourna le dos. Ce type me donnait maintenant la chair de poule. Il me tuerait sans hésiter si on lui en donnait l'ordre. Il le ferait sans doute de lui-même si l'envie l'en prenait. Je n'aimais pas ça du tout.

On nous servit du poulet rôti, de la salade d'avocat, du riz et des dattes. La bière israélienne était tiède et, même si le vin rouge du Carmel goûtait un peu le soufre, il était néanmoins apprécié.

De toute évidence, nos geôliers ne voulaient pas être accusés de nous avoir fait subir de mauvais traitements. Les Israéliens avaient sans doute raison de ne pas s'en faire. S'ils réussissaient à produire une preuve raisonnablement convaincante de l'implication d'Ibrahim dans l'attentat qui avait coûté la vie au général Ben Yossef et aux Américains, le kidnapping de sa « maîtresse » et d'un pauvre type avec qui elle avait une aventure ne soulèverait aucune émotion.

On comprendrait que les Israéliens nous aient utilisés comme chèvres pour attirer leur gibier. Certains admireraient une fois de plus l'ingéniosité du Mossad, et la capture d'un aussi dangereux terroriste justifierait les moyens utilisés. D'autant plus que nous n'aurions été en rien molestés. Le gouvernement canadien adresserait sans doute une note diplomatique de protestation à l'ambassadeur d'Israël qui rigolerait un bon coup avant de lui faire prendre le chemin du panier diplomatique.

C'était peut-être habile mais ne répondait aucunement aux dizaines de questions qui se bousculaient dans ma tête. Sur quelle base pouvaient-ils s'en prendre au Palestinien ? À moins qu'il ne se contente de l'abattre pour l'accuser ensuite. Mais l'opinion internationale ne serait pas dupe. Je me rendis presque immédiatement compte de ma naïveté.

Habile. Si habile qu'en y réfléchissant je me demandais si je n'avais pas été piégé par les organisateurs de ce complot. Conscient de l'intérêt que je portais à la compagne d'Ibrahim, les Israéliens se seraient arrangés pour me mettre sur son chemin. Je m'en ouvris à Elena.

— Pourquoi pas ! Ces types sont bien assez tordus. Ils ont toujours cherché à compromettre Ibrahim. Je pense que ces Juifs-là veulent faire dérailler le processus de paix qui s'est engagé depuis l'élection des travaillistes.

— Encore faut-il qu'ils prouvent de façon éloquente l'implication d'Ibrahim.

— Je dois te faire un aveu.

— Un aveu?

— Ibrahim a rencontré le général à Paris, le jour même où tu nous a entrevus à la réception chez Mireille Latour.

— Il a rencontré le général Ben Yossef?

— À Paris, dans un endroit discret et sous la surveillance des Français. Une rencontre soigneusement planifiée et acceptée tant par l'OLP que par le bureau du premier ministre israélien. Le général et lui avaient décidé de se revoir sur la péniche du général, en présence des Américains. La rencontre devait avoir lieu sur la Seine, à l'extérieur de Paris, à l'heure où *La Rose des sables* a explosé. Ibrahim était un peu en retard. Il avait été retardé par un banal accident de la circulation à quelques kilomètres seulement de sa destination. Il a même entendu le bruit de l'explosion. À mon avis, cet accident a été organisé par les Juifs pour le retenir et faire éventuellement la preuve qu'il se trouvait effectivement à proximité du lieu de l'attentat. Officiellement, cette rencontre avec le général n'a jamais eu lieu.

« Sans connaître les détails de ces négociations, je pense qu'il se préparait quelque chose de très important. Ibrahim disait que le temps n'était plus à la guerre. Il disait que les Israéliens avaient compris que l'Intifada détruisait l'éthique de leur peuple. Ibrahim fut celui qui formula la stratégie de l'Intifada. Il voulait être celui qui dessinerait la stratégie conduisant à la paix. Il a écrit un texte majeur dans lequel il suggère la naissance d'une confédération israélo-palestinienne. Mireille Latour s'apprêtait à le publier, ce qui aurait été le début d'une vaste opération médiatique et diplomatique. Depuis plusieurs années déjà, il défend cette idée auprès des dirigeants palestiniens.

— Il ne doit pas faire l'unanimité.

— Il a réussi à convaincre Arafat et la plupart des autres dirigeants de l'OLP. Naturellement, il y aura toujours une minorité qui se refusera à tout compromis. C'est la vie…

— Et les Israéliens ?

— Le général Ben Yossef a réussi à convaincre Rabin. Il a surtout convaincu les Américains qu'ils avaient intérêt à parrainer cette solution.

— Mais je ne vois toujours pas comment la bande à Avraïm peut impliquer Ibrahim dans cet attentat ?

— On cherche à manipuler l'opinion, c'est clair. Seules quelques rares personnes sont au courant de ce qui se joue dans les coulisses de la diplomatie secrète. La politique officielle d'Israël, c'est que l'OLP est une organisation terroriste et que ses dirigeants sont des criminels à abattre. Avant d'intervenir au niveau diplomatique, Ibrahim faisait la guerre à Israël. Il a été associé à des attaques meurtrières contre l'État hébreux. Il a rencontré Sadam Hussein et Kadhafi à plusieurs reprises. Comment la plupart des gens pourraient-ils croire qu'il négociait avec un héros militaire israélien ?

« Quand aux Palestiniens et aux Arabes en général, ils se transmettent la haine d'Israël d'une génération à l'autre. »

— Pas facile de récolter du blé quand on sème de l'ortie !

— À peu près ça.

— Mais je ne comprends toujours pas comment ils peuvent rassembler des preuves suffisamment convaincantes contre Ibrahim.

Irmi entra sans prévenir. Elle venait chercher Elena pour la conduire chez Avraïm. Elena la suivit sans rouspéter. Irmi nous avait prévenus que nos repas seraient préparés par le cuisinier du camp, mais qu'il nous appartiendrait de laver notre vaisselle. Ce que je fis avant de sortir prendre l'air en attendant le retour de ma camarade.

Appuyé contre un gros rocher, je laissai errer mon imagination en contemplant l'extraordinaire paysage en contrebas. Je ne comprenais toujours pas la logique des événements qui m'avaient conduit dans ce désert biblique.

Je pensais à Julie et à Rimbaud, à des amis que j'aimais bien, à mes anciennes blondes, à mon chat, à mon appartement, aux filles du troisième, aux succès des Expos. Je m'arrêtais à des odeurs, celle de la rue Saint-Laurent quand la chaleur fait fondre l'asphalte des rues, celle des résineux dans les Laurentides, celle des *country stores* en Nouvelle-Angleterre, où on vend des bonbons à la cannelle, du savon aux canneberges, des antiquités, de la lavande et des pots-pourris de fleurs séchées, celle des Îles-de-Sorel au printemps, celle des quartiers ouvriers de Montréal, celle du steak-frites.

Je réfléchissais à l'opportunité d'aller m'inscrire à la maîtrise en sciences politiques. Je ne caressais plus l'idée de repartir avec Elena, de l'emmener avec moi. C'était une idée farfelue. Nous n'étions pas faits du même bois et ne pourrions vivre ensemble. Cette certitude s'était graduellement imposée à ma conscience et je m'y étais résigné sans trop de douleur. Je pense qu'Elena m'aimait bien maintenant qu'elle me connaissait mieux. Peut-être même pouvais-je remplir un peu du vide laissé par la mort de son frère. Mais qu'elle soit vraiment amoureuse d'un type comme moi ? Impossible !

Je regardais le ciel d'Israël et tentais de voir dans les nuages des fragments d'éternité. Je regardais la terre ocre du Néguev et tentais de discerner dans la forme des rochers celle, pétrifiée, de la femme de Loth. J'égrainais des idées sans suite, pigées dans le stock qui s'empilait en vrac dans les méandres de mon cerveau. Un exercice auquel je m'adonnais fréquemment et qui me faisait le plus grand bien dans les périodes de haute tension.

Je vivais un énorme malentendu qui finirait bien par apparaître pour ce qu'il était. On me relâcherait avec des excuses et tout cela ne serait bientôt plus qu'un mauvais souvenir. Je me sentais comme un observateur à la périphérie d'événements sur lesquels il n'a aucun contrôle.

Je n'y pouvais rien, il ne servait pas à grand-chose de m'en faire. Il valait mieux laisser glisser et réserver mes énergies pour une meilleure occasion. Je ne considérais pas cela comme du fatalisme, mais plutôt comme une sorte de judo mental, grâce auquel j'avais appris à ne pas opposer de résistance aux événements impromptus sur lesquels je ne pouvais agir.

Rimbaud partageait ce trait de caractère avec moi. Il le tenait de la nature, moi de la culture. À force d'en discuter, nous avions fini par le rationaliser, l'utiliser un peu plus consciemment. L'exercice pouvait néanmoins s'avérer périlleux et se transformer en cette espèce de refus d'agir, de conscience gélatineuse, de lâcheté qui caractérisent les personnes et les peuples aliénés. Était-ce une autre manifestation de cette habileté à se défiler que d'aucuns essayaient de faire passer pour de la malice normande ?

Le soleil couchant faisait ressortir encore davantage la beauté incomparable de cet endroit. Cette terre avait jadis été extrêmement fertile. Elle l'était encore, comme en témoignaient les remarquables résultats obtenus par les Israéliens grâce à un fantastique réseau d'irrigation. On ne s'était pas que battu dans ce désert, on y cultivait aussi des roses, des céréales et des agrumes.

Difficile de comprendre les racines du conflit qui opposait ces deux peuples frères. Pourquoi, après avoir tant vécu, devient-on si peu sage ?

Je n'avais pas entendu venir Big Daddy. Malgré sa taille, il marchait avec la souplesse d'un grand fauve. Il m'observait peut-être depuis un bon moment quand je me retournai. Il me sourit de toutes ses dents, comme un gros ours fier d'avoir joué un bon tour.

— Jadis, ce désert était couvert de pins et de cèdres. Une terre de vin et de miel. Les tribus y vivaient paisiblement.

Big Daddy avait des lettres.

— En s'organisant une petite tuerie de temps en temps, histoire de s'amuser un peu.

— C'est une terre juive et elle le redeviendra.

— Eretz Israël. Le grand Israël, du Nil à l'Euphrate. Et ceux qui sont là, Big Daddy ? Allez-vous tous les expulser ? Jusqu'à l'atomisation finale… ?

— Ceux qui sont prêts à accepter Israël peuvent vivre en paix, avec nous. Les autres devront se reloger ailleurs.

Il énonçait cela avec l'assurance de celui qui a été visité par la grâce.

— Les Palestiniens ont des droits historiques eux aussi.

— Ça n'existe pas, les Palestiniens. Il n'y a que des Arabes et les Arabes contrôlent déjà suffisamment de territoire. Nous, on n'a qu'Israël. Et Israël est le seul endroit où l'on soit chez nous et en sécurité. Il n'y aura plus d'Holocauste, nous en avons fait le serment.

— Et les Juifs qui veulent négocier avec les Palestiniens, ceux qui sont prêts à des concessions territoriales en échange de la paix ?

— Des traîtres.

— Comme le général Ben Yossef.

Big Papa Daddy ne répondit pas. Il n'avait nul besoin de répondre. Je savais maintenant qui avait tué l'oncle de Freddy. Nous gardâmes le silence pendant quelques instants. Un silence troublant.

— Dis-moi, Big Daddy, sommes-nous dans un camp militaire ou dans un kibboutz de montagne ?

— Disons que nous sommes dans un lieu d'hébergement pour personnes un peu spéciales.

— Ce n'est pas un qualificatif qui me convient. Vous nous avez enlevés pour forcer Ibrahim à se montrer. Vous pensez qu'il fera l'impossible pour tirer Elena de vos griffes, que vous le forcerez ainsi à se débusquer. Qu'en pense Freddy ? Curieux tout de même qu'il ne soit pas ici.

— C'est beaucoup de questions en même temps. Je n'ai plus de nouvelles de Freddy depuis que je l'ai accompagné à ton hôtel. Personne, parmi ceux que nous connaissons, ne sait où il est depuis qu'il a pris le train à Nice, alors que tu poursuivais ta route jusqu'à Florence. L'idée de te mettre sur la piste d'Elena Hernandez vient de lui.

— Vous avez essayé de pincer Ibrahim à Florence le soir de notre départ.

— Nous pensions bien l'avoir piégé dans cette ferme toscane. Il nous a échappé de très peu.

— Pourquoi cette tuerie ?

— Un accident.

— Un accident ?

— Nous ne savions pas qu'il y avait du matériel explosif dans cet immeuble. Il y a eu un échange de coups de feu, et puis tout a explosé. Un de nos hommes s'est fait tuer aussi. Nous l'avons récupéré. Les gens qui étaient à l'intérieur n'ont pu sortir à temps. En Italie, on pense que c'est la maffia qui a fait le coup. Le sénateur Luciano était un des plus sûrs alliés du juge Falcone. Tu sais qu'il était parent avec Lucky Luciano, le célèbre gangster ? Cousin, je crois.

Je l'ignorais et je m'en fichais. Le monde était soudain devenu un invraisemblable casse-tête. Et j'avais l'impression qu'il se complexifiait d'heure en heure.

— Ça ne sera pas facile de prouver l'implication d'Ibrahim dans cette affaire.

Bid Daddy branla du chef, comme s'il s'étonnait de tant de naïveté.

— Nous possédons des photos qui montrent Ibrahim et deux de ses hommes en train d'observer *La Rose des sables* à la jumelle alors que la péniche remonte la Seine, quelques heures avant l'attentat. Nous pouvons prouver la présence d'hommes à la solde d'Ibrahim devant un immeuble où était descendu le général. Que faisaient-ils là ? Le missile qui a atteint la péniche fait partie d'un stock d'armes donné par Kadhafi à l'OLP. Ibrahim est un terroriste, c'est bien connu. Il est animé d'un esprit de vengeance à l'égard d'Israël depuis que nous avons saisi sa propriété familiale en guise de réparation pour les activités terroristes de ses frères. Il a écrit des textes appelant à la destruction d'Israël.

« Quand les faits en notre possession seront connus du peuple israélien et du peuple américain, il ne sera plus question de céder un millimètre de terre aux Arabes. »

— Allez-vous nous tuer aussi, Elena et moi ?

Big Daddy Papa avait vraiment l'air piteux de celui que l'on force à accomplir une tache détestable.

— Il faut bien mourir un jour, mon frère! laissa-t-il tomber avec fatalité. Puis il me tourna le dos et me laissa méditer ces sages paroles.

XVII

— En êtes-vous tout à fait certain ?

Celui qui venait de poser cette question regardait son vis-à-vis droit dans les yeux, guettant un sourcillement, un indice qui l'aurait fait douter.

— Absolument. Nous possédons toutes les preuves. Nous comprenons ce que cela peut signifier pour vous. Nous compatissons d'autant plus que nous partageons un même deuil.

Une question qui n'en était pas vraiment une. Celui qui l'avait posée connaissait déjà la réponse. Il ne voulait que vérifier le degré d'assurance de son interlocuteur.

Ce dernier fit glisser trois feuillets devant lui. Le premier indiquait la nature des informations qu'il possédait. Le second fournissait l'identité de ses sources. Le troisième alignait, sur deux colonnes, la liste d'une vingtaine de personnalités israéliennes importantes et la place qu'elles occupaient dans l'appareil d'État. Il s'agissait d'un témoignage majeur de confiance et d'un habile geste politique.

Pour différents qu'ils fussent physiquement l'un de l'autre, les deux hommes se ressemblaient sous plus d'un aspect. Le premier, cheveux gris foncé impeccablement coiffés, était vêtu d'un costume italien gris de bonne coupe, d'une chemise en soie blanche et de souliers Bally en cuir de lama. Il portait une calotte noire fichée sur le dessus du crâne.

Malgré une certaine brusquerie et un ton plutôt tranchant, tout dans ses manières indiquait le caractère plutôt aristocratique du personnage. Ses yeux bleus qui ne cillaient jamais possédaient un pouvoir quasi hypnotique, et un léger tic animait sa pommette droite quand il se concentrait. Sa cheville le faisait souffrir et il faisait des efforts pour éviter que cela paraisse. Il maniait l'anglais avec aisance, quoique de cette voix un peu gutturale qui caractérise les personnes nées en Europe centrale. Il parlait peu, mais chacune de ses paroles comptait. On sentait chez lui un besoin de rigueur et l'habitude du commandement.

Cet homme avait combattu les nazis et ordonné l'exécution de soldats anglais lors du mandat britannique en Palestine. Il avait aussi commandé un raid de représailles contre un village arabe. Les femmes et les enfants assassinés à cette occasion revenaient souvent le hanter. Il haïssait la guerre, d'autant plus qu'il la connaissait intimement et qu'il avait construit son crédit politique sur ses succès militaires.

L'autre était vêtu d'un pantalon de toile plutôt froissé et de bottillons noirs tachés de boue. Il semblait ne pas s'être rasé depuis cinq jours. Sa barbe et son visage portaient les stigmates d'une maladie de la peau. Il parlait d'une voix très douce, ronde, mélodieuse et ponctuait et appuyait ses propos de petits gestes de la main. Ses petits yeux noirs extrêmement mobiles avaient une expression moqueuse.

Il portait son keffieh rouge et blanc un peu de travers. Il maniait l'humour avec finesse et savait mettre ses interlocuteurs à l'aise. Il était de notoriété publique qu'il possédait un énorme pouvoir de persuasion, et les deux douzaines de tentatives d'assassinat dont il avait été la victime démontraient jusqu'à quel point il menait une existence précaire.

Cet homme ne prenait jamais la même voiture, et pouvait en changer deux ou trois fois au cours d'un même parcours. Devait-il se déplacer en avion que l'on préparait trois itinéraires secrets. Ses repas étaient vérifiés et contre-vérifiés. Il ne mangeait que très peu et ne dormait pas beaucoup. Il choisissait à la dernière minute l'endroit où il dormirait. Cet homme avait appris à se méfier de toutes et de tous, sans exception.

La réunion de ces deux personnages aurait été impensable quelques semaines plus tôt. Ils maîtrisaient toutes les ficelles d'un jeu extrêmement complexe qu'ils pratiquaient depuis des lustres. On les savait rusés, roublards, retors, impitoyables, même. Ils se respectaient sans pour autant s'aimer. Ils ne s'étaient jamais rencontrés auparavant, même pas lors des congrès de l'Internationale socialiste, dont ils étaient pourtant également membres.

Les deux hommes pouvaient faire état d'une connaissance exceptionnelle des êtres humains. Ils savaient qu'à tout moment leurs semblables étaient capables de verser dans la barbarie et de devenir tout à fait abjects. Ils étaient tous les deux guidés par l'espoir et luttaient présentement contre les appels meurtriers de leur mémoire.

Un peu en retrait, deux autres hommes et une femme écoutaient. Ils notaient mentalement chacune des paroles qui s'échangeaient, guettant les nuances de la voix, le plus petit tressaillement, la moindre feinte.

— Si nos ennemis apprennent que cette rencontre a eu lieu, nous sommes des hommes morts et nous aurons libéré tous les démons de l'enfer.

— Nous savons que vos forces militaires sont en état d'alerte maximum. Nous savons aussi que cette offensive s'accompagnera d'une déportation massive de tous les

Palestiniens et se traduira par l'annexion définitive des territoires occupés. Nous savons enfin que des armes nucléaires tactiques ont été mises en état de servir rapidement.

L'homme se tourna vers un des trois observateurs.

— Et nous croyons aussi savoir, monsieur l'ambassadeur, que votre gouvernement laissera se réaliser cette agression.

L'homme au keffieh avait prononcé ces paroles d'une voix presque mielleuse, sur un ton du reproche. Il poursuivit :

— Vous savez comme moi le prix qu'il faudra payer pour tout cela. Il ne peut y avoir de gagnant et sans doute cela conduira-t-il à des horreurs que je n'ose même pas imaginer.

Sur un signal perçu par lui seul, l'ambassadeur se leva et sortit de la pièce. Personne ne parla en son absence. Il revint deux minutes plus tard, s'approcha et remit un bout de papier à l'Israélien. Il se pencha vers lui et lui murmura quelque chose à l'oreille. Le Palestinien nota la contraction des mâchoires de son interlocuteur.

— On m'informe que des unités ont commencé à bouger dans les territoires. Il semble bien que certains officiers aient devancé mes ordres. La situation se dégrade rapidement. Un groupe important de colons a détruit un village de Judée. Il vrilla ses yeux dans ceux de son vis-à-vis. Êtes-vous croyant, monsieur le secrétaire général ?

Le représentant de l'organisation palestinienne nota que le porte-parole du gouvernement israélien lui avait donné son titre.

— Très modérément, monsieur le premier ministre. Je bois du scotch et du vin à l'occasion.

Malgré l'urgence du moment, ils échangèrent un mince sourire de complicité.

— On me confirme aussi que vos informations sont exactes. Cela signifie qu'il faut agir très vite. Si Allah le veut, nous allons accélérer un peu le cours de l'histoire.

Une immense tristesse se lisait sur son visage et il semblait avoir vieilli d'un siècle.

— Votre gouvernement est-il prêt à nous soutenir, monsieur l'ambassadeur ? demanda le leader palestinien.

— Bien entendu, répondit le représentant personnel du président des États-Unis.

Le premier ministre se leva en maugréant.

— Cette maudite cheville me fait terriblement souffrir.

Il se tourna vers le secrétaire général de l'OLP, qui était médecin.

— Tu connais un médicament efficace... ?

Ce passage au tutoiement indiquait clairement qu'un nouveau chapitre s'ouvrait dans l'histoire des relations entre les deux peuples ennemis.

— Je te recevrai en consultation à Jérusalem quand tu le voudras, répondit le Palestinien. Nous devons nous faire confiance maintenant. En attendant, tu peux toujours prendre de la cortisone. Ou du Glenlivet, suggéra-t-il en parlant de sa marque de scotch préférée.

Les frères ennemis se donnèrent l'accolade. Ils étaient extrêmement émus, comme les autres personnes qui assistaient à la scène. Puis ils serrèrent la main de l'ambassadeur des États-Unis. Les trois hommes avaient tout à fait conscience de vivre un moment unique.

— Que Chlomo repose en paix ! Il aura gagné sa dernière et plus grande bataille.

— Qu'Allah l'accueille en son paradis ! répondit en écho le Palestinien.

Puis, tout alla très vite.

•

À leur réveil, les Israéliens se rendirent compte que tous les édifices publics étaient sévèrement gardés par des blindés et des parachutistes en tenue de combat. La circulation des personnes et des véhicules dans les quartiers tenus par certains groupes politico-religieux était sévèrement filtrée.

On annonçait une déclaration télévisée du premier ministre pour le début de l'après-midi, probablement vers deux heures.

Les Israéliens retenaient leur souffle et les habitants de la Palestine occupée se terraient dans leurs maisons et organisaient leur défense.

Les journaux faisaient état d'accrochages au cours de la nuit entre des unités militaires non identifiées. Aucun ministre ou politicien d'importance n'était accessible. Les responsables siégeaient en séance extraordinaire à la Knesset.

Très rapidement, les foules israéliennes envahirent les places à Jérusalem et à Haïfa. Le mouvement « Paix Maintenant » mobilisa deux cent mille personnes à Tel-Aviv. Des milliers de jeunes Palestiniens, fer de lance de l'Intifada, occupèrent les campus universitaires à Hébron et à Naplouse. On signalait d'importants mouvements de foule dans les capitales arabes.

Le Conseil national de l'OLP avait aussi été convoqué en session extrordinaire, à Tunis.

Les permissions des membres d'équipage du porte-avions *John-F.-Kennedy* et de sa flottille d'accompagnement ancrés dans le port de Haïfa avaient été annulées et les hommes consignés à bord.

Les journalistes se rendirent compte que quelque chose de gros, d'extrêmement important était en train de se passer. Leurs contacts habituels, dans les chancelleries et les ministères, ne rappelaient pas, les ministres étaient introuvables. De Washington à Moscou, les principaux médias s'engagèrent dans une course effrénée à la nouvelle, au scoop, à l'information privilégiée. Les reporters internationaux étaient tous mobilisés et les analystes développaient des analyses contradictoires.

L'indice Dow Jones commença à flamber dès l'ouverture de la Bourse de New York. À onze heures, il était tombé de six cents points. La crainte d'une pénurie de pétrole fit subir une chute absolument vertigineuse à celle de Tokyo. La panique gagna Londres, Paris, Berlin et Rome. L'affolement total !

Le président des États-Unis suivait avec inquiétude les événements qui se déroulaient au Moyen-Orient. Il était entouré du secrétaire d'État, du président du Conseil de sécurité, de son chef de cabinet, du chef d'état-major et de l'attaché de presse de la Maison-Blanche.

— Les milices civiles dans les territoires ont presque toutes été désarmées. Des petits groupes de colons inté-gristes encadrés par des rabbins fanatiques résistent encore et se sont terrés dans des immeubles. Presque tous ceux qui ont trempé dans le complot ont été arrêtés ou mis sous surveillance. Les unités militaires douteuses ont été consignées à leurs casernes et celles qui avaient été déployées aux frontières ont été rappelées. Le ministre de la Défense a tenu une conférence avec tous les officiers supérieurs et leur a annoncé la nouvelle. Il semble que cela ait provoqué un choc. Les gouvernements arabes gardent eux aussi le contrôle de la situation, mais sont extrêmement nerveux.

Le secrétaire d'État avait donné ces informations de cette voix lourde qu'on lui connaissait. Son fils cadet étudiait présentement à l'Université de Jérusalem.

— Et la bombe ?

Le président utilisait l'expression « la bombe » pour désigner les armes nucléaires. Il craignait plus que tout que des fanatiques ne soient tentés de les utiliser.

— Sous contrôle.

Le président laissa échapper un soupir de soulage-ment. Le secrétaire d'État poursuivit :

— Le ministre de l'Agriculture s'est suicidé et on a arrêté plusieurs membres de son cabinet. Il semble que ce ministère dissimulait le cœur de l'organisation. Le premier ministre a pris le contrôle de l'armée et du Mossad.

Le président écoutait son conseiller et se sentait très las. Il alluma un havane et pensa qu'au terme de cette crise, il pourrait peut-être faire un effort et régler son contentieux avec Castro.

— Le premier ministre s'adresse toujours à son peuple aujourd'hui ?

— À deux heures. Le secrétaire général prendra la parole immédiatement après et les deux discours seront retransmis dans tous les pays de la région et ici même par tous les réseaux.

— Les Français ont accepté ?

— Ils mettront Fontainebleau à la disposition des deux délégations.

— Cela devrait se régler assez rapidement maintenant.

— Quelques semaines tout au plus.

— Les êtres humains sont de bien drôles de créatures, ne trouvez-vous pas ?

Les conseillers présents ne répondirent pas, certains d'entre eux se contentant de hocher la tête. Le secrétaire à la Défense nota l'interrogation. Elle figurerait en bonne place dans ses mémoires, pour la publication desquelles il avait déjà accepté un substantiel à-valoir.

— Messieurs, il ne nous reste qu'à attendre la suite des événements.

L'homme le plus puissant de la Terre se leva, se massa la nuque, esquissa un swing et se tourna vers son secrétaire personnel.

— John, remettez tous mes rendez-vous de vendredi à l'exception de ma rencontre avec l'ambassadeur de Russie en fin d'après-midi. Appelez l'ambassadeur de Cuba et invitez-le à mon club. Dites-lui d'apporter ses bâtons de golf.

Il laissa en plan ses conseillers interloqués et franchit d'un pas allègre la porte qui le conduisait à ses appartements.

XVIII

Allongé sur le lit étroit de ma chambre, je fixais un point invisible quelque part au plafond. Je visualisais ce morceau d'infini, puis fermais les yeux. Le point éclatait, se transformait en nova, éclatait de nouveau et, par vagues, épousait une multitude de formes, s'épanouissait en une débauche de couleurs.

Ce petit jeu possédait un pouvoir hypnotique. J'en oubliais la pesanteur de mon corps et l'odeur aigre de la transpiration. J'en oubliais l'angoisse qui me serrait les tripes comme un démon sadique. J'oubliais le temps. J'oubliais l'inconcevable hasard qui m'avait conduit là, au milieu de rien, au cœur d'événements qui me dépassaient et sur lesquels je n'avais aucune prise. J'oubliais même que, comme hier et avant-hier, on était venu chercher Elena pour la conduire à l'interrogatoire.

Je ne l'avais pas vue depuis l'avant-veille. On avait brutalement décidé de me confiner dans cette pièce et de ne m'autoriser que deux sorties quotidiennes d'environ une heure.

Nous étions là depuis cinq jours et l'attitude des Israéliens s'était radicalement modifiée. On venait me porter mes repas à heures fixes et, après le petit déjeuner et le dîner, je pouvais circuler qu'à l'intérieur d'un périmètre restreint.

Mes geôliers semblaient plutôt nerveux. Ils demeuraient pourtant relativement amicaux et cherchaient visiblement à satisfaire les désirs que j'avais exprimés. Ils m'avaient offert quelques livres, mais je n'avais pas l'esprit à la lecture. Ils m'avaient procuré des cigarettes. Je fumais, moi qui m'étais pourtant battu pour vaincre mon tabagisme.

Les repas étaient acceptables, riches en légumes et en fruits. Le midi, on y ajoutait une bière fraîche et le soir une demi-bouteille d'une piquette produite par des kibboutzniks sadiques ou masochistes, selon qu'ils consommaient cette inqualifiable décoction ou ne la réservait qu'aux ennemis d'Israël.

Pourquoi l'attitude des Israéliens avait-elle changé à ce point ? Je ne revoyais ni Avraïm, ni Irmi, ni même Big Daddy. Un morceau de contre-plaqué grisâtre masquait maintenant l'unique fenêtre de ma chambre et la lourde porte ne s'ouvrait plus qu'aux heures des repas et pour ma courte promenade.

Même si je ne doutais plus de l'absence de scrupules de ces types, je ne croyais pas qu'ils oseraient s'en prendre à Elena. Pourquoi s'attaquer à la chèvre quand c'est le tigre que l'on souhaite attraper ?

L'image du fauve ne collait pas à celui qu'Elena décrivait comme un intellectuel humaniste de gauche, admiré par la plupart.

J'étais convaincu que ce complot était l'œuvre d'un groupuscule intégriste israélien. J'étais aussi raisonnablement certain que Big Daddy avait directement participé à ces événements. Par contre, je ne pouvais imaginer un seul instant que Freddy avait trempé dans l'assassinat de son oncle. Je n'en continuais pas moins à réévaluer les autres hypothèses justifiant notre sort.

Je ne voyais que trois possibilités. La première voulait qu'Ibrahim fût un acteur de premier ordre et qu'il soit effectivement responsable de ce merdier. Cela ne tenait pas debout, même si la résistance palestinienne avait ses fanatiques. Je ne pouvais croire que le Palestinien accordait aux extrémistes israéliens une occasion en or de réaliser leur rêve impérialiste d'un État juif s'étendant du Nil à l'Euphrate. Ce type me paraissait trop intelligent pour consommer une vengeance personnelle susceptible de détruire ce pourquoi il se battait depuis si longtemps.

Il m'apparaissait par ailleurs possible qu'un groupe radical palestinien ait jugé utile de jeter de l'huile sur le feu. En chargeant Ibrahim de ce crime, ces boutefeux se débarrassaient ainsi d'un leader qu'ils jugeaient trop mou et, d'autre part, généraient un bordel dont ne pouvait surgir que le chaos. De tout temps, le désespoir a conduit des personnes à pratiquer la politique du pire et, depuis toujours, on sait que c'est de la mauvaise politique.

Enfin, il y avait l'envers d'une stratégie terroriste palestinienne : une action désespérée des ultras israéliens. À la suite des presque aveux de Big Daddy, cette hypothèse m'apparaissait maintenant la plus probable et la plus horrible. Elle impliquait le meurtre d'un héros d'Israël par ses compatriotes. Elle indiquait en même temps jusqu'où ces gens pouvaient aller pour réaliser leur rêve insensé. Si cette hypothèse était la bonne, les maîtres d'œuvre de cette effroyable stratégie feraient absolument tout pour ne pas que cela se sache, y compris tuer les témoins. Si leur supercherie était découverte, les auteurs de ce plan machiavélique n'obtiendraient aucun pardon. Surtout pas de la part de leurs compatriotes. Il ne leur resterait que le suicide.

Irmi m'avait demandé d'où et de qui je tenais l'anneau que je portais au doigt. Je le lui avais dit. Irmi n'était pas sabra, mais polonaise de naissance. Elle se souvenait d'avoir connu une vieille tzigane qui portait le même. La gitane passait pour une espèce de sorcière et on racontait qu'elle savait préparer des charmes mortels et des philtres d'amour. Elle avait été assassinée par les nazis.

Le père d'Irmi était négociant en fourrures et possédait une des plus importantes entreprises de Pologne dans ce secteur. C'était un ami du père d'Avraïm qui, lui, gérait une charcuterie.

La famille d'Irmi s'était enfuie dans la nuit, n'emportant que l'essentiel. Elle avait survécu, de peine et de misère, grâce à la vente de quelques bijoux de famille qu'on avait réussi à soustraire in extremis à la cupidité des bourreaux nazis.

C'était là l'essentiel des confidences que j'avais pu soutirer à Irmi en jouant le jeu du donnant, donnant.

•

Cet anneau appartient à Mamie. Je le lui remettrai dès mon retour, lors d'un souper où il n'y aura que Rimbaud et Julie. Je le lui présenterai dans une petite boîte ornée d'une ruban. Non. Je l'enlèverai lentement de mon auriculaire et, dans un geste très doux, le glisserai à son index. L'anneau créera entre nous des liens plus forts que le sang et les idées, aussi solides que l'affection que je ressens pour cette femme admirable.

J'aurai, l'espace de quelques semaines, porté l'objet qui lui sera le plus précieux. Je ferai un peu partie de son peuple, car j'aurai été touché par sa magie et initié à ses mystères. Des larmes d'émotion couleront sur nos joues. Nous mangerons des sardines grillées et des darnes d'espadon aromatisées aux herbes de Provence et à la lime. Nous boirons du vin gris de Camargue.

Attiré par les odeurs, le peintre du deuxième viendra nous rejoindre. Les deux étudiantes et la vieille dame qui habitent le logement voisin, rue Plessis, ne tarderont pas à le suivre. Nous finirons la soirée en buvant de la tisane et du Glenfiddich, acheté pour l'occasion à la boutique hors-taxe.

Elena ne sera pas là. Elle aura préféré rester avec Ibrahim pour vivre avec lui des événements qui ne peuvent être vraiment compris que par eux. Mais je leur parlerai d'elle et Rimbaud chantera Brel et Ferré, de sa belle voix chaude que Julie aime tant.

Puis, un peu ivre, j'irai faire l'amour avec les deux étudiantes, ce que je me promets de faire depuis que je les connais et depuis qu'elles m'ont dit que si je désirais baiser avec l'une d'entre elles, c'est avec les deux qu'il me faudrait m'exécuter.

Le Québec me manquait. Montréal, cette grande ville adolescente, me manquait. Mes amis me manquaient. Mes ennemis aussi. Un auteur, Scott Card, je crois, a dit que toute personne doit pouvoir s'identifier à une communauté sous peine de mourir moralement, intellectuellement, spirituellement, voire physiquement. Je ne peux m'identifier à aucune autre ville que celle qui m'a vu naître, et c'est sans doute pour cela que je souhaite tellement qu'elle ait le courage de s'affirmer pleinement.

Même si leurs manières sont souvent contestables et leur arrogance absolument détestable, les Juifs méritaient toute mon admiration pour leur ténacité et le courage dont ils ont fait preuve tout au long de leur difficile parcours historique. Ils ont ressuscité une vieille langue pour en faire le ciment d'une nation. Ils ont réappris leur culture dans les livres anciens. Ils ont réussi à se construire un pays et à offrir à leur peuple dispersé une indispensable terre d'asile. Ils ont compris que, dans le monde réel, le droit, sans la force, ne rime à rien et, conséquemment, se sont dotés des instruments de leur sécurité. Que de courage et de détermination pour en arriver là !

Je comprenais que des Juifs particulièrement échaudés par les tromperies et les progroms puissent être prêts à tout pour s'assurer que plus jamais leur peuple ne serait soumis à l'horreur. Mais, à choisir les armes du diable, on devient soi-même un démon. Ceux qui avaient monté cette abominable tromperie s'étaient condamnés à l'enfer.

Des cris et le grondement des rotors me tirèrent de ma rêverie. Il se passait quelque chose. On se battait. J'entendis distinctement des bruits d'explosions et le staccato des rafales de pistolets-mitrailleurs. Cela ne dura qu'un court instant, cinq minutes peut-être. Et ce fut le silence. Un silence pesant. Un silence de fin du monde. Un silence douloureux, infiniment plus insoutenable que le bruit des armes.

Freddy était difficilement reconnaissable sous son déguisement. Pas facile d'imaginer le peintre sous cet accoutrement à la Rambo et derrière la couche de fard qui le faisait ressembler à un charbonnier. Je le vis entrer comme dans un rêve. Il me fit un signe de la main. Ses yeux me disaient de ne pas bouger. Je figeai sur place comme un oiseau séduit par la mort griffue qui le regarde. Deux autres types s'élancèrent silencieusement dans la pièce, qu'ils inspectèrent rapidement.

Je savais que l'action se déroulait très vite, mais je ne pouvais la fixer en temps réel. J'avais plutôt l'impression que tout fonctionnait comme dans un film projeté à un rythme accéléré. Et, toujours, Freddy m'observait, le regard dur, le visage absolument impassible, ramassé sur lui-même comme une panthère prête à bondir.

— Où est Elena? finis-je par articuler d'une voix blanche.

Freddy attendit un signe de ses collègues avant de baisser le canon du fusil d'assaut qu'il pointait vers moi.

— Sortons d'ici !

Je m'attendais à des paroles de réconfort, à une manifestation de sympathie, à l'expression d'une certaine joie, je n'obtenais que la froideur du guerrier. Freddy sortit et je le suivis, ses deux collègues sur les talons.

À première vue, rien n'indiquait qu'un combat avait eu lieu. Les baraques ne flambaient pas et toutes les lumières semblaient allumées.

Deux énormes coléoptères reposaient sur la terre rouge, en plein centre du camp. Ils bourdonnaient sourdement et leurs yeux éclairaient la demi-douzaine de brancards alignés le long du réfectoire. Comme des larves malfaisantes, les guerriers étaient sortis de leur ventre ouvert pour semer la mort. Quatre personnes, trois hommes et une femme, formaient un curieux bivouac autour d'un mât au sommet duquel flottait l'étoile de David. Avraïm et Irmi n'étaient pas parmi eux. Les hommes portaient tous la calotte et les cheveux de la femme étaient coupés très courts.

Freddy s'approcha du groupe, ses yeux croisèrent ceux de Big Daddy. Il ne regardait même pas les autres. Il soutint le regard de son ami. Il y avait dans cet échange silencieux beaucoup plus de tristesse que de haine. Big Daddy rompit le premier ce duel silencieux. Le grand guerrier noir haussa les épaules et tourna la tête en direction de Jérusalem.

Une lumière blanche inonda Massada, au loin. Des faisceaux pâles captèrent l'hélicoptère qui planait au-dessus de la forteresse. Des phrases courtes, hachées, nerveuses, sortaient du walkie-talkie que Freddy portait à la bretelle.

Les Israéliens avaient les yeux rivés sur cette scène inouïe. Big Daddy était extatique. L'hélicoptère semblait reposer sur les piliers de lumière. Il planait au-dessus de la forteresse historique, comme s'il cherchait un endroit où se poser. Puis, comme un grand oiseau fatigué de vivre, il explosa. Les débris s'éparpillèrent sur la montagne. La mort des derniers zélotes, en spectacle son et lumière.

Je savais qu'Elena était à bord. Une intuition. Un horrible pressentiment. Une certitude. J'avais presque senti son souffle doux sur mes lèvres, je l'avais entendue murmurer : «Nous avons gagné!» quand la bête noire s'était émiettée en mille étoiles au-dessus de Massada.

Comment expliquer les métamorphoses qui s'opéraient en moi? Comment expliquer ce cancer qui se développait dans mon cerveau et cette bouffée de haine incompressible qui me montait du ventre comme un torrent de poison? Comment décrire ce goût de meurtre, cette tornade vengeresse, ce besoin incontrôlable de détruire, détruire, détruire...?

Personne n'aurait pu m'arrêter. Je courais et criais à m'en fendre l'âme. Je ne voyais plus rien. Je posais mes pieds sur un océan de merde peuplé des créatures les plus immondes. Il fallait que je coure sans cesse pour ne pas m'enfoncer dans ces flots nauséabonds. Je ne sentis même pas la morsure de la balle quand elle m'arracha la moitié de la jambe. Je m'abattis comme un animal, à une enjambée du champ de mines.

•

Rimbaud portait la veste en daim que je lui avais offerte à Noël. Il marchait dans la neige blanche, et ses raquettes traçaient deux lignes parallèles qui serpentaient entre les épinettes. Je le suivais en skis. De l'autre côté du lac, un lent panache de fumée blanche sortait d'une cheminée en pierres de ruisseau et montait droit dans l'air froid et sec. Nous rapportions quatre perdrix et deux lièvres. Une douzaine d'enfants rejouaient *La guerre des tuques* et deux grands labradors, un blond pâle et un noir, couraient après les balles de neige.

La jument noire qui m'avait sauvé la vie dans un rêve précédent nous regardait venir d'un œil calme. Elle hennit à notre approche, fit trois fois le tour de l'enclos qui lui était réservé et tendit le cou pour une caresse.

La maison appartenait à un tableau de Jackson dont je possédais une reproduction.

Julie était enceinte, les étudiantes de la rue Plessis et les lesbiennes du troisième aussi. Mamie régnait sur cette maisonnée avec autorité.

La maison dégageait une symphonie d'odeurs qui n'appartiennent qu'aux maisons de campagne. Si le parfum de la résine d'épinette dominait, il y avait aussi l'arôme sucré du bois qui se consumait, le fumet du ragoût qui mijotait lentement sur l'énorme poêle en fonte, les riches effluves des tartes aux pommes et du pain qui cuisaient doucement dans le four.

Chaque pièce de cette énorme maison possédait sa propre senteur. La pouponnière sentait la poudre et le lait caillé. Les salles de bain étaient parfumées aux herbes séchées. J'aimais bien les odeurs de tabac et de papier qui m'accueillaient quand je franchissais la porte d'une large bibliothèque qui tenait du club anglais avec ses fauteuils confortables, ses lambris en chêne et ses tiffanies.

Nous nous réunissions le soir dans une immense pièce ressemblant à une salle d'armes. Les enfants me demandaient continuellement de répéter le même tour. Je me concentrais et m'élevais jusqu'à toucher le plafond, je pirouettais, je nageais, je flottais. Puis, Rimbaud me disait de cesser de faire le pitre. Il prononçait des mots magiques et je m'écrasais sur un sofa. Les enfants rigolaient et Mamie nous traitait de grands fous.

Puis, tout devenait flou.

•

Je me retrouvais seul, planant au dessus d'un désert brûlant. J'étais très fatigué mais ne pouvais me poser nulle part. Elena planait beaucoup plus haut, toujours plus haut et, quand je tentais de la rejoindre, elle montait encore plus. J'essayais de m'alléger en laissant fuir l'eau de mon corps par les pores distendus de ma peau. Rien n'y faisait, Elena était plus légère, toujours plus légère. Elle devenait diaphane comme un éphémère et de plus en plus saturée de lumière. Puis, elle disparaissait sans avertissement, pour ne plus être qu'un point perdu, qu'une étoile de plus, là-bas, dans l'immensité infinie de l'espace.

•

J'ouvris les yeux sur un plafond blanc et perçus une odeur d'hôpital. Comme un voile que l'on déchire, la brume se leva graduellement dans mon cerveau, et ma conscience se réveilla lentement à la vie réelle. Je me sentais un peu lourd. Je tournai la tête à gauche; il y avait une fenêtre légèrement entrouverte et j'entendais des piaillements. Je bougeai le bras droit et sentis la résistance du tube relié au cathéter.

Les événements me revenaient graduellement à la mémoire. J'eus, un instant très bref, l'espoir qu'Elena était là. Je tournai la tête de gauche à droite et ne vis qu'une infirmière qui déposa le livre qu'elle lisait et esquissa un sourire qui semblait dire : « Vous avez bien dormi ? » Elle s'approcha et s'assura que j'étais bien réveillé. Elle me fourra d'autorité un thermomètre dans la bouche, prit ma tension et me dévisagea, souriante, de ses grands yeux gris. Puis, elle s'empara d'un téléphone cellulaire posé sur une petite table et parla sans me quitter des yeux avec un interlocuteur anonyme.

Je refermai les yeux. J'entendais le bruit des armes et mon cri qui déchirait ma nuit. Mon corps se dérobait sous mes pieds et je tombais dans un énorme gouffre au fond duquel tourbillonnaient des nuages sang et safran. Je fis un effort pour les rouvrir et chasser de ma tête ces images atroces.

« Il ne nous reste quelquefois à offrir à nos semblables que la liberté de choisir eux-mêmes leur souffrance. » Pourquoi cette phrase prêtée à Oswy, le roi de Northumbrie, me remontait-elle à la mémoire ?

— Ma jambe !

Je ne sentais plus ma jambe gauche. On me l'avait amputée. L'infirmière remit le téléphone en place et s'approcha vivement.

— Voyons, monsieur, il ne faut pas vous agiter comme ça.

— Ma jambe !

— Elle vous fait souffrir ?

Elle dut sentir mon angoisse.

— Laquelle ? interrogea-t-elle, avec dans le regard une certaine malice.

— La gauche. Je ne la sens plus.

— Et vous avez cru que.... ?

Elle posa sa main sur ma joue.

— Elle était salement amochée quand vous êtes arrivé ici mais on vous l'a recousue. Ne craignez rien. Vous boiterez sans doute un peu, sans plus.

Je la regardai, avec sans doute toute la reconnaissance du monde dans les yeux. Elle dut comprendre à mon soupir qu'elle venait de me débarrasser d'un très lourd fardeau.

— C'est quel jour aujourd'hui ? lui demandai-je d'une voix pâteuse.

— Lundi. Vous êtes ici depuis avant-hier. Vous avez dormi pendant presque quarante-huit heures. Comment vous sentez-vous ?

— Mieux depuis que je sais que...

— Vous avez eu beaucoup de chance, monsieur.

— Croyez-vous ?

Elle semblait comprendre.

— Pouvez-vous me dire où je suis ?

— Dans une clinique privée.

— En Israël ?

Elle fit oui de la tête.

— Il a dû s'en passer des choses depuis deux jours... ?

— Un médecin viendra vous voir dans quelques minutes, répondit-elle, pour esquiver ma question.

— On a prévenu ma famille ?

— On répondra bientôt à toutes vos questions. En attendant, essayez de vous reposer.

— « On » qui ?

Elle ne répondit pas.

— Vous habitez chez vos parents ?

Elle sourit.

L'infirmière alla tripoter le tube qui me reliait au sac de sérum qui pendait au suspensoir à côté de mon lit. Elle y injecta le contenu d'une seringue et je me sentis mieux presque instantanément. Un sédatif, sans doute.

Je finissais ma salade d'avocat quand ils arrivèrent. Un « On » m'avait aidé à prendre un bain, rasé de frais et massé.

Je sentais un peu la vieille « guidoune ». Un parfum qui me rappelait l'odeur de la lotion après-rasage de mon père.

Freddy avait laissé tomber son déguisement de commando de choc. Il était vêtu d'un jean, d'une veste d'aviateur en cuir et d'une casquette des Expos. Touchante attention. Les stigmates de son deuil se lisaient sur le visage fermé et vieilli d'Ibrahim. Ils m'embrassèrent. Le premier me dit tout bas « *Shalom*, mon chéri ». L'autre me gratifia d'un « *Salam alaykoum*, mon frère » chargé d'émotion.

Je n'étais même pas surpris. L'effet des sédatifs sans doute. Par contre, j'étais bougrement ému.

— T'as pris ça où ?

— Piqué à Bronfman.

C'était sans doute vrai. Il m'arracha un sourire. Freddy enleva sa casquette et la posa sur mon lit.

Un peu gênés, nous nous regardions sans parler, sans savoir quoi dire et comment l'exprimer. Chacun observait les deux autres comme on examine des spécimens rares. Ce que nous étions, sans l'ombre d'un doute. Ils étaient des survivants et moi un anachronisme dans l'ordre des choses. Peut-être, à ma manière, étais-je un survivant moi aussi ?

— Elle n'aimait pas les regrets mais chérissait les souvenirs heureux.

Ibrahim ne pouvait être plus clair. Il ne souhaitait pas parler d'Elena. Moi non plus. Je hochai la tête pour signifier mon accord.

Puis, on me raconta tout. Du moins tout ce que je devais savoir. C'était surtout Freddy qui parlait. Il m'expliqua comment Ibrahim avait réussi à le joindre quelques heures après notre disparition.

— Nous savions toujours où vous étiez, confirma Ibrahim, le capitaine du *Cassandra* émettait un message codé à notre intention quatre fois par jour. Le général Ben Yossef savait qu'on pouvait s'en prendre à lui. Il nous avait indiqué comment rejoindre Freddy en cas d'urgence.

— Tout ira très vite maintenant, poursuivit Freddy. Le Conseil national de l'OLP se réunit au Caire. Des observateurs du gouvernement israélien y assistent. La Knesset a reconnu la Centrale palestinienne et nous avons accepté le principe de la négociation bipartite. Les deux délégations se rencontreront à Fontainebleau dès la semaine prochaine. Ibrahim dirigera celle des Palestiniens. Il est probable que nous réussirons à nous entendre sur la création d'une confédération israélo-palestinienne formée de deux États souverains et d'une structure de coordination des politiques communes.

— Ça me rappelle vaguement quelque chose…

Ils ne firent aucun commentaire.

— Big Daddy et ses complices sont morts, m'annonça finalement Ibrahim. Ou bien ils se sont suicidés au cyanure, ou bien ils se trouvaient dans l'hélicoptère qui a explosé au-dessus de Massada. Des centaines d'Israéliens et de Palestiniens sont morts au cours de la dernière semaine. Tout est terminé maintenant. Il faut aller de l'avant.

Les deux hommes avaient débité leurs informations d'une voix neutre. Je n'en saurais pas plus. Ils devaient maintenant s'occuper de choses autrement plus graves que des émotions d'un individu.

Sans être celle des monstres froids, leur éthique était modulée par la loi de la relativité. Ils ne carburaient pas à l'idéologie, mais à la réalité des faits. Ils poursuivaient des objectifs plus grands qu'eux-mêmes, plus importants à leurs yeux que leur personne et, conséquemment, que celle des autres prise individuellement. À force de côtoyer la mort, ils avaient sans doute compris qu'elle est une maîtresse exigeante à qui il vaut mieux accepter de payer tribut plutôt que de la laisser se donner sans réserve.

Je pouvais comprendre qu'on puisse pleurer lors du décès d'un être cher et envoyer dix mille anonymes au casse-pipe une heure après. Je comprenais que tous les pouvoirs, les grands, mais aussi les petits, possédaient l'attrait et les conséquences de la lumière chez les libellules. La frontière de notre humanité. Je le comprenais mais ne pouvais y souscrire. Je resterais sans doute un aimable romantique toute ma vie, faute de l'accepter.

— Est-ce que je pourrai bientôt retourner à Montréal ?

— Quand tu voudras.

— Le plus tôt sera le mieux.

Mes yeux se fermaient tout seul. Je m'endormis tandis que Freddy et Ibrahim sortaient sur la pointe des pieds.

L'ambassadeur du Canada et ex-ministre dans le gouvernement Mulroney, accompagné d'un plénipotentiaire israélien, vinrent me visiter le lendemain. L'ambassadeur ne me dit presque rien, sinon qu'il connaissait mon père. Je me désintéressai immédiatement de ce personnage désagréable qui ne parlait pas le français et qui puait la médiocrité. Il devait être complètement dépassé par les événements. Le porte-parole israélien était chaleureux, décontracté et impitoyable.

Ils faisaient partie de la famille des « On ». On m'amena dans un petit salon, m'offrit des gâteries et m'expliqua tout ce que je devais savoir sur l'importance et les vertus de l'oubli. Je les écoutai poliment et acquiesçai à toutes leurs recommandations. Ils n'eurent même pas le bonheur de proférer de subtiles menaces. Bien sûr que je comprenais. Les rues des capitales et des métropoles étaient pleines d'individus qui se prenaient pour Napoléon, avaient couché avec des extraterrestres, avaient été soignés par des « médecins du ciel », ou connaissaient personnellement leur député. On ne les gardait pas en cabane aujourd'hui. On les « aidait naturellement ». On était bien bon. « On » était le plus grand commun dénominateur de notre hypocrisie collective.

Les diplomates partirent rassurés.

Je ne revis plus Ibrahim, mais Freddy vint me chercher, tôt le matin, deux jours après la visite des diplomates. Il me remit mes affaires. Il n'y manquait rien. Il me proposa de visiter Jérusalem avant de partir. Cela nous laissait toute la journée ou presque, puisque la clinique était située dans la partie neuve de cette ville fabuleuse.

Je ne pouvais marcher, sinon à l'aide de béquilles. Il emprunta d'autorité un fauteuil roulant et me promena de petites rues en ruelles, au cœur de cette ville plusieurs fois millénaire.

Le ciel était d'un bleu indéfinissable et la chaleur très supportable. Les Palestiniens et les Israéliens vaquaient à leurs occupations comme s'il ne s'était rien passé. Les commerçants tentaient d'attirer les touristes à l'intérieur de leur petites échoppes où ils se feraient un bonheur de les plumer comme des pigeons.

Il règne à Jérusalem une atmosphère unique. Si on ferme les yeux sur l'obscénité des marchands de médailles et d'ex-voto, si on n'enrage pas devant cette idôlatrie encouragée par d'hypocrites autorités religieuses, si on reste de marbre face au scandale permanent de ces Églises qui n'ont rien à voir avec l'éthique qui les fonde, on ne peut qu'être ébloui par Jérusalem, séduit par sa beauté, enivré par ses odeurs, troublé par le fait qu'elle a vu défiler tant de civilisations et s'effondrer tant d'empires.

Freddy savait ce qu'il faisait en m'amenant ici avant mon retour. Il me faisait prendre un bain de relativité historique.

Cette vieille capitale du monde illustre la continuité des choses. Freddy parlait peu, préférant me laisser m'emplir les yeux du spectacle de cette foule cosmopolite et d'un environnement unique. Il m'indiquait de temps à autre un repère historique : le mur des Lamentations, l'église du Saint-Sépulcre, la mosquée d'Omar. Il me poussa en haut du mont des Oliviers, me fit slalomer entre les groupes de pèlerins et m'offrit un plantureux couscous dans un restaurant bédouin dont il connaissait le propriétaire.

Une forte dose de Jérusalem avant le retour à la banalité nord-américaine. Ce n'était pas du temps perdu.

— Je voulais que tu saches que je regrette ce qui s'est passé.

— Je le sais.

— Mireille a rencontré un de tes copains et ta sœur à Montréal. Ils ont parlé de toi. Ils avaient reçu une lettre disant que tu étais en Grèce en compagnie d'une fille « superbe ». Une lettre postée à Monemvasia. Mireille y a fait allusion à son retour à Paris. Je ne sais pas à qui et dans quelles circonstances. L'information nous a été communiquée rapidement. À partir de ce moment, retrouver ta trace a été un jeu d'enfant. Celle de Big Daddy aussi.

— Tout le monde savait où nous étions. Mireille... ?

— Rien à voir avec nous. Elle serait plutôt copine avec les Palestiniens. Nous connaissions les passagers du bateau anglais. Des partisans d'un rabbin fanatique qui faisait prêter le serment de Massada aux membres de son organisation. Ils étaient en cheville avec des politiciens d'extrême-droite parmi lesquels des membres de la Knesset et d'autres personnages très importants.

— C'est Big Daddy qui... ?

Il fit oui de la tête.

262

— Il aurait suivi Avraïm jusqu'en enfer. Ce dernier lui a sauvé la vie au Liban et le traitait comme son fils. Big Daddy a été rapatrié d'Éthiopie lors du pont aérien. Comme Avraïm, il était le seul survivant de sa famille. Presque tous les gens de son village sont morts de faim ou ont été tués. Il vouait une haine mortelle à l'humanité tout entière. Les deux hommes appartenaient à une organisation ultra-nationaliste qui craignait que le gouvernement travailliste ne cède aux exigences des organisations pacifistes. Ils considéraient mon oncle comme un traître à abattre.

— Qu'arrivera-t-il aux autres, ceux qui sont derrière tout ça et qui sont encore vivants ?

— Il nous faut refaire l'unité de notre peuple. Il y a déjà eu trop de morts.

— Cela va de soi !

Freddy m'accompagna au guichet de El Al où m'attendait un billet de première pour Montréal. Il sortit de sa veste deux boîtes en bois d'olivier. La première contenait un médaillon romain à l'effigie de Janus. Il était posé sur un lit de velours noir et retenu par une mince chaînette d'argent.

— Ibrahim m'a demandé de te le remettre. Il a été trouvé dans les ruines de Massada et date de plusieurs siècles avant l'ère chrétienne. C'est parfaitement illégal de sortir cet objet sans autorisation.

Il me passa la chaîne au cou et me tendit l'autre boîte.

— Et... j'ai pensé que cela me rappellerait à ton souvenir. C'était un coffret en cèdre contenant douze miniatures numérotées et signées par l'artiste : la série des cathédrales renversées.

XIX

L'être humain est une bien curieuse créature. Il peut aujourd'hui éprouver les plus vives peines, sombrer dans le plus grand désespoir et, demain, effacer les plus tristes ardoises pour retrouver un certain plaisir et un bonheur relatif.

Si sa détresse est telle qu'elle mine cette capacité de redressement, il sombre alors dans la dépression et éventuellement se refuse à la vie. Il y aurait long à dire sur cette dialectique des sentiments et des émotions qui démontre que les mêmes causes, s'appliquant à des individus différents, ne produisent pas nécessairement les mêmes effets.

Des personnes à qui tout semble pourtant sourire se suicident sans préavis. D'autres ne cessent de prévenir jusqu'à ce que la Faucheuse se lasse de les attendre. D'autres encore, que l'orage accompagne depuis leur naissance, trouvent pourtant le moyen de s'épanouir de façon parfois étonnante. Je réfléchissais à cela quand l'Airbus décolla.

Elena disait que c'est la mémoire et l'espoir qui la faisaient vivre, qui animaient sa vie et celle de milliers d'autres personnes qui avaient exploré très loin l'intérieur du continent de la souffrance.

Elena. Si proche et si loin déjà. Elle avait aimé Ibrahim jusqu'à son dernier souffle et continuait de vivre par ce que celui-ci accomplisssait. Ils appartenaient tous les deux à une planète différente de celle où je vivais et dont je ne connaissais vraiment que ce que les concepteurs de spectacles télévisés voulaient bien en montrer.

Je ne pense pas qu'Elena aurait vraiment pu m'aimer. Accepter mon amitié et le plaisir que nos corps pouvaient se donner, c'était déjà beaucoup. Quant à moi, si je croyais comprendre d'un point de vue théorique la dynamique qui l'animait, j'étais évidemment incapable de ressentir dans ma chair ce qu'elle avait éprouvé dans la sienne quand elle avait été attaquée par les chiens. Ibrahim, lui, le pouvait.

Je ne m'étonnais pas de me retrouver égal à moi-même, malgré les événements auxquels le destin m'avait involontairement associé. Ils étaient extérieurs à mon univers et, dans une bonne mesure, je n'en avais été qu'un spectateur. Le participant minute à un jeu trop complexe. Un faire-valoir. Je n'avais, dans le fond, été qu'un comparse d'occasion.

Ibrahim et Elena étaient les vrais acteurs de cette tragédie. C'était leur théâtre.

Le mien présentait sans arrêt de minables *soaps* pour aliénés chroniques, sur le petit écran d'un petit monde isolé. Et pourtant, ceux qui vivaient là, ce qui se passait là, voire même ce qui ne s'y passait pas, prenaient vraiment de l'importance.

Le pas lent de nos valses-hésitation, le mensonge érigé en système de gouvernement, la servilité d'une partie de l'intelligentsia, l'épaisseur de notre aliénation, la mesquinerie, la vilenie, la turpitude des troufions du prêt-à-savoir et du savoir-obéir, la roublardise des quêteux de sinécures, l'insignifiance des téteux de pouvoir, toute cette galerie d'enfants de la patrie appartenaient à mon monde et c'est à lui que j'appartenais aussi.

Peu importe qu'ils aient été lobotomisés par le scalpel de toutes les lâchetés, qu'ils soient nés avec une calculatrice à la place du cœur, qu'ils souffrent d'une excroissance de l'ego ou d'une atrophie de la glande affective, qu'ils aient tant plié qu'ils en soient devenus bossus, ils appartenaient à ma réalité aussi sûrement que les autres. Tous les autres que j'aimais parce qu'ils réussissaient à m'émouvoir, à me faire rire, à se faire pardonner de ne pas être des héros, ou même d'avoir la couardise de celles et de ceux à qui rien n'a été donné.

Je ne pouvais tout de même pas en vouloir aux miens de se refuser une intifada parce qu'on ne leur avait pas encore offert les camps. Notre misère collective était d'un autre ordre que celle qui affectait la Palestine, et à quelques années-lumière de la Somalie. Elle n'en demeurait pas moins tout à fait détestable.

Je l'acceptais ou le refusais. Le nier, c'était me nier moi-même. L'admettre, c'était accepter de souffrir. Je pouvais m'y situer en marge et avoir ainsi l'occasion de voir ce qu'on pouvait lire à la page suivante du scénario. Je pouvais me blottir au centre du nid et ouvrir placidement le bec pour recevoir la becquée. Je pouvais même tout simplement accepter de me laisser ballotter au rythme des vagues de l'histoire, sans autres soucis que de maintenir à flot l'esquif de ma vie.

Faute de muter, après l'agression capricieuse du destin, je pouvais toujours apprendre la résignation active. Celle que les enfants pratiquent pour survivre à l'étouffement affectif des parents. Celle que les femmes ont érigée en art de la guerre pour ne pas être laminées par dieu-le-père. Celle que Nelligan et Van Gogh cultivaient pour échapper à la folie de leur temps. Celle qui brille, comme de grands points d'interrogation, dans les yeux fiévreux des zombies africains que l'Occident chrétien zappe pour ne pas les voir. Celle qui a conduit les Juifs à l'abattoir pour qu'ils puissent enfin tourner la page…

Il faisait nuit et les lumières de Tel-Aviv s'estompèrent bien vite, pour ne laisser place qu'au vide. Un triste silence régnait dans l'avion. Juifs pour la plupart, les passagers semblaient ruminer de sombres pensées. Le commandant de bord souhaita la bienvenue sur un ton plutôt froid et les hôtesses ne se montrèrent guère plus avenantes, même pour les passagers de première.

Celle qui s'occupait des premières se nommait Beth, du moins à en croire son carton d'identité.

— Bethsabée ? fis-je en montrant du doigt son sein gauche.

Elle me toisa d'un regard torve.

— Betterave, répondit laconiquement la mère de Salomon, dans un français impeccable.

Naturellement, cette réplique inattendue m'arracha un quart de sourire. Étais-je condamné à ne rencontrer que des Mireille Latour chaque fois que je prenais l'avion ? « T'en as l'air, machin ! » pensai-je d'abord et retins-je de justesse, car la coquine ressemblait vraiment plus à la veuve d'Urie qu'à un régal concentrationnaire.

Comme si elle voulait me remercier pour ma retenue, Bath-Sheba m'offrit successivement un oreiller, une couverture, des amuse-gueule et du champagne. J'acceptai tous ces égards avec délice et elle comprit à mon air qu'elle avait intérêt à ne pas trop exagérer.

Lorsqu'elle repassa et me demanda gentiment si tout allait pour le mieux, je lui répondis presque gaiement : « You bet ! » et elle éclata de rire. Je savais toujours y faire.

Je grignotai un peu de saumon fumé, repris du champagne et sommeillai jusqu'à l'escale de Zurich où je devais changer d'avion. Beth avait insisté pour pousser le fauteuil roulant jusqu'au salon réservé aux passagers de première en transit. Malgré l'heure tardive, Mireille Latour m'y attendait.

— Mon héros !

Elle se précipita vers moi comme l'aurait fait la fiancée d'un *marine* revenant d'Irak. Elle ne portait pas de cocarde jaune. C'était déjà ça.

— Je vous le laisse volontiers, fit une Beth hilare.

Elle lui remit le baise-en-ville dans lequel j'avais rangé mes documents personnels et le sac contenant l'album des œuvres de Freddy.

— Pour une surprise… !

J'étais vraiment ému.

— Nous avons trois heures devant nous. J'ai réservé un petit salon privé, nous y serons plus à l'aise pour parler.

Elle me roula d'autorité jusqu'à nos appartements et verrouilla la porte.

— Freddy m'a raconté l'accident au téléphone. C'est bien triste pour Elena.

— L'accident ?

— Tu as de la chance de t'en être tiré avec une fracture à la jambe.

— Oui, j'ai eu de la chance, fis-je prudemment.

— Dommage que ça se produise au moment où les choses semblent débloquer entre les Palestiniens et les Israéliens.

— Oui, c'est vraiment dommage.

— Je crois qu'Ibrahim était très amoureux de cette fille.

— Je crois aussi.

— Il est appelé à jouer un rôle déterminant dans le processus qui s'est engagé. Les Israéliens semblent lui faire confiance. Il deviendra sans doute un des personnages les plus importants du nouvel État palestinien.

— J'espère qu'il ne connaîtra pas le sort de Ben Bella.

— Je l'espère moi aussi.

Ainsi, c'était la version officielle. Un banal accident. Évidemment ! Freddy aurait pu au moins m'avertir.

— Et tu es sûr que tous tes autres morceaux sont en place ?

Elle avait collé ses lèvres sur les miennes. Sa main gauche tâtait ici et là, surtout là, pour voir si ça faisait mal.

Elle m'aida lors de l'opération de transfert vers un large canapé, fit preuve d'une habileté extrême dans l'art de déshabiller un type qui n'était capable de résister qu'à moitié. Si je savais maintenant ce que ressent une banane lorsqu'on la pèle, j'étais sûr que la banane ne pourrait jamais connaître ce que la Latour me fit ressentir lorsqu'elle entreprit de vérifier si j'avais retenu quelque chose de ce qu'elle m'avait appris.

Je revenais à la case départ.

Mireille ne s'acharna sur mon corps que le temps nécessaire à la satisfaction de ses ambitions. Quand la lionne fut repue, elle reprit le cours de la conversation.

— J'ai rencontré ta sœur et ton fameux Rimbaud à Montréal. Nous lui avons offert de l'éditer chez nous, dans notre collection consacrée à la poésie. Naturellement, nous avons un peu parlé de toi. Très intéressante conversation.

— Il a accepté ?

— De parler de toi ? Tu n'es pas un sujet tabou, que je sache !

J'hésitai entre lui dire que j'étais porteur du sida et une grossièreté scatologique. J'optai finalement pour une dernière chance. Il existe vraiment une façon québécoise de faire les choses.

— De te confier son œuvre.

— Il hésitait, jusqu'à ce que je lui dise que tu m'avais si chaudement parlé de lui que j'avais décidé de le lire. Je pense réellement qu'il ne fera pas tache parmi les grands noms de la poésie.

— J'imagine son éclat de rire.

— Il m'a dit que la poésie, c'était de la merde. Je lui ai demandé pourquoi il en écrivait. «As-tu déjà essayé de t'empêcher de chier ?» m'a-t-il répondu sans rire. Il faut dire qu'il était plutôt ivre quand je l'ai rencontré. Pas ivre

270

mort, mais assez embrumé. Ta sœur m'a expliqué que sa mère avait été gravement malade et qu'il….

— Mamie !

Mon cœur avait cessé de battre.

— Non, sa mère.

— C'est ainsi que je l'appelle. Julie t'a dit comment elle allait ?

— Je ne le lui ai pas demandé.

Mamie avait été gravement malade et je n'étais même pas là. J'en avais la nausée.

Mireille Latour m'annonça aussi que ma sœur était enceinte et qu'elle-même se marierait bientôt avec un énarque de la bande à Rocard.

— Tu comprends, je ne veux pas vieillir toute seule. Fernand n'est pas le type le plus drôle du monde, mais il est gentil. Il accepte à l'avance que je m'encanaille occasionnellement et moi j'accepterai certaines des turpitudes sans lesquelles il vaut mieux renoncer à la politique. Nous adopterons deux enfants : une petite Asiatique et un orphelin somalien. Je me sens trop vieille pour en fabriquer de mon cru et Fernand ne tient pas à voir le produit de notre union. Il dit qu'il y en a tant qui crèvent que d'en faire de nouveaux relève de l'irresponsabilité. Il est un peu tiers-mondiste, je crois.

— Bien sûr.

J'éprouvais beaucoup de tendresse pour Mireille Latour. Cette fille ne maquillait pas sa misère, et la cohérence dont elle faisait preuve me désarçonnait. Rimbaud avait dû s'en apercevoir. C'est pour ça qu'il avait accepté son offre.

— Je tenais à te voir une dernière fois et, quand Freddy m'a appelée, j'ai pensé que tu apprécierais.

— J'apprécie beaucoup, Mireille. Beaucoup. Je te souhaite tout le bonheur que tu mérites. Qui sait, peut-être nous reverrons-nous un de ces jours ? J'espère que Fernand deviendra président de la République. Qu'est-ce que Rimbaud et Julie t'ont raconté ?

— Ils m'ont dit que tu étais un peu déprimé quand tu es parti. Ton ami croit qu'il faudrait que tu t'entraînes au renoncement. Vraiment bizarre, ce type. Au renoncement! Comment te sens-tu?

— Il doit être dans une période très zen.

— Ah!

— Ta chatte s'est fait engrosser par le macho des filles du troisième. Elle doit avoir mis bas maintenant.

— Quoi! Elles devaient le faire castrer. Elles vont m'entendre, les lesbiennes. Et pas rien qu'un peu!

L'annonce du départ de l'avion me sauva sans doute de quelques autres bonnes nouvelles. Mireille m'embrassa très coquinement et me fit promettre de venir la voir au château que Fernand possédait en Normandie. Je promis. Elle précisa: «Avec ta sœur et son poète anarchiste.» Je promis pour eux aussi. Elle m'abandonna à un steward de Swissair qui me roula sportivement jusqu'au Boeing.

•

Il n'y avait pas plus de monde pour m'accueillir à l'arrivée qu'il y en avait eu pour m'accompagner le jour de mon départ.

Je n'avais pas vraiment senti la solitude en partant. Plutôt l'exaltation des grandes aventures, la satisfaction de celui qui s'est enfin décidé à faire l'école buissonnière, la griserie de la transgression, le goût sucré d'une déso-béissance, un pied de nez à l'habitude, à la platitude des jours, à la grisaille du quotidien, un regard sur l'inconnu, une purification, la proclamation du refus de la banalité, de la morne et triste banalité d'une vie vécue au rythme des heures creuses.

Partir est un geste offensif, une réponse, une affir-mation, un défi. Revenir possède certains des attributs de la résignation, de l'acceptation. On part les ailes grandes ouvertes, le cou tendu vers l'avant, les yeux braqués sur un horizon qui recule sans cesse, comme s'il voulait nous attirer vers un piège délicieux, là-bas, à la limite de ce mystérieux et exotique ailleurs que jamais on n'atteint.

On revient tête basse, l'œil éteint, la queue entre les jambes comme un chien qui a défié son maître. Revenir est un acte de soumission. On revient toujours quand on n'a plus les moyens d'aller plus loin, ou quand on a le sentiment que ce que l'on croyait avoir laissé derrière, en fuyant, nous a rattrapés et nous nargue par devant.

L'atmosphère des départs est tout électrisée de promesses, d'espoirs, de découvertes. Je me souviens d'avoir déjà accompagné un ami membre d'une équipe d'alpinistes qui allait se mesurer au K2. Il y avait du défi dans l'air, la promesse d'un dépassement.

Même un groupe de vieux encadré par une agence ressemble à une troupe de joyeux boy-scouts lorsqu'il part. Les retraités ont l'œil brillant de ceux qui vont s'encanailler. Les célibataires et les veuves imaginent de joyeuses partouzes loin du regard réprobateur de la famille. Les couples croient revivre leur voyage de noces, quand Jean et Jeannette baisaient comme des marathoniens, toute la nuit, et s'endormaient dans des draps poissés d'aubes fines, ivres de passion.

Regardez-les revenir! Regardez-les attendre patiemment que le fonctionnaire estampille leur permis de circuler, leur permis de revenir à l'enclos. « Rien à déclarer, monsieur chose, madame machin ? » « Non, rien. Rien. Vraiment rien. Il ne s'est rien passé, monsieur, je vous le jure, rien passé qui soit susceptible d'avoir sur moi un effet durable. » Et le fonctionnaire appose son estampille, tout rentre dans l'ordre. Bienvenue dans les limbes !

Mais plus triste que tout, triste à en mourir: le hall d'un aéroport quand personne ne vous y attend. Personne ne m'attendait à Mirabel. Normal.

On m'aida. On me fit même franchir la douane avant tous les autres. On me roula jusqu'à un taxi et je me retrouvai dans ma chambre, seul comme je ne l'avais jamais été de toute ma vie.

J'avais fait ce détour pour connaître la solitude, l'absolue solitude. Des larmes amères perlaient sur mes joues grises. Je laissai déborder la coupe. Je coulais de partout. Quand je relevai la tête, ce fut pour voir ma carcasse appuyée sur ses béquilles, et mes yeux qui me regardaient dans un grand miroir biseauté. Un bouquet de fleurs séchées reposait sur l'oreiller et mon « ex » avait rapporté quelques-uns des vêtements qu'elle m'avait piqués en partant.

Je fis le tour du propriétaire. Tout était exactement à la même place. Il y avait des fruits frais dans un panier d'osier, des glaïeuls dans un vase. L'appartement avait été nettoyé et la cuisine repeinte à neuf. Tout cela me sécurisait. On avait pensé à moi durant mon absence et de la meilleure façon.

Le monde n'est pas si mauvais.

Le soleil de septembre brillait rue Plessis. Les gens prenaient l'air. Ils placotaient ou dégustaient une bière. Des affiches favorables à la souveraineté pâlissaient et se dégradaient sous l'effet combiné de la pluie et du soleil. Elles s'effilochaient comme un beau rêve qu'on n'a pas su saisir, comme une idée généreuse toute ratatinée à force de rationalisation, comme une promesse non tenue.

Montréal ne s'était pas faite « belle pour recevoir son Prince ». Elle restait semblable à elle-même : une pute qui joue les grandes dames et s'offense quand des soudards et des cloportes la culbutent. Elle conservait son empreinte olfactive caractéristique des hangars et des ruelles. Les gens qui y circulaient ne ressemblaient pas aux autres ; ni à ceux de Paris, ni à ceux de New York, ni à ceux de Boston ou de Toronto ou d'Athènes ou de Jérusalem. Ils étaient vraiment différents.

La porte du logement de Mamie n'était pas fermée. Elle était même largement ouverte et coincée contre le mur avec un coin en plastique.

Six chatons dormaient dans une boîte en carton dont le fond était recouvert de papier journal déchiré en minces lanières. Une fillette et son petit frère caressaient les petites boules de poils et leur disaient des mots doux. La petite fille expliquait à son frère des mystères qu'elle était seule à connaître et il l'écoutait comme on écoute parler un ange. Il faisait ce que lui disait sa sœur, traçant, d'un doigt timide, la ligne du dos de l'un des chatons. Il l'appelait « Minou » et sa sœur insistait pour qu'il le nomme par son nom.

— Le monsieur a dit que le noir s'appelle Bakounine.

— Minou, Minou, répétait le gosse accroupi devant la boîte.

— Ba-kou-ni-ne, rappelait patiemment la fillette.

Elle tourna son regard lumineux vers lui.

— Tu t'es fait mal ?

— Un petit peu. Ce sont tes chats ?

— C'est à monsieur Rimbaud. Il les garde pour… C'est toi, François ?

— Je pense bien que oui.

— Tu t'es fait mal en voyage ?

— Il s'est fait mordre par un tigre, affirma le petit frère.

— Y en a pas de tigre en Europe. C'est vrai, hein ? Y en a pas de tigre ?

— Juste dans les zoos.

— J'te l'disais. Y s'est fait mordre par un tigre dans un zoo. C'est mauvais un tigre, expliqua-t-il au chaton noir qu'il s'était décidé à prendre dans ses mains.

— Remets le petit chat dans la boîte, espèce de bébé !

Le frérot obtempéra en bougonnant un peu, comme il sied à un gosse qui tient à affirmer sa personnalité.

●

Ils étaient tous dans la cour et ne l'avaient pas vu entrer. François les observa un moment. Mamie était assise dans un fauteuil de jardin, plus gitane que jamais, un châle noir à fleurs rouges sur les épaules. Elle semblait vieillie, les cheveux beaucoup plus gris. Elle écoutait ce que disait sa voisine.

Julie et les lesbiennes du troisième étaient assises autour d'une table à pique-nique. Elles épluchaient du maïs. Julie portait une salopette d'ouvrier, une chemise en coton trop grande et une casquette de cheminot. Elle avait beaucoup engraissé et sa grossesse était maintenant très évidente. Elle était belle comme une grosse pomme mûre.

Une odeur de ketchup aux fruits flottait dans l'air, un effluve pré-automnal, une odeur symphonique presque hallucinogène. J'étais revenu le « jour de la fête du ketchup », comme l'avait nommé Rimbaud quinze ans plus tôt.

Jour férié s'il en fut, jour sacré, fête des sens consacrée tout entière à la glorification de Gaïa. Dans notre cosmogonie, la fête du ketchup était aussi importante et païenne que Noël. Plus peut-être. C'était une fête des couleurs et des odeurs, le moment des retrouvailles et du travail réalisé ensemble, pour notre plus grand plaisir.

Même si tous ceux qui le souhaitaient pouvaient y participer, la fête du ketchup réunissait sensiblement les mêmes personnes, d'une année à l'autre. La journée commençait, très tôt le matin, par une tournée des marchés publics. Puis, c'était l'épluchage des fruits et des légumes, la confection des pochettes d'épices pour aromatiser les différentes sortes de ketchup qui seraient fabriquées ce jour-là, le dosage des ingrédients, et la lente cuisson.

À la fin de l'après-midi, le quartier tout entier était soumis à l'haleine de Gaïa. Venait alors le temps des réjouissances. On mangeait du riz, des nouilles, du blé d'Inde bouilli, des salades, des fromages, de la saucisse, du boudin noir et des sardines grillées. On dégustait des morceaux de pain trempés dans des ketchups et des chutneys tièdes. Le rouge et le rosé coulaient à flots et on se pelotait allègrement avant de s'envoyer en l'air comme des adolescents étrangers aux affaires du monde.

J'étais revenu le jour de la fête du ketchup. Il existe un dieu pour les têtes de nœuds.

La coutume voulait que, ce jour-là, Rimbaud officiât au barbecue. Il portait un jean tout rapiécé, un fez bourgogne dont il ne s'affublait qu'à cette occasion et une veste plus ou moins psychédélique sortie tout droit du grenier des années soixante. Il me semblait amaigri et son crâne se dégarnissait. Il ressemblait de plus en plus à un Tartare mal nourri. Qu'est-ce que ma sœur pouvait bien lui trouver à ce type ?

Peut-être me devina-t-il d'abord ? Il leva la tête et me salua de la main qui tenait sa cannette de bière et sa cigarette. Il me salua comme si j'arrivais du marché. Il retourna deux ou trois sardines, leva de nouveau la tête et sourit. Il sourit, tout simplement. Comme s'il me disait : « Arrive, tête de nœud ! Nous t'attendions. »

— Ça sent jusque dans les Europes, fit Rimbaud à l'intention des personnes qui se trouvaient là.

Mamie tourna la tête et m'enveloppa d'un regard chaud. Julie se leva d'un bond. « Comment ça va, jambe-de-bois ? » firent mes voisines en chœur. Rimbaud retourna d'autres sardines et attendit que je m'avance, un curieux sourire aux lèvres.

— Il est en train de dépenser ses prix littéraires ?

Ma question ne s'adressait à personne en particulier. Elle ne visait qu'à provoquer Rimbaud, à lui donner le change. Il ne répondit pas, se contentant de ricaner et de veiller à ses saucisses.

J'embrassai d'abord Mamie. Elle m'accueillit comme on accueille un fils, sans cérémonie, mais avec une chaleur si douce qu'elle en était presque douloureuse. Ses lèvres roses étaient fraîches comme la rosée du matin.

— Comment vas-tu, Mamie ? Comment te sens-tu ?

Elle ne répondit pas, se contentant de me radiographier de ses grands yeux noirs. J'aurais voulu m'agenouiller devant elle, poser ma tête sur ses cuisses et lui offrir ma soumission. Je ne le pouvais pas. Mon « accident » m'obligeait à me tenir debout devant Mamie. C'était bien ainsi.

— Je vais beaucoup mieux maintenant, finit-elle par répondre. Beaucoup mieux.

Je n'osais pas serrer Julie trop fort. De toute façon, sa bedaine me repoussait. Elle avait déjà les seins plus lourds et son haleine sentait le lait caillé.

— Je savais que tu reviendrais aujourd'hui. Je le savais. Et Rimbaud le savait aussi. Nous le savions tous. Quand je me suis réveillée ce matin, il était plus agité que d'habitude.

Elle posa ma main sur son ventre. Je ne sentis absolument rien, mais laissai paraître le contraire.

Rimbaud accepta la main que je lui tendais. Il me tira vers lui et m'embrassa en m'ébouriffant les cheveux. Une telle démonstration d'affection était inhabituelle.

— Nous sommes très heureux que tu sois de retour, s'exclama-t-il en prenant tout le monde à témoin.

Puis, baissant le ton pour n'être entendu que de moi :

— Elle était belle ?

— Oui.

— La Française nous a un peu expliqué.

— Elle est morte.

— Je sais.

Il posa son front contre le mien.

— On en parlera quand tu voudras, mon grand.

— Plus tard.

Les étudiantes du deuxième descendirent en courant, l'une tenant à la main une longue cuillère en bois qui sentait le ketchup vert, l'autre enturbannée d'une serviette blanche et vêtue d'une robe de chambre bleue en ratine de velours. Elles me firent la bise d'une manière équivoque et s'apitoyèrent sur mon infirmité temporaire. Je les rassurai sur mon autonomie de mouvement en y mettant des nuances lubriques qui les firent glousser en chœur.

Je n'étais de retour que depuis une demi-heure et j'avais l'impression de n'être jamais parti.

Rimbaud ne s'occupait même plus de moi, Julie me regardait sans rien dire, les gardiennes irresponsables de ma chatte pelaient placidement leurs légumes et parlaient entre elles, les étudiantes du deuxième étaient remontées à leurs affaires, non sans m'avoir transmis quelques messages visuels qu'il m'appartenait de décrypter.

— Moi j'y ai jamais été, disait la vieille dame d'à côté, mais y paraît que c'est bien sale. Ma nièce s'est fait voler toutes ses affaires à Acapulco, pis l'eau n'est pas bonne à boire.

La commère confondait des lieux qu'elle ne verrait jamais ailleurs qu'à la télévision.

J'opinai du bonnet et lui parlai des « toilettes-à-pédales », des télés en noir et blanc, de la rareté des réfrigérateurs, de la pauvreté des vêtements, de l'absence d'hygiène corporelle, des coquerelles grosses comme des grenouilles, de l'accent belge, des trésors du Vatican, des châteaux en Espagne et des femmes du calife de Bagdad.

J'en rajoutais généreusement, comme un réactionnaire qui revient d'ailleurs, riche de tous ses préjugés. Je lui dis que j'avais vu de mes yeux le yacht du fiancé de Michèle Richard à Capri et que j'avais visité le palais de Grace Kelly. « Est morte, me fit remarquer la voisine de Mamie, elle s'est tuée dans un accident. » Je lui affirmai que cela n'avait jamais été prouvé et qu'on racontait là-bas qu'elle était plutôt entrée au Carmel après avoir découvert que son amant la trompait avec une actrice italienne.

La vieille dame était ravie. Rimbaud aussi. Mamie me jetait des regards vaguement courroucés et tendrement complices.

Les choses revenaient à la normale, comme s'il ne s'était jamais rien passé.

Les habitués de la fête du ketchup arrivèrent les uns après les autres. Certains apportaient du vin ou de la bière, quelques-uns n'apportaient rien, prenaient une consommation et repartaient. Un va-et-vient continuel, peu propice au récit de voyage. On me passa un tablier et je fus conscrit dans une corvée d'épluchage de pêches, de pommes et de poires. On me confia ensuite l'égrenage du maïs, puis le pesage et l'ensachage des épices. Un travail de pharmacien que j'aimais particulièrement.

Rimbaud dut s'absenter pendant quelques heures. Il avait promis d'aider un sculpteur à déménager une œuvre qui devait être exposée dans une galerie de la rue Sherbrooke. Julie en profita pour s'offrir une sieste. Mamie aussi.

La cour fut pleine de gens jusque très tard dans la nuit. On me saluait gentiment, on blaguait, on se saoulait un peu la gueule, mais pas trop, car Mamie était là. Un apparatchik de la Confédération des syndicats nationaux m'interrogea sur ma disponibilité et évoqua la perspective d'un « petit contrat ».

Alfonzo vint avec sa guitare, Fred avec son accordéon. Le premier interpréta des fados et Julie dansa un peu, pas trop, juste assez pour nous inquiéter, Rimbaud et moi. Dieu qu'elle était belle ! Les filles se laissèrent un peu tripoter les fesses sur des airs de lambada et, quand Fred interpréta une de ses compositions, *La Java des godemichés*, les gars leur cédèrent la place et elles se tripotèrent entre elles. Les lesbiennes chantèrent tout le répertoire féministe et les gars rétorquèrent avec des chansons grivoises de Colette Renard.

On scanda les slogans des années soixante et les litanies des années soixante-dix. Rimbaud portait des toasts à l'anarchie, à Roch Voisine, à la fin du monde. On inventa de nouvelles blagues et on répéta les classiques. Puis, graduellement, les fêtards s'en allèrent les uns après les autres, certains l'un après l'autre pour qu'on ne s'aperçoive pas qu'ils passeraient la nuit ensemble.

On avait graffitisé mon plâtre de cent et une manières : des pensées profondes, des blagues d'un goût incertain, des sentences un peu pompeuses, des citations, de courts poèmes, des cœurs et des culs dessinés au feutre bleu. Une Sandra que je ne connaissais pas avait inscrit son numéro de téléphone. Je souhaitais que ce fût la petite rousse qui accompagnait l'apparatchik dispensateur de « petit contrats ».

Nous restâmes tous les quatre dehors sous les étoiles. Mamie était silencieuse et buvait lentement une tisane de son cru. Rimbaud appuyait ses fesses maigres sur la table de pique-nique et Julie caressait le bébé qui s'agitait sous la peau tendue de son ventre. La lumière s'éteignit chez les filles du deuxième, à l'exception d'une ampoule rouge au-dessus de la porte.

Je sortis lentement la petite boîte de ma poche et la tendis à Mamie.

— Pour toi.

— Je sais.

Elle prit la boîte délicatement, comme si elle contenait l'avenir du monde et invita Rimbaud à venir s'asseoir à côté d'elle. Julie s'approcha aussi. Mamie remit la boîte à son fils et lui demanda de l'ouvrir. L'anneau d'argent brillait sur le velours noir, comme un rappel des étoiles qui scintillaient là-haut. Rimbaud était très ému, ses mains tremblaient. Nous étions là, tous les quatre, et examinions l'anneau comme si c'était la chose la plus précieuse du monde.

— L'anneau des Guetta, fit Mamie. Dans notre famille, on remet cet anneau aux filles lorsqu'elles ont leurs règles pour la première fois. C'est une très vieille tradition. Cet anneau peut éventuellement être remis à un homme qui n'est pas du même sang que les Guetta; il devient ainsi membre de la famille et du clan. Normalement, c'est le fiancé qui reçoit l'anneau et qui doit impérativement le remettre si l'union se dissout. Le garder constitue une faute impardonnable qui entraîne une vendetta. Si le mari meurt, l'anneau doit être remis à sa veuve, qui le remettra à un autre homme si elle le désire.

Les propriétaires de l'anneau des Guetta peuvent le remettre à qui ils veulent. C'est une marque de confiance, d'estime, d'affection, d'amour… Celui qui le porte devient un mari, un père, un fils…

Elle regarda Rimbaud droit dans les yeux :

— … J'avais remis celui-ci à ton père. Je le croyais perdu à jamais quand il a été avalé par le marais.

Elle prit l'anneau et l'éleva à la hauteur de ses yeux.

— … On dit que ces entrelacs racontent l'histoire des femmes Guetta.

Elle se tourna vers Julie

— … Quand ta fille aura douze ans, je voudrais que cet anneau lui revienne. D'ici là, je le confie à François.

Elle se tourna vers moi, prit ma main, m'interrogea silencieusement du regard et, lentement, me le glissa au doigt.

Puis, sans un mot, Mamie se leva, nous embrassa tous les trois sur le front et s'éloigna lentement, majestueuse, aérienne, plus gitane que jamais.

Je crois bien que Rimbaud pleurait.

Cet ouvrage composé en Times corps 12,5 sur 14,5
a été achevé d'imprimer
en novembre mil neuf cent quatre-vingt-treize
sur les presses des Ateliers graphiques Marc Veilleux inc.,
Cap-Saint-Ignace (Québec).